高高的柴火垛

◉ 张新军 著

新疆生产建设兵团出版社

图书在版编目(CIP)数据

高高的柴火垛 / 张新军著. -- 五家渠：新疆生产建设兵团出版社, 2020.8（2024.4重印）

（绿洲文库）

ISBN 978-7-5574-1412-2

Ⅰ.①高… Ⅱ.①张… Ⅲ.①散文集—中国—当代 Ⅳ.①I267

中国版本图书馆CIP数据核字（2020）第125544号

高高的柴火垛

出版发行	新疆生产建设兵团出版社
地　　址	新疆五家渠市迎宾路619号
邮　　编	831300
电　　话	0994—5677185
发　　行	0994—5677116
传　　真	0994—5677519
印　　刷	永清县晔盛亚胶印有限公司
开　　本	32开
印　　张	9.25
字　　数	240千字
版　　次	2020年8月第1版
印　　次	2024年4月第3次印刷
书　　号	ISBN 978-7-5574-1412-2
定　　价	46.80元

自序：我生命中的几个关键词

盆　地

我出生在准噶尔盆地西北边缘，一个遥远军垦连队的地窝子里。盆地很大，连队很小。四周风沙弥漫，各种庄稼、野草、树木却茁壮生长。我生长的这块盆地，冬季漫长寒冷，夏季酷热干旱，春季和秋季则稍纵即逝。小时候，故乡粗糙的玉米面窝头和咸涩的盐碱水，养育了我的童年；盆地的四季轮回和父母艰辛的劳作，使我懂得了什么是沙漠，什么是绿洲，什么是开拓，什么是人生。故乡的盆地启蒙和孕育了我对世界的最初体验。长大后，我想方设法离开了连队，却发现盆地是如此深邃、浩瀚，我怎么走也走不出它的视野，我渐渐懂得，盆地是我一生永远的母腹。于是，我悟出，我为盆地而生，终究也要为盆地而死。在生与死的这段时间里，我在盆地贫瘠而富有的土地上扎下根，开始苦苦追寻，我的作物，我的收获；我的理想，我的爱情；我的太阳，我的星星……

车排子

这个呆头呆脑、土里土气的名词，渊源于准噶尔盆地一个古老的传说,在风沙和人们言语间流传了半个多世纪,盆地群落里家喻户晓人人皆知。后来,它渐渐衍变成盆地一个著名的地名。我出生的时候,车排子用它暴虐的风沙、难耐的酷暑和彻骨的寒冷,给我烙上了深深的胎记。于是,无论我走到哪里,人们都知道我是车排子人。这个经典的词汇,永远沉淀在我的记忆深处,今生今世无法改变。遥远的传说,年代久远已无从考证,唯有那具车排子,占据了我内心最隐秘的情感,牵扯着我最敏感的神经,成为我理想和精神的伊甸园,灵魂栖息的家园;而梦中那条深深浅浅、弯弯曲曲的车辙,则交织在我风雨漫漫的人生轨迹里……

故　乡

童年的时候,在一些繁星密布的夏夜,一些冷月稀疏的冬天,连队的人们因劳碌而安眠,浩瀚的盆地安宁如斯。妈妈拉着我们的手,在故乡篱笆墙院子旁边的野地里看星星。我们高高仰起头颅,望着深邃的夜空,点点繁星和如水月光,浸透了我童年天真的遐想……

少年的时候,我常常独自行走在蜿蜒曲折的乡间小路上,在黄昏中苦苦思考着青春和命运,对前方未知的人生充满了迷惘;我知道,我的同学和伙伴们充斥着满腔的青春激情,望着远方的地平线,一个个也在独自沉思着……

长大后,我终于离开了故乡,离开了养育我的连队。很长一段时间,有一个地方总让我魂牵梦绕,常常使我在梦中泪湿枕巾,它就是故乡……

而对于我,故乡现在什么也没有了,只有父亲和母亲的坟墓。一个人,记忆中有了亲人的墓地,他的心中就有了故乡的位置,无论走到天涯海角,他都能找到回家的路。

远　方

远方,天空辽阔而高远,地平线遥遥在望,吸引着我的视线,牵扯、引诱着我幼稚的想象。少年的心啊,渴望远方。

远方,有起伏的山冈,逶迤的丘陵,美丽的传说。远方,有莫名的渴望,深切的憧憬,无言的欢乐……

远方,在那遥远的地方。那里有个美丽的姑娘,她放牧着一群雪白的羊群。少年的我呀,真想变成传说中那只可爱的小绵羊,让她举起手中的鞭子,轻轻地、轻轻地抽打在我身上。

善　良

在浩如烟海的汉语词典里,我只能选择这两个字描述母亲。这个词汇,早已融入我的血液,与我的心脏、脉搏一起跳动。这是贫穷的母亲留给我唯一的精神遗产,她用她的一生,让我牢牢记住了这两个字,并且影响我的一生。我用良心写作,用善良的品质去叙述和关怀,来感动同样善良的人。一个失去良心、人格低劣的作家,只能是一架没有灵魂的机器。所有伟大的作品,都需要善良的品质和伟大的人格作为支撑。

写　作

我的写作充满了痛苦,但其中蕴含和预示着激情和欢乐。我痛苦地苛求着完美。我写得很少,每一句话甚至每一个标点符号,我都反复斟酌,用心血琢磨。福楼拜说:"涂改和难产是天才的标志。"高尔基说："我只相信我皮肉上熬出来的东西。"果戈理则介绍他的写作经验："我的每个句子,都是呕心沥血得来的;我舍弃它们时要比一个不费吹灰之力就能一分钟内换上另一个句子的作家难受得多。"大师就是大师,他们的语言力透纸背,岁月流逝依然精辟、深刻、经典,总是与我的一些思想不谋而合。

往　事

往事是岁月遗留的一坛陈年老酒,常常让我沉湎于回忆,并独自沉醉其中。虽然已经逝去,但往事已成为身体的一部分,并和生命一起延续,衰老,最终成为一个人隐秘的心灵史。我对往事总是充满莫名的激情,一个偏远连队的历史,一个苦难家庭的秘史,一个人孤独的心灵史,常常萦绕在我的灵魂之间,我试图用文字叙述这些过去的、尘封的事情,让它在语言的光泽里复活。冈察洛夫说："我只能写我体验过的东西,我思考过和感觉过的东西,我爱过的东西,我清楚地看见过和知道的东西。总而言之,我写我自己的生活和与之常在一起的东西。"我始终觉得,大师的这段话是说给我听的。

忧　郁

母亲的眼睛是忧郁的,看着我和家园沉默不语,这个时候,整个庭园笼罩着宁静、慈祥的光芒;父亲的面部是忧郁的,定格成罗中立那幅著名的油画,象征逝去的岁月遥远而艰辛;故乡的土地是忧郁的,冰山般肃穆,河流般深沉,却又海洋般宽广,博大!

忧郁是一种高贵典雅的气质,与生俱有,熔铸在一个人的血液里。而忧郁现在则像一阵微风,混合着数不清的往事,轻轻弥漫在我的书页里。

散　文

我写散文,是因为内心常常被一种情感折磨煎熬,这种情感时而使我不思茶饭,时而使我夜不能寐;有时它不分昼夜,无论季节,让我失魂落魄,使我欲罢不能。散文,她像一个高贵傲慢而又美丽非凡的女子,有时冷若冰霜,有时热情似火,她长发披肩,衣袂飘飘!诱惑我在虚无缥缈的文海里苦苦挣扎,我神魂颠倒不能自拔,一生竟一事无成。我渴望得到她的青睐,她却时时拒我千里之外,又常常在我心神憔悴时飘然而至,却又转瞬即逝。每当此时,我屏声静气,坐在电脑桌前,用心灵敲打光滑的键盘,用文字捕捉思想的碎片。这个时候,情感的闸门缓缓打开,奔涌的情思像泉水一样潺潺流动,而我的灵魂得到片刻的宁静……

语　言

语言是一个作家的籍贯,五千年的象形文字是我们共同的祖先。古往今来,这几千个常用的方块字,神奇地变幻、组合、排列,熬白了多少诗人、作家的头发!头悬梁,锥刺骨,语不惊人死不休,如果能凭借思想推敲出绝妙、传世的佳句,我宁肯拽光所有的头发,成为一个富有的秃子。

我在语言的田野上默默耕耘。我渴望丰盈,追求永恒;我播种深邃,收获沉醉。我的语言和人生血肉相连,我的语言丰富,则人生饱满;我的语言贫瘠,则人生寡淡;我的语言性灵,则人生优雅。

语言是有气味的。我的语言的气味,散发着故乡碱土地的泥腥气,苜蓿草垛浓烈的青草气和盆地上生长的各种植物、庄稼的混合气,当人们翻开我的作品,扑鼻而来的就是我文章里的气味。这种气味美丽、纯净、淡雅,因唯我独有而与众不同。

语言是有光泽的。我的语言的光泽,毫无疑问是故乡麦子金色的光泽,玉米碧绿的光泽,棉花洁白晶莹的光泽,我的兄弟姐妹辛苦劳作流下的汗水的光泽,我愿我的每一篇文章都闪烁着太阳、人性、关怀的光泽,带给人世间一束善良、温馨的光芒。

目 录

001　序:我生命中的几个关键词

001　我的灵感源自苍茫的大地

006　我与墓地之间

013　遥远的老房子

019　高高的柴火垛

025　两棵树

029　我的父亲母亲

051　饥饿的菜窖

057　父亲的收藏

063　父亲的拴马桩

069　父亲的档案

075　母亲的天堂

081　苦菜花的春天

086　沙漠三剑客

091　父亲的九月二十五

097	准噶尔盆地边缘
134	麻雀群
138	排碱渠
142	我在连队经历过的厕所
148	棚子,连队永远的风景
153	一个连队的消失
160	连队,我心中的乡村牧歌
182	连队妇女
188	温暖的桃子花
193	我们长在红旗下——校园往事之一
201	1980青春之恋
210	我们的八十年代
221	石振斌与一九五六年
228	那夜,水一样皎洁的月光
234	我怀念一双琥珀色的眼睛
241	一床棉被
253	三十亩地

我的灵感源自苍茫的大地

一

刺目的、明晃晃的酷暑阳光,从高远的天空瀑布般倾泻直下,它的万丈光焰,气势磅礴,以雷霆万钧之势,穿越蒸腾翻飞的滚滚热浪,赤裸裸地照射在毫无遮拦的大地上。

原野在苍穹下燃烧,沸腾;热流蒸蒸而上。

一个苍老的农妇双手捂住脸,虔诚地跪在滚烫的田野上,羸弱的肩膀不停地抽搐着。她的十指苍黑,青筋暴起,树根般瘦骨嶙峋,指甲缝里贮满了洗不掉的垢尘。她用双手捂住黝黑的脸庞,仿佛在无声地哭泣,又仿佛在无声地祈祷。

她的面前,是她的庄稼地。庄稼像集体打了败仗溃退的士兵,一个个丢盔卸甲溃不成军,只留下一株株光秃秃的杆子,无精打采地呆呆站立着。

庄稼是她的亲人。昨晚,突如其来的一场冰雹,无情地击碎了她生长着的憧憬和希望。

她像祭奠逝去的亲人一样,在祭奠英年早逝的庄稼。

在骄阳似火的七月,在辽阔的准噶尔盆地一隅,我看见原野满目疮痍遍地鳞伤。

烈日下,阳光是至高无上的暴君。原野是一个巨大的炽热的火盆,她像一株受伤的、逐渐干枯的庄稼,被炙热干燥的风雕塑成一尊铜像。我悄无声息地凝视着她,看着她在颗粒无收一片狼藉的庄稼地里哭泣,眼泪像土地一样干涸。我没有走近她,我隐约听见她因发自肺腑的痛苦而绝望的呻吟,像一把柔软而锋利的尖刀,刺中了我凝重的思想和飞扬的灵感。

佝偻的身影,沧桑的面容,满身的尘土,灰白的头发,破旧的灰布衣衫,还有捂住的忧伤的眼睑,这熟悉而亲切的身影,分明是我亲爱的母亲。

我默默地望着母亲,手足无措,内心犹如万箭穿心。沉寂中,冥冥之中想起了莫言说的一句话:"母亲是大地的一部分,我站在大地上的诉说,就是对母亲的诉说。"而此时,默默地望着终日劳作的母亲,望着她的土地和受伤的庄稼,我的语言苍白乏力,我欲哭无泪,我想对母亲说些什么,但最后还是什么也没有说。

我轻轻走过去,张开双臂紧紧搂住母亲,让她瘦小的身体依偎在我的胸前,就像小时候她拥抱着我一样。

二

准噶尔盆地的玉米在抽穗,结粒,齐刷刷的叶子碧绿油亮,散发出一种香甜细腻的植物气味,沁人心扉,令人心醉,随着一缕缕微风,弥漫了整个立秋的原野。布谷鸟、麻雀、燕子和一些不知名的小鸟,栖息散落在它的肥硕枝叶上,悠悠晃晃,欢快地鸣叫着,嬉闹着,陶醉在漫无边际的浓郁芳香中。

这个时候,原野仿佛圣洁无瑕的天堂。玉米林像一个丰满、慈爱的孕妇,洒满了宁静仁慈的光泽。

就在玉米林旁的旷野里,我看见一群人围坐在一起吃午餐,一些人则躺在杂乱的野草上午睡,白花花的阳光,直直地射在他们脸上、身上,但他们仿佛浑然不觉。

我是在奔驰的轿车上看到这个场景的。这个画面司空见惯,一晃而过,在春夏秋季节的垦区大地上,成熟的各类庄稼地、防风林旁、建筑工地随处可见。

毫无疑问,这群身着各色廉价服装、蓬头垢面的男男女女,是来自各地的打工者。

当时我已昏昏欲睡。欣赏着车窗外故乡熟悉的秋景,我沉浸在美妙的遐想中。这个飞驰而过的画面,显然与原野迷人的风景极不和谐。它仿佛是大地坚硬的骨骼,猛然突兀,瞬间撞击了我灵魂深处最柔软的部分,我的久违的灵感如同春日解冻的小溪,伴随着缕缕春风,沿着河床潺潺流出。

这个场面深深地震撼了我,刺痛了我的神经,立刻使我心情沉重郁闷,以至于很长时间它都占据了我的心灵。

我睡意全无,开始痛苦地浮想联翩,思想的野马在旷野上毫无目的地游走。

这群素不相识的外来人,这群远离家乡的异乡人,我的陌生的兄弟姐妹!他们在紧张繁重的劳作之后,在烈日下进行一顿简单至极的午餐,然后和衣就地躺下小憩;然后起来继续劳动,为了生活忙忙碌碌,像个永不停歇的机器人,不停地消耗自己的体力,生活、日子就这样周而复始。

他们是一个庞大的群体,但是极易被忽略和轻视;他们又是极易被人遗忘的,在光怪陆离信息爆炸的时代。他们是沉默无争的一个群体,卑微的命运随波逐流,浮萍一样四处漂流。

有时候,我看见城市酒店整桶的饭菜被当作垃圾运走,我就想起了这顿简单而缺少荤腥的午餐;有时候,我看见开发商整幢的楼房夜晚一片漆黑,我就想起了他们暴露在阳光下的小憩;有时候,我看见衣着光鲜的城里人养了许多漂亮的小狗,人们牵着它、抱着它招摇过市,人和狗神情怡然,我就暗自羡慕这些生长在城市的宠物,它们生活得多么幸福,住在楼房里风雨无忧,还有人伺候着,饿了吃火腿肠,脏了洗淋浴,生病了还有宠物医院,比那些风餐露宿的打工者还要安逸舒适。我的内心充满了针扎般的疼痛。

更多的时候,我向往着未来,憧憬着美好的生活。我渴望在明亮的房间里,我的风尘仆仆的兄弟姐妹们,在一天繁忙的劳动结束后,在整洁的餐桌旁晚餐后,能够洗一个惬意的热水澡,换上宽松的棉质睡衣,欣赏一曲悠扬的小夜曲,然后进入甜蜜的梦乡。

他们有权利劳动,创造财富和这个世界,他们更有权利过上尊严和体面的生活。而这个日子,像梦中的童话一样一天天临近。想到这里,我欣慰地笑了,内心有了片刻的宁静,思绪却戛然而止。

但这顿午餐我却永远记住,永远留在我的脑海里挥之不去。

为什么我对这块土地情有独钟?为什么我的内心总是充满怜悯之情?源于我根深蒂固的连队情结,源于我对这块土地爱得热烈深沉。更重要的是,我曾经也是一个乡下人,和那些在旷野地里吃午餐的兄弟姐妹一样。

三

这是一片粗犷大气、血气方刚、爱憎分明的土地。它四季鲜明,古朴率真,性格豪放,生长的棉花雪白,玉米金黄,辣椒热烈,水果芬芳。那红艳艳的枸杞子,香喷喷的大盘鸡,传奇而又醉人的烈性酒哟,让人过目不忘,流连忘返!

这是一方风情万种,让人迷恋的土地。她的芬芳气息,如袅袅乡音、飘飘仙乐,使我沉湎其中,一生陶醉。春季的风温馨浪漫,梦一样徘徊,荒芜消瘦的大地,弥漫着泥土解冻的气息;夏季的风热烈多情,阳光渗透了所有的植物,大地的气息通过叶子传递出来,隐秘潜伏着火一般的激情;秋风沉醉的大地,百草结籽,万物丰腴,充满了作物成熟的气息;冬季的风啊,翩跹起舞,连接着西伯利亚凛冽的气息,将大地装扮成一个洁白的童话。

大地四季的气息,是连接我与故乡的地气,弥漫了我的精神和思想,溢满了我的五脏六腑,使我如痴如醉,无论我走到哪里,我的人生都充满了故乡的气息。我的所有文字,都是从故乡大地上生长出来的,从我的皮肉上掉下来的,经过煎熬和提炼,经过风霜和苦难,每一个字,每一个标点符号,都混合着故乡大地的气息。

我的灵感源自苍茫的大地,源自这块土地上勤劳勇敢的人们,源自生长着的各类庄稼、物质和思想。我的思想、灵魂、情感生长在这块土地上,无法移植和栽培。如果离开故乡,如果离开这块土地,我的思想就会因水土不服而荒芜,我的灵感就会因流落他乡而枯竭。那一刻,我背着空空的行囊徘徊在十字路口,像迷失了方向的候鸟一样不知何去何从,我连一个字也写不出来。

我与墓地之间

一

我与这片墓地,现在近在咫尺。

我的周围,是森林一般崛起的大理石墓碑。它们高低错落,排列有序;一律黑森森冷冰冰的面容,阵势庞大,庄严肃穆。一排排黑色墓碑,仿佛一排排站立直视的兵马俑,以排山倒海之势,向我汹涌而来,无言地将我重重包围。

但是这些精美的石块组合,在外人看来死气沉沉,毫无生机,甚至有些恐怖。但在我的心中,这些墓碑都是鲜活的,立体的,富有生命的,充满了迷人的魅力。而每一个墓碑后面,都站立着一个活生生的人物,都有一段传奇的人生经历。他们曾经是我亲爱的乡亲。

我慢慢行走在墓碑之间,走在亲切的乡亲们中间,默默地念着他们的名字。我试图唤醒沉睡已久的遥远连队。渐渐地,这些往日熟悉的连队人物,重新聚拢在我的身旁,他们的音容笑貌浮现出来,往事如昨,历历呈现。我在心里和他们打着招呼,一一走过他们的墓地。

二

不知从什么时候开始,我喜欢上了墓地。

从前提起墓地,内心总有一种淡淡的恐惧,伴随着一种命运的无可奈何,还有很多人忌讳墓地,认为终归是一个不祥之地。父母亲相继去世后,到墓地次数多了,我的内心由强烈排斥到逐渐接受,最后趋于淡然平静。后来,随着年龄和阅历的增长,我甚至有点喜欢墓地了,个中原因说不清道不明。这个世界上的许多事情是无法用语言说清的。

在这个喧嚣的世界,唯有墓地是宁静的,安详的,永恒的。一座座安静的坟墓,一块块矗立的墓碑,在我眼里,它们是沉默的,温和的,像一位位独立沉思的智者,内心蕴含着丰富多彩的精神世界,包容着尘世的万千气象。墓地是人生最后的驿站,一个人,无论活着是多么艰难或者多么富贵,最后他的归属地一定是墓地。墓地是公平的,这是亘古不变的规律。

有时候,我独自一人来到墓地,默默行走在一座座肃立的墓碑之间。午后或者黄昏,太阳的光照射在静静的墓碑上,泛着明亮沉静的金光。一阵微风掠过,轻轻地,轻轻地,仿佛与墓碑窃窃私语。微风拂过,墓地仍旧一片静悄悄。我在墓地间一遍遍踯躅徘徊,寻觅那些曾经熟悉的身影,那些曾经鲜活的面孔,追寻那些逝去的如烟往事。

在没有丝毫纷扰的墓地,在这个宁静安详的氛围中,我远离人世的嘈杂喧嚣,心若止水,肆意蔓延,慢慢进入人生的思考。

三

据人类学家推算,自原始人至今,地球上已有850亿人离开了我们。这是一个庞大的天文数字,是现在地球人口的14倍。

生与死,这是人类一个庄严的话题,也是永恒不衰的话题。世界上任何一个人,从他出生的那一天,从他嗷嗷待哺的那一刻,其实,他的生命已经进入倒计时。不同的是,有的人倒计时时间长久一点,有的人倒计时时间短暂一点。

俗语说:一寸光阴一寸金,寸金难买寸光阴。是的,你即使拥有一万两、十万两黄金,也买不来世上一寸光阴。这个世界上,时间是最无情的,光阴是最残酷的,但它们又是最公平、最公正的。无论是显赫的伟人,还是卑微的百姓,无论是白人、黑人,还是棕色人、黄种人;无论男女,无论老幼,只要是地球上生存的人类,只要你生活在这个世界上,都逃脱不了这个严酷的生命定律:你的生命已经进入倒计时。

时间的钟声滴滴答答,滴滴答答,一刻不停,分分秒秒提醒着世界上的每一个人。从牙牙学语的幼童,到忙忙碌碌的中年,再到白发苍苍的老人,撇开人生的意义,单从生与死的角度——这个每个人必须面对的哲学问题,我们每天都行走在通往天堂的路上,我们每时每刻都向死亡靠拢逼近。我们用生命之手,叩响地狱之门。

芸芸众生,红尘滚滚,万千生灵为生而来,无数生命为死而去。丧钟为谁敲响?丧钟为我们每一个人敲响,时钟滴滴答答,毫不留情提醒着每一个世人:你的生命已经进入倒计时。

2013年11月,我在北京鲁迅文学院进修,一个我很尊敬的教授给我们作家班上课,他说的一句话让我震惊:"人生是虚无的,毫无意义。生命的尽头只有消失。人注定要死去。所有的一切,都会随时间而灰飞烟灭。"他的理论与我们从小受到的传统教育是相悖的,无论上学时的老师还是工作后的组织,都教育我们说人生非常有意义,人生要不断奋斗。听完课后,我陷入了深深的苦恼和困惑中。

人活着究竟有无意义?既然没有意义,为什么还活着?这是一个看似简单却充满了疑惑的哲学命题,特别在这个多元化的时代,这个命题可能有无数答案,短暂的人生是多么复杂和纠结呀!

四

法国思想家、文学家罗曼罗兰说:"人生就是一连串的死亡与复活。"一连串的死亡连接着一连串的生命,一连串的生命通向一连串的死亡,人类就是这样周而复始,生生不息。

到鲁迅文学院学习,我的思想、灵魂受到极大震撼。每听一次老师授课,都感觉如痴如醉,享受一次无与伦比的精神大餐,一场人生与艺术的丰美盛宴。在鲁院的日子里,我的思想激荡,精神升华,灵魂滋养,受益无穷。但是每每想起那位知名教授说的话,内心又耿耿于怀,我穷尽思维不得其解,甚至到了夜不能寐的地步。

鲁院归来,怀着困惑之心,我来到了这片墓地。初春的墓地,微风荡漾,乍暖还寒。一些野草的绿色嫩芽悄悄钻出地皮,星星般点缀着寂寞的墓地,显出一些生机。墓地一如既往,一片静悄悄。

我走在熟悉的乡亲们中间,他们的面孔像黑白电影一样出现在我眼前,我的灵魂穿越时空和他们交流。他们来自五湖四海，为了共和国的这片土地，他们来到了这里，再也没有回去，最后埋葬在这块墓地。他们的人生早已盖棺定论画上句号。

墓地的前方是连队，连队与墓地之间，隔着辽阔的棉花地、玉米地和灰苍苍的防风林。连队到墓地的距离，就是连队人整个人生的距离。一生耕耘着这些作物，守护着这块土地。耕耘土地的他们走完了人生之路。

人生的意义，简言之就是活着的价值。在这块充满盐碱的贫瘠土地上，难道他们的一辈子人生毫无意义？难道我们的国家不需要伟大、崇高、悲壮？我们的时代不需要英雄？

如果真是这样，我们的民族就是一个毫无希望的民族，我们的时代，注定是一个可悲的时代。我第一次，对那位教授产生了深深的质疑。

我默默凝视着一排排墓碑；墓碑无言地望着我，欲言又止，仿佛在给我一个答案。

五

墓地是一块小小的绿洲，四周被黄褐色的沙滩重重包围。墓地与墓地之间，贯通着一条条小径，被各色杂草覆盖。

墓地像一个熟悉的老朋友，每当我内心困惑或者浮躁不安，我就会来到这片墓地，徜徉在熟悉的乡亲们中间，呼吸着安静清新的空气，看着一只只蝴蝶、蜜蜂飞来飞去，寻觅心灵深处的安宁。

这时，我与墓地之间，阴阳两极，泾渭分明。隔着生与死的距离，你无法不考虑生与死。

一个人的死是无法避免的，就像太阳和月亮，纵然光芒万丈，普照大地，但是升起必然落下。但是死神的降临是无法预知的,所以人生充满了迷茫、困惑和未知的恐惧,这也恰恰是人生的魅力所在。人的一生,是深不可测的谜语,任何人无法破解。

人之所以区别于其他动物,是因为有思想,有创造力,人活一世,总不能浑浑噩噩,像某些动物一样。人生在世,本身可能没有意义,但是我们要努力活出意义;否则人活一世,如同草木一秋,有什么意义呢?

我虽是一个凡人,但骨子里渴望英雄。生当作人杰,死亦为鬼雄;风萧萧兮易水寒,壮士一去兮不复还;人生自古谁无死,留取丹心照汗青;江山如此多娇,引无数英雄竞折腰!这些犹如闪电一般的诗句,振聋发聩,照亮了漫长的中国历史,什么时候吟咏,血管里的血液都是沸腾的!荆轲刺秦,岳飞刺字,黄继光舍身堵枪眼,董存瑞挺身炸碉堡,千百年来,无数仁人志士英雄豪杰,已经变成炽热滚烫的血液,奔涌在中国人的血管里燃烧。不同年代的英雄,总是让那个时代熠熠闪光,并且超越时代,成为整个民族崇拜和前进的精神偶像。虽然在和平的年代,我只能做一个凡人,但每次来到墓地,我总是浮想联翩,内心深处的英雄情结就会油然而生。

记得离别鲁院的前一天,我独自一人来到天安门广场。这个无数中国人向往的地方,我和同学们曾无数次课余散步来到这里,每一次来,仰视着高高的人民英雄纪念碑,我的心绪啊,就会激动万分,辗转万里,飞回了遥远边疆的这块墓地。在我的心里,他们远隔千山万水,但却是紧密连接在一起的,是我心灵栖息的家园。

我行走在墓地间,我深情地望着一个个墓碑,向我尊敬的乡亲行着注目礼。墓地无声,墓碑无语,他们是我无声的老师,我从沉默中读出了千言万语,寻找到了人生答案。墓地啊,我心中永恒的墓地!

　　我怀着恋恋不舍地心情离开墓地,走向荒原。

　　荒原,无尽的褐色荒原铺天盖地,冲击着我的视野。它的遥远的尽头,是一大片闪烁着绿色的云团,那是生机盎然的绿洲大地。

遥远的老房子

连队虽然沿用的是部队的番号,但其实就是村庄,一个连队就是一个小小的村庄。一些庄稼人成年累月地居住、生活在连队的土房子里,守着棉花、玉米、麦子等作物和尘土飞扬的乡间土路、各种树木野草、牛羊鸡猪,过着地老天荒的一年四季,然后和岁月一起慢慢变老。

每个连队都有几个放牧牛羊的畜牧点。这些畜牧点远离连部,零星分布着四五户人家,放养着连队的马牛羊和猪、鸡,因为位置偏僻,人员稀少,人们习惯称它们为羊圈、牛圈、鸡圈,但更多的人称这些地方为"四角"。

在我10岁以前,我和父母一直住在连队的一个"四角"。这个地方原来荒无人烟,不知何时盖起了一排土房子,于是就有了"老房子"这个地名。居住在老房子的都是连队的牧工,他们放牧着一大群牛和一大群羊。

在我童年的每个早晨,天刚蒙蒙亮,父亲就早早起床放羊,也顺便把我们弟兄几个从睡梦中吼起来。懵懵懂懂穿好衣服,我们就往羊圈旁的几个小土堆跑去,那几个圆圆的土堆,是我们每天早晨必须去的地方,是父亲给我们指定的厕所。

这几个高高低低的沙土堆是用来垫羊圈的,四周长满了一种淡白色小花朵,叫作苦豆子的野草。在我幼年的记忆里,苦豆子修长的锯齿状叶子和高高的茎秆,闪烁着迷茫的光泽,整个夏季都散发着浓烈的苦涩气味,牛羊再饥饿也不去吃它,所以在这个自由的小天地里,苦豆子营养充足,生长得很茂盛,就像我们的童年一样无忧无虑。

土堆前面是一望无际的大荒滩,稀疏点缀着几棵沙枣树和一片野榆树林。荒滩空气清新水草肥美,流淌着各类鸟儿婉转的鸟鸣,是牛羊们喜爱的乐园。背靠土堆面对荒滩,我们兄弟几个童年里的每一天都会在太阳从远远的地平线上升起的时候开始。我们蹲在苦豆子毛茸茸的草棵子里,开始一天的大小便。

早晨的大荒滩,雾气迷茫,寂静无声,充满了神秘和期待。我经常在弥漫着苦豆子苦涩略带点香味的气味里蹲着,望着遥远地平线上冉冉升起的太阳和近处零散分布着的母羊产房、草垛、水井旁的饮水槽,以及雾霭一样渐渐地升起来的母亲的炊烟。在瑰丽的金色霞光中,苦豆子齐刷刷笔直地矗立着,扬花的穗子箭矢似地射向天空,高高漫过我的头顶,沾着露水的叶子亲切地抚摸着我的脸颊。我的目光透过那些绿色的叶子和淡淡的花香,把远远近近的景物分割成大大小小的图案:在逐渐消失四处弥漫的雾气中,羊群排成散漫的方队,逶迤着向野草离离的荒滩渐渐远去,一只只淹没在草丛里,最后消逝在我的视线;圈了一夜的短角红奶牛争先恐后挤出牛栏,相互追逐着在我虚幻的眼睛里表演着动画片;一只母鸡带着一群鸡雏在草垛边寻觅扒拉着食物;大荒滩在早晨柔和的光线下,有一种梦幻般的绚丽色彩。我在漫无目际的遐想中,如梦似幻,童年的心飞翔着,越过老房子,越过茫茫荒野,飞向了远方不可知的地方。

中午，牛群羊群在野外吃草，都不回来，牛圈、羊圈在金色阳光下显得宁静而安详。这时候，烈日当空，赤裸裸的光线把老房子晒得耀眼刺目，一座座金字塔似的草垛散发着热烘烘的、浓郁的干草气味，荒原上无数条野蛇似的蒸汽向天空飞舞，野草们被太阳晒得蔫蔫的，无精打采地耷拉着脑袋。我和一群牧人们的孩子百无聊赖，互相追逐着打土块仗、捉迷藏。这是一天中最闲暇的时光，到了傍晚收牧时，我们就要帮着大人给牛羊饮水加料。捉迷藏的时候，我经常藏在马兽医的兽医室里，那是角落里一间不起眼的房子，他们谁也不知道我藏在里面，因为只有我自己知道兽医室的铁锁坏了，还有我的父亲知道。小时候我感冒或者发烧了，老房子距离连队卫生所很远，吃药打针很不方便，父亲就带我来到兽医室，把牛羊吃的兽药找几片给我吃，在父亲的意识里，人和牲畜得病从本质上是一样的，没有什么区别，只不过牛羊吃药剂量大，我吃的剂量少，因为我还小。从那时我就知道兽医室的锁坏了，用手一拉锁就开了。所以我藏在里面，把门顶上一声不吭，他们谁也找不到我，因为我没有把这个秘密告诉任何人。小伙伴们找烦了，就不找了。我乘他们不注意，悄悄从兽医室溜出来，然后把门锁挂好，出人意料地出现在他们面前，在他们惊讶地追问下，我得意地守口如瓶。他们至今也不知道我会藏在那个架子上到处是瓶瓶罐罐、充满浓烈药味的兽药室里。

有时候，中午或者黄昏，不经意间，会有一个神秘的中年人骑着一辆没有车闸的破自行车来到老房子，我们纷纷围住他，跟着他来到牛圈，走到留在圈里的母牛旁，他从帆布挎包里掏出一个带着长线的神秘物件，慢慢从牛嘴伸进牛的肚子里，过一会儿抽出来，上面竟沾满了锈蚀的铁钉和铁丝！我们惊讶得睁大了眼睛，凭着钩出来的这些东西，中年人向我们的母亲要了几毛钱的报酬,然后很快消失在远方的丛林中。这是我们见到的最早的江湖手艺人,他神奇的魔术令少年的我百思不得其解。后来我们长大上了物理课,才知道了磁铁的原理,那个神秘的中年人用废弃的收音机上的磁铁吸出了牛胃里沉积的废铁。

有时候肚子饿了,我们就跑到配种站,偷拿喂种羊的红萝卜吃。配种站其实就是几间矮房子,是专门让种羊住的,旁边立着一个高高的供马牛交配的木头架子,我们经常在架子上荡秋千,攀上爬下,柳树木头被我们磨得油光水滑。每到中午,牧羊人就会拿鸡蛋和萝卜喂长着两个弯曲大羊角的种羊,这些吃食可是稀罕东西。看着种羊悠然自得地吃萝卜、鸡蛋,馋得我们几个直流口水,那时候我们还不知道种羊也很辛苦,它们肩负着繁衍后代的责任,这些好吃的东西是给它们的补品,只是觉得让羊吃这些东西太奢侈。我们在嫉妒种羊的同时,乘大人不在或不注意时,把削尖的木棍伸进窗户,扎几个红萝卜出来过过嘴瘾。

疯够了,玩累了,我们也渴得嗓子冒烟,便一溜烟跑到水井旁喝水。这口水井和老房子一样古老悠远,老房子的人和牲畜都饮这口井的水,我从小就是喝这口井水长大的。令人不解的是,老房子到处是泛着盐碱的荒地,风吹沙起,下的雨水落到地上立刻变得苦涩难咽,而唯独这口井打出的水却清洌甘甜,一年四季源源不断,滋润着老房子的男人女人和牛羊们,真是一方水土养一方人呀!

水井旁立着一根高高的木头井架,上面横着一个木杆,木杆的麻绳上系着一个木桶。我和小伙伴们使出吃奶的劲,一节一节拽着绳子把木桶压到井底,晃晃悠悠捞出一桶水,我们争先恐后像小羊羔一样趴在木桶上喝水,冰凉的井水把我们的五脏六腑都爽透了。喝过瘾后,我们围成一个圆圈趴在井台前向下探望,盈盈晃动的清清井水,倒映着我们童年纯真无邪的脸庞,从井中飘出的阵阵凉气使我们心旷神怡。我们抓起井沿的小石子,挨个朝井中扔,那小小的石子,在幽深的井壁中以自由落体的速度降落,最后落入井中,激起一小片水浪涟漪。我最喜欢听石子落入水中那一瞬间发出的声音,它在井壁间轻轻回响,幽幽不绝,声音悠远悠长,感觉如梦如幻。至今想起那口老井,我的耳旁就会响起小石子轻击水面的那种缥缈的响动。

虽然水井以无比的清凉诱惑着我们,但我们还是很快离开了水井,如果让大人发现我们往井里扔石子,他们会用鞭子狠狠抽打我们的。

太阳像一个熟透的、巨大的红色橘子,一半嵌在遥远的地平线上,一半已经掉进戈壁滩里。从远处传来的断断续续的牛羊叫声,唤来了老房子美丽的黄昏。这是一天中老房子最热闹的时刻,牛群、羊群,还有我们的父亲走在夕阳里,身躯披着金色的余晖。牛、羊的肚子吃得圆鼓鼓的,急急忙忙地奔向水井,饮水槽旁挤满了喝水的牛羊,扬起的尘土弥漫了整个老房子,空气中混合着牛羊身上散发出的好闻的气味和老羊呼唤小羊的叫声。我们一群孩子这时也跑前跑后,忙着赶羊拴牛,帮着大人查点进圈的羊只。

太阳彻底掉到地平线下面了,月亮和星星爬上高高的杨树梢,老房子在一片茫然迷离的雾霭中渐渐安静下来。一排兵营式的土房子跟前,这时变得喧闹起来,各家门前地上都摆了几个粗瓷大碗,一溜大碗被稀疏的月光照得闪闪发光,热气中荡漾着晶莹的水波。那些大碗里盛着红薯稀饭、玉米面馍馍和辣子炒豆角、茄子炒西红柿,散发着诱人的香甜味。有时候还有一碗连队磨坊烧制的烈性高粱酒,每个大碗跟前都蹲着一个牧羊人,他们粗声大气地吃着喝着,此起彼伏的、吸溜吸溜喝粥的声音响成一片。我的父亲和牧人们一边大口大口地吃着饭,一边议论着农事、草场和雨水;我们的母亲则不停地端着碗忙忙碌碌、跑前跑后,一声不吭、小心翼翼地伺候着他们。老房子傍晚农家饭的清香和温馨,永恒地弥漫了我童年的记忆。

夜幕不知不觉包围了老房子,干燥了一天的空气变得凝重潮湿。劳累、奔波了一天的父亲沉沉而睡。妈妈点燃了煤油灯,墨水瓶上那朵小小的火苗,像一颗燃烧的黄豆,飘飘忽忽似明似灭。昏暗的光线弥漫了整个小土屋。这时候,我们弟兄几个围坐在妈妈跟前,妈妈一针一线纳着鞋底,开始给我们讲那过去的故事。

暗夜里,微风徐徐,清凉如水。夜莺、蛐蛐、蟾蜍和不知名虫子合奏的小夜曲在荒野上轻轻响起,仿佛在给忙碌了一天的老房子催眠。黑黝黝的牛圈、羊圈和高高的苜蓿垛沉寂如山,只有一群群老鼠在草垛间穿梭游走;似有若无的母牛反刍声、羊羔梦中呢喃的呼唤被无边的夜色吞没了,偶尔几声狗吠,更增添了黑夜的宁静和夜空的悠远。我的遥远的老房子,宛如夏夜里一个纯净的童话,在寂静无声的盆地中,进入了沉沉的甜蜜梦乡……

高高的柴火垛

准噶尔的秋季总是匆匆忙忙,原野上成熟的庄稼让人目不暇接,手忙脚乱。刚刚收获完,还没来得及喘口气,一场铺天盖地的鹅毛大雪,顷刻间将已经秋耕过的庄稼地、赤裸裸的荒野、泛着凝重秋光的河流,捂盖得严严实实。季节的交替短暂、仓促而略显紊乱,让人来不及反应。

漫长的冬季里,盆地、连队陷入无边的寂静。庄稼人无所事事,唯一的事情就是打柴火。

第一场雪后的早晨。吃过早饭,我们弟兄几个来到空旷的院子。天空阴沉沉灰蒙蒙的,凛冽的西北风立刻包围过来,围着我们旋转嘶叫。我们一个个缩着脖子,等着父亲。

父亲吃过饭的第一件事是上厕所,他不愿意把自己的东西白白送给别人,肥了他人的地。吃饭和上厕所,是他起床后要办的两件事。

父亲提着裤子慢腾腾走过来,我们弟兄几个拉起爬犁子,拿着斧头和绳子,走出院子。

我们踏着白茫茫的雪原向河西走去。一望无际的庄稼地里,没来得及砍的玉米秆子齐刷刷地站立在瑟瑟寒风中,剥去玉米的穗子空荡荡的在风中摇曳,枯叶抖抖擞擞,样子执着而又让人怜悯,它们没有因为被遗弃而放弃等待,在寂寞清冷的日子里,等待着羊群或者牛群的到来。

冬日的风景我们司空见惯,不知不觉已来到奎屯河边。流淌着我们童年和往事的河水,躺在厚厚的冰雪之下,默默无语,寂静无声。站在岸边放眼对岸,就是河西。

越过冰封的奎屯河,河西辽阔、荒凉的铅灰色原野一览无余。天苍苍,野茫茫,鹰在灰褐色的高空中盘旋,点缀着天空的单调。在高低起伏的丘陵上,疏疏朗朗地布满了梭梭、红柳、琵琶柴等野生植物。放下爬犁子,我们哈着热气,搓着快要冻僵的双手,举起斧子开始砍柴火。我们要在西伯利亚寒流来临之前,准备好越冬和明年春天的柴火。

父亲是个事事走在前面的人。他沉默寡言心思细密,对生活充满激情和联想,他活着的每一天都在为以后的日子做准备。被人遗弃的半截麻线绳头,一个没有把子的锈迹斑斑的斧子,一副散板的破架子车,在别人眼里一钱不值的东西,都是父亲精心收藏好为以后准备的。日积月累,我家后院堆得满满当当,简直成了一个废品收购站。在我们不屑的目光里,父亲总是说,这些东西迟早会有用的。

而后来发生的事情,总是印证着父亲的话语。他捡拾的这些废物,总是在家里急需的时候派上了用场。比如捆柴火需要一根短绳,这时长绳自然不适用,截短了又很可惜,父亲来到后院,从筐子里翻出一截麻绳头,好像专门为这捆柴火准备的,这截绳子不长不短,非常合适。每到这时,父亲就得意地说,我说这些东西会有用吧。

父亲对收集储藏的东西如数家珍,记得很清楚。有一次,一个收废品的来到我家门口,我们弟兄几个趁父亲不在家,把他几年前捡来的两个破十字镐头卖掉换了糖吃。我们觉得这两个破东西在角落里躺了很多年,已经锈迹斑斑,一次也没有用过,扔了又可惜,不如让我们哥几个解解馋。这年冬天,我们拾柴火时,父亲要挖很大一个树根,他自言自语说这两个破镐头可派上用场了。他到处找也没有找到,我们几个吓得大气都不敢喘,从此以后谁也不敢乱动他的东西了。

他的一生都在收藏,积累,准备,一旦需要,父亲总是因为准备充分而不手忙脚乱,做起事来也总是胸有成竹。

有一年秋天,天气很好,连队上的人们起早贪黑在地里忙着收获,喜滋滋地盘算着一年的收成。而父亲一声不吭,早早把越冬的引火草、木柴准备好,就连准备糊窗户的塑料布、钉棉门帘、打火墙、整修菜窖这样的细节都计划得很周密,把一个连队农家越冬的准备做得滴水不漏。果然不久,一场罕见的寒潮侵袭了初秋的盆地,连绵不绝的秋雨像断了线的珠子下个不停,人们惊慌失措,一下乱了手脚,很多人家因没有储藏干柴而无法起火,整个连队弥漫着一股湿柴火呛人的生烟味,唯独我家却因父亲准备充分而显得井井有条。

隔壁家的马六硬着头皮向父亲借柴火,父亲狠狠地瞪了他一眼,吼道:你这个懒得生蛆的家伙,整天就知道遛逛,屎憋到屁股门才日急忙慌找厕所,做不成饭去喝西北风!骂归骂,父亲还是让我们到棚子里给马六扛了一捆柴火。

其实,那个年代除了遥远的河西,车排子垦区到处都是柴火。可是父亲却偏偏要走很远的路去河西打柴,很让年少的我们费解。他是一个性格倔强的人,他认准的事八匹犍驴也拉不回来。父亲是一个牧马人,整天骑着一匹骊马在戈壁、山冈四处流浪游弋,他知道哪里的柴火多,哪里的柴火无人知道,他把这些秘密严严实实藏在心里,谁也不告诉,回来带上我们就悄悄出发了。砍好柴火后,我们在前面拉着柴火走,父亲在后面骑着马赶着马群,马蹄践踏了我们留下的足迹,谁也不知道我们拾柴火的地方。

这个打柴火的地点父亲始终守口如瓶,很长时间无人知晓。看见我们拉着满满当当一爬犁车柴火,连队上很多人都很惊讶,也有人围上来试图向父亲打听,但都被父亲断然拒绝。

父亲把砍来的柴火一捆一捆地堆放在院子里,像欣赏战利品一样,逐捆翻看,脸上挂着欣喜和满足的笑容。然后,父亲把柴火整整齐齐地垛在院子前面。父亲在马号是码草垛的高手,垛起柴火来更是轻而易举。父亲垛柴火非常有耐心,蹲在地上不急不躁、不紧不慢,他根据每根柴火的粗细长短和形状,错落有致搭配恰当,好像在摆弄一个个精致的工艺品,又像数落着一件件陈年往事,码得认认真真仔仔细细,整个柴火垛浑然一体,扎扎实实不留一丝缝隙,想从柴火垛上抽出一根是很难的事情,所以我家的柴火从来没有丢过。

但是父亲仍然不放心,他是一个追求完美极致的人。为了确保柴火垛万无一失,不丢失一根棍棍棒棒,父亲昼思夜想绞尽脑汁,想出了一个绝妙的办法。他带着我们在戈壁滩、荒野砍刺棵子,用架子车拉回来后,在柴火垛周围筑了一圈厚厚的围墙。刺棵子浑身长满了尖锐的小刺,扎得我们一个个龇牙咧嘴,但父亲全然不顾,指挥我们弟兄用木杈子将刺棵子一层一层垛起来,刺棵子的围墙仿佛一个圆圆的城堡,密密实实,四周相连犹如层层芒刺,护卫着高高的柴火垛,如果不使用木头梯子攀登,任何人都拿不走一根柴火棒棒,父亲这才彻底放心。

父亲在柴火垛垛成的那天,拿着木杈站在高高的柴火垛上,俯瞰着绿洲上的人家,神情满足而又自豪。父亲一生没有做过什么大事,他生活中最重要的事情就是领着我们兄弟几个,像一群饥饿的老鼠拼命储藏过冬的食物一样,四处奔波打柴火。父亲放牧着一群不会说话的牲灵,一天到晚沉默寡言,只有柴火才能点燃他的激情,他最大的乐趣就是发现柴火,打柴火。父亲的一生辛劳而卑微,稍微一点满足就使他兴奋不已,高高的柴火垛是他的骄傲和自豪,是他人生最成功的一座丰碑,占据了他生活的全部。他嘴上常挂着一句话:没有柴火,再多的粮食也是白搭。

我家的柴火垛是全连最高最大的,它高高地矗立在连队东头,是连队众多人家的标志性建筑,象征着我家人多力大、家业兴旺。河西的哈萨克族羊贩子来买羊,远远地看着我家高高的柴火垛,直直地就奔了过来。同样的羊,我家卖的价钱总比别人家好。

在连队,柴火垛成了家的标志,如果谁家的柴火垛低矮稀松,准是这家男人扛不起大梁,走起路来也灰溜溜得挺不起腰杆,过后会有人指着他的脊梁骨说,连柴火都没有,还过什么日子。那些年,我常常发现在夜深人静的子夜,父亲有时一骨碌从床上爬起来,独自一人来到柴火垛跟前,静静地看着,有时喃喃地自言自语,是在感激上苍的赐予,还是祈祷神灵的保佑,我至今也弄不明白。那一刻,盆地万籁俱寂,只有旁边庄稼地玉米拔节的声音此起彼伏,天地间,唯有父亲与柴火垛默默而立,无言交流,月光如水般倾泻在高高的柴火垛上,洒在父亲低矮的身上,给他披上一袭洁白飘逸的哈达,庄严而圣洁,犹如一尊木刻的雕塑。

一垛柴火消失了,另一垛柴火又高高矗立起来,岁月就这样周而复始。天长日久,柴火垛实际上已经成了家的一部分,和油盐酱醋一样,是居家过日子不可缺少的一笔财富。父亲早上起床后,首先要围着柴火垛转一圈,看着高高的柴火垛,父亲一天都很踏实,心情也很舒畅。傍晚收牧回来,困倦的父亲端着粗瓷大碗,背靠着厚实坚固的柴火垛,就着咸菜吸溜吸溜地喝粥吃馍,享受着生活的赐予。我小姑出嫁的时候,一无所有的父亲给她装了满满一车梭梭柴作为嫁妆,上面缠绕着鲜艳的大红绸,父亲赶着马车送小姑,响亮地甩着马鞭,吸引了全连人的目光。

而如今,高高的柴火垛已经消失。无烟煤、液化气、微波炉取代了柴火的功能,像一具过时的、被遗弃的道具,柴火垛只存留在连队人遥远的记忆里。小时候我们经常砍柴的河西,已被国家划为野生植物保护区,而饱经风霜的父亲已是风烛残年,一辈子的辛劳奔波耗尽了他的能量,失去柴火垛的日子使他惴惴不安。仿佛失去了魂魄,他终日瘫痪在床,像一具烧透的、即将熄灭的古老的黑梭梭,他经常啰哩啰唆,用含混不清的语言不厌其烦地给我们兄弟几个说,他死后,要把他拉到连队八号地转一圈,然后再埋在奎屯河边。

只有我知道,那是父亲带我们拾柴火的必经之路。

两棵树

我始终固执地认为,在辽阔的准噶尔盆地,先有了这两棵树,然后才有了这具被遗弃的车排子,后来才孕育和诞生了这个古老的传说,最后才有了车排子这个著名的地名。

这具从前被人遗弃荒野的车排子,谁也无法考证它的来龙去脉,它仿佛一具干枯的木乃伊,在准噶尔荒原上沉睡了百年,后来被肆虐的风沙淹没或者被消逝的岁月风化,最终无影无踪。只有各种关于这辆轱辘车的传说在人们言语间流传,传了一代又一代,直至如今。时间这个无情的老人,以不可抗拒的力量改变着一切,想要留住一点什么是不可能的,只有以车排子命名的这个苍凉的地名流传下来。

唯有这两棵树,在从前车排子散架的地方,屹立于天地间,在满目皆黄丘陵般起伏的荒原上,鲜活得触目惊心,不屈不挠地与时间抗衡。它们兀立奎屯河畔,一棵是梧桐,另一棵也是梧桐。两棵树并肩而立,相依相偎,谁也说不清它们活了多少年。在没有人类进驻的洪荒年代,它们就生长着;人类来后,它们仍然旁若无人,继续生长着。两棵树高大挺拔,气势磅礴,塔形的树身直刺蓝天,枝丫郁郁葱葱,叶子层层叠叠,仿佛荒野上两个顶天立地的绿色巨人。

如果这两棵树生长在水草肥美的草原,或者是雨量充沛的深山密林,也不足为奇了,偏偏它扎根在这干旱的千里荒原上。在古尔班通古特沙漠边缘,环绕它的是贫瘠的土地和恶劣的自然条件。一棵树的生存是极其困难和艰辛的,严寒、酷热、干旱、盐碱像幽灵一样追随着它;历尽苦难活下来的,是不屈的生命,是自然的奇迹,是树中的英雄。这些经过炼狱般磨难幸存下来的树,其中很多抵抗不住西伯利亚寒流和亚热带炎炎烈日的炙烤,在生命的跋涉中夭折了。它们身上,代表生命绿色的叶子凋谢了,稠密的枝叶枯萎了,糙砺的树身遍体鳞伤,唯有铁条似的枝丫顽强地伸向苍天,雕塑一般仰天长啸,壮怀激烈,仿佛勇士的呐喊,英雄的长叹,其情悲壮,其景惨烈。这样的树,在准噶尔盆地四处可见。这些死去的英雄树,消失的只是绿叶和水分,它们的灵魂不死,精神永存,它们高高矗立在盆地上,以另一种方式存在着,象征着这块土地上的人们改造自然、征服自然的不屈精神,这是准噶尔树的纪念碑,人们无不对它肃然起敬。在准噶尔盆地,敬仰一棵树,其实就是敬仰生命,就是敬仰绿洲,就是对这块土地开拓者的最高礼赞。

是什么物质养育了这两棵常青的树?是源源不断的奎屯河水。天山雪水奔腾不息,奎屯河水长流不断,它们与遥远的天山、融化的雪水通过一条弯弯曲曲的河流联系在一起。河里流淌的是绿色的生命,流向哪里,哪里就是绿洲,哪里就是生命。金子一样珍贵的河水滋润了两棵树,它们与河流是生生不息的血脉相连呀。在看不见的地下,它巨大而庞杂的根系,像四通八达的网络,逶迤延伸,连接着巍峨天山,连接着千年积雪,连接着准噶尔的浩瀚土地。它们纵横交织,经纬相连,唇齿相依,血水交融,这是一个多么庞大而鲜活的生命网络呀,有了它,它的滋养才源源不断,生命才蓬蓬勃勃,英雄的姿势才会永恒于天地间。

荒原上的两棵树,独立寒秋,默默无闻。大地上有的树,根植于名胜古迹,出生高贵,树同风景一样千年不朽;有的树,是名流雅士栽种,众人敬仰,树同名人一起万古流芳;有的树,是稀世珍品,被人像熊猫一样保护,供游人参观或学者研究。这两棵树,没有松柏的盛名,没有木棉的气势,没有银杏的珍贵;只有不屈的风骨,只有钢铁的坚毅,因为一无所有,所以无人攀附;因为孤独遥远,所以没有朋友;因为没有花香艳影,所以不招蜂引蝶。只有空中飞倦的小鸟,偶尔停在它的枝头小憩,只有翱翔蓝天的苍鹰,间或向它投来惊鸿的一瞥。它淡泊明志,宁静致远;它心地坦荡,宠辱不惊。夏天它洒一地绿荫,让孤独的牧羊人歇脚乘凉;冬季它披一袭霜雪,哨兵似地固守着自己的家园。

这两棵树属于车排子,属于雄性的准噶尔。它仿佛两面巨大的绿色旗帜,雄浑大气,凛然不惧,永远飘扬在荒原上。渴不死,就要活,是它们信仰的真理和不灭的信念。对生命的渴望和执着,使它历尽煎熬,九死一生;对绿色的追求和向往,让它从残酷的环境中脱颖而出,它们是自然界的奇迹,拓荒人不屈的化身,车排子精神的象征,我用什么美好的语言赞美你都不过分,你这荒原上不死的绿色精灵啊!

一棵树,其实就是一位饱经沧桑、阅历丰富的哲人,它生命不息,思考不止。任何先知先觉的智者,在这两棵树面前,都相形见绌,它们用顽强和绿色,诠释着生命的本质和生命的真谛,体验着生命的雄奇和生命的壮美。

遥望着这两棵树,就像遥望着在连队路口等我回家的年迈的双亲,它们一棵是我的父亲,一棵是我的母亲。他们终生守望着这块土地和家园,疲惫地耕耘着车排子,收获着微薄的希望。岁月使老树抽出新枝,却让他们累弯了腰。我这个游子曾以青春为伴,背着空空的行囊四处漂泊,在黑夜的梦中寻找回家的路,灵魂却常常迷失在无人的旷野。此刻,遥望着两棵树,我双眸噙满泪水,双膝不由自主落地,跪拜在生我养我的碱土地上,用感恩的心情凝视着两棵树和远方古老苍茫的连队,那曾经熟悉的、故乡的气息风暴一般掠过我焦渴的肺腑,我的泪水怦然落地。我的苍老的父亲,我的慈祥的母亲,我的稚嫩的理想,我的纯真的初恋,我挚爱着的准噶尔和魂牵梦绕的车排子哟!

我的父亲母亲

> 我们从土地上来,我们还必须回到土地上去。如果你们守得住土地,你们就能活下去,谁也不能把你们的土地抢走。
>
> ——摘自赛珍珠《大地》

一

我的目不识丁的父亲母亲,在准噶尔盆地西部边缘,一个风沙弥漫、荒凉偏僻的农业小连队,生活、奔波了半个多世纪。这两个命运坎坷、老实巴交的异乡人,争吵了一辈子,劳作了一辈子,辛苦了一辈子,含辛茹苦把七个子女抚养成人,最后风烛残年的父亲母亲,离开了这块土地,被我们兄妹埋葬在遥远荒凉的奎屯河岸边。

说起父亲母亲,先要说父亲的历史。中华人民共和国成立前,父亲是甘肃张掖县城一个饭馆里打杂的小活计。张掖,是悠远狭长的河西走廊的一个富裕之地,土地肥沃,风调雨顺,盛产谷子、小麦、土豆和油菜,自古是个养人的好地方。但是父亲家里却一贫如洗,家徒四壁的屋里从来不存隔夜粮。父亲的爷爷给地主扛长工,奶奶给别人缝缝补补,勉强养活一家人。父亲在兄妹中排行第二,刚会走路,父亲就手持一根打狗棍,跟着奶奶挨村乞讨。稍大一点,他流浪到张掖县城,靠在饭馆刷碗择菜、翻洗鸡肠子谋生。父亲虽然没有上过一天学,但极有眼色,加上手脚勤快利索,做活不惜力,深得店老板喜爱,虽然不挣一分钱,但老板负责一日三餐,一天忙碌下来混个肚儿圆,比在外面饥一顿饱一顿地乞讨,简直是天壤之别。晚上睡在散发着浓重油烟味的小饭馆里,年少的父亲很满足。

但这样的日子没有维持多久。一个初冬的中午,父亲提着一篮子鸡杂,来到县城旁的小河边翻洗鸡肠子。那时,父亲已经在饭馆干了一年多,再有半年,满两年的父亲就可以领到微薄的工钱了。鸡肠子刚洗了一半,一群骑马背长枪的士兵呼啦啦一阵风来到跟前,一句话不说,把父亲捆了个五花大绑,押到后面的一溜人群里。

父亲稀里糊涂成了一名国民党士兵。那一年,父亲刚刚十八岁。

1943年,父亲随国民党部队千里迢迢来到遥远的新疆,驻扎在迪化(现乌鲁木齐市),这个时候他已经23岁,身材瘦削,穿一身皱巴巴的土布军装,骑着一匹枣红色战马,腰里扎着一条宽宽的牛皮武装带,上面挎着一把雪亮的骑兵军刀,是一个有着5年军龄的出色骑兵了。

1949年9月25日,父亲所在的部队跟随陶峙岳将军,参加了著名的"九·二五"起义,新疆和平解放。脱掉国民党军服,父亲穿上黄军装,脱胎换骨成了一名解放军战士,开始转战天山南北,剿匪平叛。又过了5年,父亲复员离开部队,持枪握刀的手操起了牧羊鞭,成了新疆生产建设兵团一个农业连队的牧工。

父亲的连队跋涉到天山脚下的准噶尔盆地腹地,开始安营扎寨,开荒造田,名称还是沿袭原来部队的番号。连队组建在荒芜的戈壁荒野,一圈参差排列、大小不一的地窝子,围成一个硕大的椭圆形圆圈,里面穴居着清一色的男人。有人编歌谣形容地窝子:房子地下三尺半,冬暖夏凉寒气湿;地下撑着四根棍,上面铺着芨芨草。

地窝子中央是一块平坦的、生长着骆驼草的空地,孤零零立着一座用土块建筑的、具有俄罗斯风格的连部,屋顶上架着一个生锈的铁皮喇叭,是连里唯一的高层建筑,里面住着连队的最高首长。

后来,连队陆陆续续来了一些年轻的女子,是用拖拉机、马车从十几公里外的团部来的,她们呜里哇啦操持着各地浓重不一的方言。这些女人的到来,在连队引起了一场小小的骚动,但没过几天就平静了。女人们很快嫁给了这里的男人,从此在低矮、潮湿的地窝子扎下了根,开始和这些陌生的男人们一起生活,下地,早出晚归,为他们生儿育女。

父亲在偏僻的连队四角地放牧,整日陪伴他的是一群不会说话的绵羊,只有严寒来临冬宰的时候,职工们才三三两两来到牧羊点,用爬犁子拉着宰好剥净的肥羊,心满意足地离去,这时他们才记起在这个几乎被人遗忘的荒僻角落,还有一个孤独的牧羊人,但很快又把父亲遗忘得一干二净。

父亲的牧羊点,名字叫老房子,父亲和另外两个有家室的牧羊人,放牧着连队的一群绵羊和一群奶牛。在这个遥远的老房子,孤独的父亲日出而牧,日落而息,除了月底骑马到连部去领工资,在连队统计写好自己名字的工资表上,按上鲜红的指印,在司务长库房领取一个月的面粉清油,然后到连部旁边的商店购买一些肥皂、酱油醋、颗粒盐之类的生活必需品,再到"杨地主"的理发店剃一个光头,父亲什么地方都不去,也没有地方需要父亲去。那时的父亲是一个无忧无虑的光棍汉,整日骑着一匹黑色的、矫健的伊犁马,赶着一群绵羊在准噶尔腹地的戈壁滩、丛林中东奔西跑,逍遥自在,过着一人吃饱、全家不饿的牧羊人生活。

父亲唯一的朋友刘榔头,在另一个靠近奎屯河西岸的四角地给连队烧酒。刘榔头是四川人,身材矮小,童年的一场小儿麻痹症,给他留下了一条腿的残疾,走起路来一颠一晃的。家乡闹饥荒,刘榔头饿得心慌,听说新疆地多人少,兵团到处招人,不仅可以吃饱饭,而且每月还发工资,仗着年轻他扒上货车,一路颠簸来到新疆,最后流浪到十二连扎下了根。他在家乡学会了酿酒的手艺,老连长看他是个残疾,就安排他在西头烧酒,烧酒剩下的下脚料喂了一群仔猪,冬季来临的时候杀了分给职工过年。父亲在奎屯河岸放羊认识了刘榔头。戈壁滩,芨芨草,风吹草低见牛羊,两个远在天涯的异乡人很快无话不说。偶尔相对饮几盅,一盘凉拌土豆丝,半碗萝卜咸菜条,混合着闲言碎语,在昏暗的煤油灯下,消磨戈壁滩上的半夜时光。两人在偌大的新疆无亲无友,平常和过年过节相互走动,成了一对知心好朋友。

这天秋日的傍晚,父亲早早收牧回来,给羊饮水后关好羊圈,给牧马添了草料,走路来到西头找刘榔头闲谝。老房子离西头有三四公里荒滩路,父亲赶在夕阳掉进地平线之前,进了刘榔头的屋子。

半碗烈性粮烧下肚,两个单身男人心里火辣辣的。炽热的液体燃烧着他们体内汹涌的激情。刘榔头嚼了一口凉拌白菜,打开了话匣子:"老张,别人回来都是热炕头,你放羊一天东奔西跑,晚上回来还是凉锅冷灶"。

父亲皱眉道:"有啥办法?"

刘榔头:"咱们啥时候才有个家。"

父亲叹了一口气:"唉,等到咱俩摸到枕头,恐怕天都亮了。"

刘榔头说:"实在不行,咱们回老家接一个婆娘去,活人还能让尿憋死。"

是啊,活人不能让尿憋死,不能吊死在一棵歪脖子树上。父亲默默地琢磨着老友的话语,眯缝着眼睛陷入了沉思。父亲外表刚强,其实内心深处是卑微的,他在国民党部队当过兵,虽然后来参加了解放军,但毕竟在国民党军队待过,而且时间不短。在历次社教和忆苦思甜活动中,父亲因为家庭出生雇农,属根红苗正,当国民党兵是抓壮丁强迫去的,手中也没有血案,所以才没有受到批判和冲击。父亲虽是军人出身,但骨子和血液里,却是个地地道道的农民,在他内心深处,始终酝酿着一个雄心勃勃的念头,他要建立属于自己的家园。

父亲童年和少年为了生活四处奔波,历经沧桑,年纪轻轻又离开故乡西出阳关,来到遥远的大西北。人生颠簸动荡,现在安定下来,他要实现他的梦想,过上"老婆孩子热炕头"的农民式生活,再说"不孝有三,无后为大",他也该成家生子了。

而此时刘榔头的话语,击中了父亲的要害,激起了他内心深处尘封已久的波澜。沉思片刻,父亲端起酒碗一饮而尽,微微舒展了眉头:"嗯,榔头,你说的是个办法。"

这天晚上,父亲躺在老房子羊圈旁的土屋子里,望着从窗外射进来的点点月光,辗转反侧,一夜未眠。一个对父亲来说非常重大的行动诞生了。

二

1956年冬日的一个早晨,父亲早早来到连部,找老连长请了探亲假,开了通行证,又找司务长领了新疆地方粮票。第二天,父亲骑马来到十几里外的团部,在机关供销科兑换了全国粮票。第三天,父亲迎着风雪上路了。

父亲昂着头颅,满嘴喷着热辣辣的酒气,雄赳赳地行走在白雪覆盖的戈壁滩上。鞭子一样凌厉、冰冷的西北风抽得羊皮大衣呼啦啦乱抖,笨重的大头鞋踩得积雪嗞嗞作响,他孑然一身,旁若无人,高傲得像个皇帝。

临行前,西头酒坊烧酒的刘榔头来老房子给父亲送行,他带来一瓶冒着热气的烧酒,见了父亲一句话不言传,把酒瓶子双手递给父亲。

父亲接过酒瓶,一仰脖子,咕咚咚一口气喝完,甩手把空酒瓶扔给刘榔头,粗声大气地吼了一声:"老子走了!"唾沫星子混合着呛人的酒气,溅了刘榔头一脸。父亲甩开大步,顶着狂降的漫天风雪,头也不回地上路了。

荒原上,风雪狂舞,天昏地暗。父亲一边踉踉跄跄行走,一边嘴里喷着浓烈的酒气,胡乱吼着几句甘肃秦腔:

张掖有个木塔寺呀,

离天还有三尺三;

戈壁滩上的揽羊汉哟,

晚上搂着牧羊铲。

……

这年开春,准噶尔盆地冰雪消融,万物复苏。连队上的人们都知道,我的牧羊人父亲从老家接来了一个甘肃婆娘。

甘肃婆娘身材不高,敦敦实实,臀部肥大瓷实,面相慈善,满月般的脸盘笼罩着一层慈祥的光芒,领着一个流着鼻涕的半大小子。连队的媳妇们私下里议论说,这婆娘身体结实,屁股敦厚,是生养孩子的好手。

父亲到连部找指导员开了证明,骑马驮着甘肃婆娘,一溜

烟来到团部,领取了结婚证。这是一张封面印有毛主席头像的红色卡片,扉页上有毛主席语录:

实现婚姻自由,男女平等……

《论联合政府》

真正的男女平等,只有在整个社会的社会主义改造过程中才能实现。

《妇女走上了劳动战线》一文的按语。

父亲把结婚证锁进家里唯一的木箱子里。从此,这个名叫丁秀兰的甘肃婆娘,就成了我的母亲。

父亲住在羊圈旁边的一座低矮的土块房子里,这是专为守夜人盖的一间房子,墙壁被烟熏火燎,早已黑咕隆咚,仿佛涂了一层黑漆。小土块砌的火墙把室内一隔为二,外间做饭,里面住人。父亲的床是用红柳木棍编织的,上面铺了一个麦草帘子,两个土块垒的台子把床支撑起来。几件简单的锅碗瓢盆,一些破旧的被褥,是牧羊人父亲的全部家当。

刘榔头带来一瓶粮烧贺喜。母亲炒了几个小菜,父亲和老房子的另外两个牧工,一起喝了一场喜酒,就算举行了一个结婚仪式。

职工婚丧嫁娶,是连队的一件大事,父亲从口内娶回母亲——一个光棍牧羊人娶了老婆,成了连队职工茶余饭后议论的话题。父亲从口里娶回母亲,至今在小小的连队,仍流传着3个不同的版本:第一,父亲耗尽半生积蓄,积攒了100公斤新疆粮票,然后托刘榔头到团部供销科,用两瓶苞谷粮烧,找供销会计——刘榔头的四川老乡换了全国粮票。在甘肃老家,这100公斤全国粮票相当于一个人全年挣的工分,可以拿粮票到供销社换粮食、商品,父亲用这些硬通货,轻而易举地娶回了母亲。第二,父亲用30公斤大米换回了老婆。父亲到连队求爷爷告奶奶,转了大半个连队,挨家挨户借了30公斤大米,那时候大米比金子还珍贵,连队只有过年的时候一家才分上几斤,家里来了客人,才熬锅大米粥喝。父亲背着大米,千里迢迢来到甘肃老家,换回了母亲.回来的时候,老丈人又陪嫁了一袋子小米,精明的父亲不但娶回了老婆,还赚了一袋子小米。第三,父亲只花了一趟路费钱,空手套白狼,就从口里领回来刚刚失去丈夫一年多的母亲,还带来一个刚学会走路的孩子。他知道春季青黄不接,口里农村很多人饿着肚子,这时候去接人,是最好的时机。精明而吝啬的父亲一举两得,既当了丈夫又做了父亲。

父亲白日在戈壁滩奔波放羊,夜晚与母亲缠绵,精力旺盛,乐此不疲。那时候兵团地多人少,鼓励每个家庭多生多育,于是,母亲一口气生了五个儿子,又生了一个妹妹,父亲才停歇下来。大字不识一个、连自己名字都不会写的父亲,依次给他的儿子们起名为建国、建疆、建军、建师、建团、建连,女儿取名建花,名字清一色、齐刷刷"建"字打头。

我们这群流着鼻涕的光腚小子,成了连队一道惹人注目的风景。连队上有职工和父亲开玩笑:"好你个老张,你有野心啊!"

"老子一个戈壁滩上放羊的,能有什么野心?",父亲回敬道。

"你想篡党夺权,你听听你给这帮兔崽子起的名字,建军、建师、建团,你想当兵团司令啊"。那个天天搞运动的年代,人们开玩笑都上纲上线。

"放你奶奶的屁!"父亲气的大骂。

"行了,行了,老张撑死是个羊司令,哪能扯到兵团司令员。"旁边的职工打圆场。

"老张,你养了这么多儿子,起的名字军、师、团都有了,干脆叫你张军长算了"。那时,电影《南征北战》正在各个连队放映。

于是,"张军长"的绰号在连队不胫而走。

三

"张军长"家人丁兴旺,孩子一个接着一个,见风就长,撒腿就跑,院子里齐刷刷一片和尚头。

我们一天天长大了,母亲开始整日为吃穿发愁。

一大家子全靠父亲微薄的工资生活,一个人工作,供养九张嘴。花花绿绿的布票发了一堆,却没有钱去商店扯布。我们穿的衣服像接力赛,老二穿老大的,老三穿老二的。新三年,旧三年,缝缝补补又三年。衣服改了补,补了改,到最后已经分不出原来的颜色,尽是补丁摞补丁,线头连线头。

孩子越来越多,苞谷糊糊却越来越稀,并且再也没有稠过。吃晚饭的时候,母亲要查人头,恐怕饿着一个。一汪白晃晃的月亮,荡漾在清汤寡水的铁碗里,院子里,一群半大小子坐在地上,一片齐齐的咪溜声。

春天,母亲带着她的一群孩子在戈壁滩,满世界寻找能吃的野菜,在榆树林里捋榆钱。稍稍长大一点,父亲开始带着我们在连队挨家串户,帮助别人干活,不收一分钱,图的是一顿饭。连队的人家有了体力活:来到父亲跟前,"张军长,快带着你的兄弟,帮我们一把。"学着电影《南征北战》里张灵甫军长的口气说话。

父亲有求必应,带着他的一群牛犊子,走家串户,打土块,垒院墙,上房泥,回来时一个个筋疲力尽,肚儿却吃得圆滚滚。

劳动费衣服,是母亲捡了连队的尿素袋子,给我们弟兄几个缝了干活耐穿、耐磨的衣服。那时候,连队田地里使用的是清一色进口日本尿素,袋子上印着"日本株式会社"的黑字。

我们穿着尿素袋子缝制的衣服,显得非常滑稽可笑,连队人见了,给我们编了一段顺口溜:

张军长,真威风,

带了一群大头兵。

打的是赤脚,

穿的进口装。

前面是日本,

后面是尿素。

……

在连队人善意的哄堂大笑声中,天性乐观的父亲回应两句"颠倒话",他有节奏地、大声用甘肃秦腔吼着:

颠倒话,话颠倒,

石榴树上结樱桃。

老鼠搂着猫睡觉,

癞蛤蟆压塌桥。

……

"嘎!嘎!嘎!"我们笑得肚子疼,一天的劳累、疲乏烟消云散。

冬季漫长,时光难挨,一家人窝在房子里,粮食消耗得快,常常不到月底,面缸就见底了。父亲在荒野地里放羊,侦查好老鼠洞穴。回来后,父亲带着我们兄弟来到荒郊野外戈壁滩,顺着老鼠行走的路线,找到洞穴后,用十字镐掀开坚硬的冻土层,里面是老鼠过冬的粮仓,玉米粒子金灿灿,装到袋子里背回家,洗一洗,放进锅里煮玉米粒子吃。

有时候,父亲会从羊圈拿几个甜菜回来。母亲仔细洗干净,削皮切块,放进开水锅里煮。不一会儿,一股香甜的味道诱惑得我们直流口水。甜菜在锅里煮成糖稀,冷却凝固后蘸玉米馍馍吃,那个味道哟,真是甜极了!

我们平常没有吃过白面馍馍。每家每户的口粮只有百分之十的细粮,其余的都是玉米面。每次到连队食堂领面粉,整日吃了上顿愁下顿的母亲,总是徒步几公里早早来到食堂,低声下气乞求别人,用粮本上那点少得可怜的细粮去换玉米面,一斤细粮可以换回两斤玉米面。为换面粉,母亲不知遭了多少白眼,听了多少奚落的语言。

我们一天天长大,饭量也一天天增大。肚子里天天装的玉米面、窝窝头,缺少油水,我们又一个比一个能吃,一个月的口粮,常常不到20天就吃完了,母亲拿着面袋或端着面盆,到处借面粉的次数越来越多了。每到月初发口粮,母亲总是扳着指头计算,挨家逐户先把借的粮食还掉,然后再计划平均每天吃多少粮食,才能挨到月底。我至今也不明白,没有上过一天学的母亲,计算起每顿饭的粮食,却惊人地准确。

母亲不盼过节,不盼过年,只企盼着每年的2月早一点到来,这是母亲最高兴的日子,因为2月只有28天,连队却照样发30天的口粮。

这一年春季,我们同母异父的哥哥终于参加工作了。我记得很清楚,哥哥从连队报到回来,全家人围着哥哥像过年一样高兴。母亲破天荒用细粮和豆角,蒸了一锅白面包子,庆祝哥哥参加工作。连队上,只要参加工作,就能每月领工资了。

哥哥工作后,住在连队的知青点,职工们都叫大房子。因为他吃苦耐劳,踏实肯干,很快就调到机务排,成了一名当时让很多人羡慕的拖拉机驾驶员。那时候,驾驶员常常可以和连领导一起在食堂吃饭,享受包伙的待遇,哥哥终于可以吃饱饭了。

每到开饭,哥哥总是第一个到食堂,匆匆忙忙填饱肚子,然后盛上一缸子菜,拿上两个馍馍,边吃边走出食堂,出了食堂门,他就飞快地跑回家,把饭菜给我们吃。

冬天,哥哥开着拖拉机到团部加工厂拉油渣,卸到连队畜牧点喂羊。在粮油厂工房的墙壁上,他发现了很多飘落的油渣粉尘,他把小扫帚绑在一根长木棍上,一星一点把粉尘扫下来,然后集中装在小袋了里。拿回家后,妈妈把油渣粉和玉米面混合在一起,给我们贴饼子吃。

小时候,每次吃饭,母亲大声叫着我们的名字,我们觉得,这是人世间最美妙动听的声音。妈妈把饼子按人头分给我们,那烤得焦黄的玉米面锅贴,飘荡着热气的玉米面粥,散发着诱人的香味。看着我们兄妹狼吞虎咽地啃着饼子,吸溜吸溜地喝粥,忙碌了一天的妈妈脸上有了笑容,这是她一天最幸福的时刻,常常是玉米面饼子被我们吃得精光,而最后吃饭的妈妈,只有就着咸萝卜干喝一碗玉米粥,一顿饭就对付过去了。

我们的童年,没有吃过零食,更没有水果;我们长大后,也很少吃水果和零食,不是不想吃,而是从小没有养成这个习惯。

每年夏季,父亲的羊群要剪毛,一堆堆油乎乎的羊毛,堆放在库房里,钥匙拴在父亲裤腰带上。妈妈想问父亲要点羊毛,纺成线后给我们冬天织毛袜,话还没说完,就被父亲一口回绝。在父亲意识里,除了吃饱肚子,其他都是身外之物,再说公家的东西,谁也不能动。妈妈只好在铃铛刺上捡羊群挂落的毛絮,积攒起来纺成线,给我们织冬季穿的袜子。

寒冷的冬天,西北风像刀子一样刮着。连里分配的梭梭柴烧不到冬季结束,父亲没有钱买煤,就在大床上铺一层厚厚的麦草,我们挤在一起取暖,睡觉。后来父亲在房子里盘了一个大土炕,用柴火沫子烧炕驱寒,我们总算度过了一个个漫长寒冷的冬季。

有一年秋天,我们远在石河子的舅舅来看我们。舅舅是距离我们最近的亲人,每次来都拿着一个"海鸥"牌照相机,给我们全家拍黑白照片。他的到来,给少年的我们带来了无尽的快乐,父亲母亲也很高兴,杀了家里的一只公鸡招待舅舅。

吃中午饭的时候,一盆香气诱人的鸡肉馋得我们直流口水,我们争着去用筷子吃鸡肉,父亲用眼睛瞪着我们,但碍于舅舅的面子,他忍住了火气。

我夹鸡肉的时候,一不小心,把鸡汤溅在了舅舅的裤子上。"臭小子,你脱了鞋子进去捞去!"父亲终于忍不住了,大声斥责道。

仗着舅舅在,我咕哝着顶了一句。这使父亲非常愤怒,他不允许孩子们在客人面前毫无礼貌,他起身来到柴火垛前,抽出一根木棒,劈头盖脸朝我身上打去。

一顿饭不欢而散。

四

有一天,民兵连长来到我家,板着脸给父亲说,内地来公函了,你婆娘隐瞒地主成分,应该给她戴地主分子帽子。

这个突然的消息让全家人感到震惊和不安。在那个讲成分、论出身的年代,地主分子的帽子,可以把一个人压死。少年的我心里想道:我们的妈妈勤劳、善良,怎么会和刁钻、恶毒的地主婆联系在一起?

一张纸决定了母亲的政治命运。从这以后,妈妈在连队人鄙夷的目光里,开始和连队其他几个成分不好的人,无偿清扫大礼堂、道路,拉运连队的垃圾。

于是,在连队的清晨或者黄昏,母亲匆匆给我们做好饭,穿着一件破旧的灰布外套,手拿一个芨芨草扎的大扫帚,一下一下扫着大街。很快,巨大的灰尘包围了瘦小、单薄的母亲,"唰、唰、唰"的扫地声音,响彻了连队的角角落落。

更让我们弟兄几个无地自容的是,在那个阶级斗争天天讲的年代,连队经常召开忆苦思甜教育会。高高的大礼堂,聚积了全连的职工和在校学生,高音喇叭里传出的声音洪亮,震撼人心。主席台下,一张宽大的桌子上,摆满了丰盛的鸡鸭鱼肉,还有几瓶白酒,旁边放着筷子。母亲和连队另外几个出身不好的人,垂着头,站在桌子旁。这时候,台上的人声泪俱下地控诉着万恶的旧社会,台下的人听得义愤填膺,不时有激愤的口号从人群中喊出。最后,每一个参加会议的人,都要喝一碗清淡的苜蓿汤,目的是要"牢记阶级苦,不忘血泪仇"。

多年以后,当时我已经是一名初中生,连队收到了团部的通知,决定摘除母亲的地主分子帽子,原来,内地母亲所在的县革委会发来一封公函,称母亲当年因为家庭生活极其困难,投靠一个远方亲戚,每天帮助做家务,吃了几年饭,而这家亲戚在中华人民共和国成立后被划为地主成分,母亲受其连累,也被戴上地主分子帽子。

在全连职工大会上,母亲走上主席台,从指导员手中接过一张油印的摘除地主分子帽子决定书(我至今珍藏)。这是母亲一生中,第一次、也是唯一一次在公众场合露面。

笼罩在母亲头上的乌云终于散去。

五

母亲像个辛劳的母鸡,领着一群年幼的鸡雏,整日为生计奔波,操劳。

时光艰难地一天天流逝,母亲头上的白发一根根增多。在她的精心呵护下,我们渐渐长大成人。

父亲脾气暴躁,虽然没有文化,但年轻时为了生计也走南闯北,南征北战,多少有些见多识广。无论家庭多么困难,父亲、母亲都让我们兄妹上学,谁的学习不好,父亲就用鞭子抽打,我家的家教,是连队上最严厉的。

父亲常说:"就是砸锅卖铁,老子也要把你们供养出来!"

也许是生活太艰辛,沉重的家庭负担压得父亲喘不过气来,父亲常常责骂我们;也许是父亲想让我们长大后有点出息,我们做得稍微有点不如意,就会招来他的一顿暴打。他大声骂我们,唾液星子飞溅到我们脸上:"你们这群家门前的狗,不要光知道围着自家的柴火垛和院子乱叫,有本事长大出去找食去!你们是男人就要出去,别整天围着自己家瞎转!"

父亲的话像鞭子一样,一句句抽打在我们心上。

家里好像有干不完的活,别的小伙伴在玩耍,父亲却板着脸,让我们背柴火,割羊草,像牛一样使唤我们。背的柴火少了,割的草少了,父亲不问青红皂白,就是一顿棍棒暴打,我们身上常常被打得青一块,紫一块。

我们都喜欢看书,借到好看的小画书,有时就趴在床上,一边看,一边吃饭。晚上借着煤油灯微弱的火苗看,父亲嫌浪费煤油,不让我们看这些他认为无用的书,我们仍然偷偷看,因此常常招来父亲的棍棒。

父亲暴怒起来,像一头发疯的狮子;父亲打起人来,像用鞭子抽打他的羊群。最让我们气愤的是,父亲打我们的时候,当母亲过来护着我们时,气急败坏的父亲又用棍子朝母亲身上打去!

我们弟兄几个恨死了父亲,每次挨打以后,都要发誓长大后要把父亲狠狠揍一顿,或者把老鼠药偷偷放进父亲碗里,把父亲毒死。

我们劝母亲离开父亲,然后让母亲带着我们远走高飞,彻底离开这个家。母亲流着眼泪,把我们几个紧紧抱住,哭着说:"孩子啊,离开了你爸爸,谁来养活你们呀!"

母亲一天到晚忙忙碌碌,为我们的每一顿饭、每一件衣奔波、操劳。母亲常说:"你们每一个,都是我身上掉下的肉,再苦再累也要把你们养大!"

有时候,一向沉默、板着脸的父亲,在院子里看着我们一群半大小子,会慢慢走过来,笑着摸摸我们的头,让我们一个个受宠若惊。

父亲使我们产生力量,内心坚忍;母亲使我们性格善良,充满柔肠。在连队漫长的日子里,在父亲的责骂和棍棒中,在母亲无奈的叹息里,我们像一只只小鸟,终于飞出了连队。

我的二弟考上了大学,他毕业工作后,三弟又考上了大学,而且都是石油学校,后来都分配到了克拉玛依,这在小小的连队引起了轰动。当三弟接到录取通知书的那一个晚上,父亲激动得彻夜未眠,他在房子里走来走去,一边自言自语唠叨着谁也听不清的话语。

我们都走了,陆陆续续离开了连队。连队简陋破旧的老宅里,剩下了孤零零的、苍老的父亲和母亲。

放暑假了,三弟建团从大学回到连队,给我们说着外面的新鲜事。他说,学校有同学问他,你爸爸在新疆生产建设兵团,授的什么军衔?他回答:"我爸爸是军长。"

我们听后哈哈大笑,眼泪都笑出来了。

这天下午,父亲在院子里拾掇他的马鞍子,建团有点心神不定,犹豫不决。少顷,他鼓足勇气,上前给父亲说:"爸爸,我给你说一件事!"

父亲抬头望了他一眼,没有吭气,继续摆弄手中的活计。

"我想改一下名字。"建团说话的声音像蚊子叫。

"怎么了?"父亲诧异地抬起头,定定地望着弟弟,仿佛不认识他似的。

"你起的这个名字太土了,同学们都笑我。"弟弟显得唯唯诺诺。

父亲的手哆嗦着,颤抖着,瞪着眼睛,可怕的沉默着,院子里的空气紧张得好像随时要爆炸。我们知道,这是父亲发怒的前兆。

"你这个狼心狗肺的小兔崽子,在外面喝了几天墨水,连老子都不认了,你要改名字,老子就不认你这个儿子!"父亲气得破口大骂。

"告诉你! 不论今后你走到哪里,你都要记住,是车排子的苞谷糊糊把你养大的! 混小子,书念到驴槽里去了! 人家的娃娃一年土,二年洋,三年不认爹和娘;你才出去几天,土星子还没抖干净,就忘本了,你非要改,等老子死了你再改!"

弟弟战战兢兢,吓得大气都不敢出。我们几个躲在院子角落里,幸灾乐祸地偷笑。

父亲还是一个牧羊人。父亲的绵羊像一群士兵,亲热地簇拥着父亲,父亲的羊鞭指向哪里,羊群就到哪里。荒凉的戈壁滩上,父亲俨然是一个威武的将军。

父亲给我们兄弟说:"我在戈壁滩放了一辈子羊,今后死了,你们就把我埋在这里。"

年迈的父亲终于要离休了。父亲给我说:"王胡子(王震将军)命令我们留在新疆,一边站岗,一边种地。一岗下来五十年,现在我退休了,我要向他报告。"

晚年的父亲经常自言自语,说他年轻时给王胡子牵过战马,当过警卫员。我们暗自窃笑,都不相信,觉得他在吹牛。心里想:给将军当警卫员,起码也要当个团长、营长,怎么会回连队放羊?却又不敢问父亲。

父亲又絮絮叨叨说:"王胡子曾经给他送过一双产自苏联的皮靴子,这双靴子是哈萨克手工缝制,真正的纯牛皮,做工很精细,他穿了五个冬天,皮靴子还好好的。"

我说:"王震将军已经去世了,在石河子有座他的铜像。"

父亲说:"那我就向铜像报告,铜像就是将军。我的岗站完了,我要休息了。"

父亲犟起来,谁也拿他没办法。母亲知道他的脾气,不理他,他一个人喋喋不休,唠叨一阵,见没人接他的话,就不唠叨了。

六

贫贱夫妻百事哀。为了生活,父亲和母亲吵了一辈子架,母亲为我们受了一辈子窝囊气。现在,我们长大了,父亲母亲却一天天衰老了。

晚年的父亲,可能生活渐渐好起来,儿女们又非常孝顺,好吃好喝的东西长年不断,他穿着我们给他买的新衣服、新皮鞋,像一个离休老干部,体面地在连队转悠,成了连队上人人羡慕的人。有人打趣说:"老张,你现在才像个军长的样子。"他听了,满脸的皱纹笑开了花,父亲的心情舒畅,脾气也慢慢好起来。

这一天,父亲的老友刘榔头回四川老家探亲,回来路过张掖车站,在站台小贩手里,刘榔头给父亲买了一小塑料壶菜籽油,是手工作坊里磨出的香油。

父亲颤巍巍打开壶盖,一股清香浓郁的香油味飘了出来,弥漫了整个房子。他把鼻子紧贴壶盖,孩子般贪婪地吸着,一直将这浓浓的油香吸到肺腑,吸到五脏深处。他默不作声,眯缝着眼睛,仿佛看见金黄的油菜花弥漫了故乡的整个山坡,他嗅到了油菜花甜甜的芳香,村庄散发的熟悉气息,他嗅到了浓浓的化不开的乡情,这个孤独了一辈子的牧羊人,在远离家乡的戈壁滩,在浓郁的乡情中,第一次沉醉了。

那个始终萦绕在父亲心中的情结,那块埋葬着自己父母的热土,虽然远在千里之外,却是父亲心中永远的故乡啊!

当年,父亲被抓了壮丁之后,奶奶天天在他洗鸡肠子的河边,哭喊着父亲的乳名。最后奶奶哭瞎了眼睛,饿死在河岸边。

艰辛的生活岁月,父亲把浓浓的乡情埋藏在心底,这个倔犟的牧羊人,无数的苦难已经把他的情感磨钝了。而现在,这壶故乡的香油,又勾起了他内心深处强烈的思乡情。

于是,父亲和母亲决定,在有生之年,回一趟老家。

作为子女的我们,千言万语道不尽父母的恩情。我们觉得一个人,一辈子只能做一件事,我们的父母做的这件事,就是把我们拉扯成人,我们是他们的最大财富。

对于父母的这个要求,我们兄妹几个决定,让辛苦了一辈子的父母坐上飞机,风风光光回一趟老家,了却他们多年的心愿。

可是天有不测风云,人有旦夕祸福。就在我们忙碌着为父母回老家准备的时候,一场意想不到的灾难,突然降临到我们家。

七

俗语说:"七十三,八十四,阎王爷不请自己去。"而这句话,偏偏在父母身上灵验了。

这一年,一前一后,父亲脑出血瘫痪在床,母亲检查出得了食道癌。

仿佛遭了雷击,我们兄妹惊呆了!不公平的老天爷为什么要折磨这两个苦命人!

我们兄妹全部回来了,震惊之后,开始慢慢接受这个无情的事实,开始想方设法救治两位老人。

棍棒底下出孝子。在以后的岁月里,我们和医院结下了不解之缘,天天奔波在医院、家庭、单位之间。

身体健壮、走几十公里路不歇一口气的父亲,如今却整日躺在病床上,奄奄一息,瘦得皮包骨头,靠我们用勺子喂饭,度过了一天又一天。

父亲现在安静、听话得像个天真的孩子,他一声不吭,慈祥地看着我们。我们兄弟几个在一起的时候就说:"真想让父亲举起鞭子,狠狠抽打我们一顿。"

可是,这个昔日连队硬邦邦、响当当的强人,现在连一双筷子都举不起来了。

最后的时刻终于一步步来临。母亲要到医院去化疗,我们知道,母亲这次是回不来了,我们强装笑颜,抬着母亲走出家门。

母亲食道痛得说不出话。走到门口,母亲突然说了一句:"你爸在哪?"声音轻得几乎听不见。

我们停住了脚步,赶忙把父亲用轮椅推过来,母亲颤巍巍伸出手,哽咽着给父亲说了一句:"我先走了。"

苍老的父亲眼里闪着一层看不见的泪花,他咕哝着想说话,嘴里却吐不出一个字。他表情痛苦,咬着牙齿,吃力地、慢腾腾地想举起手,想和母亲拉一下,却没有成功。

我们抬着母亲,往父亲轮椅跟前挪了挪,于是,母亲干枯、瘦弱的右手,终于挨着了父亲瘦骨嶙峋的手。

这是我有生以来第一次、也是最后一次看见父亲、母亲身体的接触,这个难忘的情景,刻骨铭心地镌刻在我的脑海里。因为从我懂事起,母亲就和我们兄弟挤在一张大炕上,而把家里唯一的一张小木床,留给了天天奔波、辛劳的父亲。他们的身体,只有父亲殴打母亲的时候才接触。每次母亲受了委屈,总是一个人躲在柴火垛后面哭泣,直到深夜才和衣躺在床上,第二天又早早起来给我们做饭。

母亲的手,颤抖着、摇晃着,轻轻放在父亲手上,闭上眼睛,脸上笼罩着宁静、安详的光泽。

我们一动不动,看着让我们儿女们心酸、流泪的一幕。

过了一会儿,母亲慢慢抽回手,她的表情疲惫、安静、满足,慈祥而干枯的眼睛里,有一丝深深的眷恋、惋惜,她最后看了一眼父亲,然后被我们兄弟抬上了救护车。

在医院,母亲的生命进入了最后的倒计时。临终前的一天中午,昏迷的母亲醒了过来,她睁开眼睛,平静地望着我。我走过去,握住她的手,俯下身子,用嘴唇轻轻在她脸颊上吻了一下。

小时候,母亲无数次亲吻过我们,而我,却是第一次亲吻母亲。

母亲没有想到儿子会吻她,她慢慢地合上了眼睛,有点不知所措,还有点羞涩,因为心情激动,她的脸微微红了,带着一丝慈祥和温暖的笑意,轻轻说:昨天楚楚(我的女儿)也亲了我一下。

我的母亲呀,你吃了一辈子的苦,把我们一个个抚养大,儿子的一个吻,竟让你如此激动?

接下来的日子里,两个老人一前一后离开了他们无比眷恋的连队,离开了无限热爱他们的儿女们。

这就是我的父亲母亲。他们一辈子为生活为儿女奔波,但他们把一生的爱全部给了我们。它们是一间破旧的、摇摇欲坠的土房子,一张温暖的大土炕,每月几袋粗糙的粮食,一些生长在戈壁荒滩的野菜,一座高高的柴火垛,一些褴褛破旧的衣服;还有一个最重要的,一颗始终爱着我们的心。

这些物质的全部价值,抵不上一瓶名贵的白酒,一套品牌的服装,在一些人眼里不屑一顾,但它却为我们遮挡风雨严寒,裹足肚腹,养育,滋润,温暖了我们整个童年、少年。

父亲、母亲生活了一辈子,从来没有说爱过我们,他们不说,也不会说。但是大爱无言,却胜过人世间的千言万语;大爱无声,却在儿女们的心中响起情感的风雷。

清明的盆地,细雨纷纷。我跪在父母养育我的盐碱地上,泪如雨下,心中默默地呼喊:"我的亲爱的父亲、母亲,如果还有来世,我还愿意做你们的儿子,报答你们恩重如山的爱!"

饥饿的菜窖

在盆地季节交替的某一个清晨,如果父亲没有外出放牧,而是忙碌着在家里准备麻线绳,收拾胶轮轱辘车,一准是我家又要搬家了。

小时候,我家像吉普赛人的大篷车一样经常随季节流动。父亲有时候放羊,有时候放牛,他像一个哈萨克牧人一样,伴季节而牧,逐水草而居。哪里水草肥美,他就到哪里,我们的家也跟着他四处搬迁。

每次搬家,父亲都要事先精心做好三件事:盘炕,垒灶,挖菜窖。这三件事一件办不好,家就搬不成。

父亲始终保留着甘肃老家的习惯,冬天要让我们睡炕。放牧回来,父亲依偎在自家温暖的土炕上,他一天的疲劳消失了一半,所以搬家盘炕是第一件事;垒灶要坐两个锅,前面做饭后面烧水,妈妈把饭做好了,后锅的洗脚水也烧好了;剩下的一件重要事情,就是挖菜窖。

菜窖冬暖夏凉,是用来储存冬季食用的蔬菜的,盆地里家家户户都有。菜窖关系到我们一家人漫长冬季的吃喝,这可是生活中的一件大事。在父亲心中,菜窖和柴火占的位置一样重要。

在我很小的时候,父亲就让我和菜窖结下了不解之缘。冬天家里的菜吃完后,父亲就叫上我,来到菜窖跟前,揭开盖菜窖口的麻袋,一股潮湿的热气,混合着蔬菜腐烂的气味,喧腾了出来。父亲用一根麻绳捆在我的腰间,把我吊下菜窖取菜。在我印象里菜窖很深,里面黑咕隆咚,空气湿热而混浊,我的脚一挨地,无边的黑暗就笼罩了我,潮气也包围了我。在里面要适应很长一段时间,我才能借着菜窖口的微弱光线看见菜的位置,装满一篮子白菜、萝卜、土豆,父亲先把菜篮子吊上去,然后我用绳子自己把自己拴好,父亲就把我晃晃荡荡捞了出来。

稍大一点,我还没有铁锹高,父亲就开始教我挖菜窖。在土地上奔波忙碌了一辈子的父亲,是个天生挖菜窖的行家,无论是住在老房子还是西头猪圈,他挖的菜窖都很结实耐用,别人家的菜窖用上两三个冬天,不是窖顶漏土了,就是里面渗水、塌方,需要重新换地方再挖一个。而父亲挖的菜窖总是经久耐用,让连队很多人羡慕不已。挖菜窖时,选择地址非常讲究。父亲多选在黏土地,这种土质黏性很强,结构瓷实密集、浑然一体,虽然挖掘比较吃力,但挖出的菜窖不容易坍塌,可以连续使用很多年。

菜窖的位置最好选择在高坡上,这样不容易渗出地下水。选好窖址后,父亲先用圆头铁锹,把菜窖挖出一个轮廓,然后用方头铁锹,仔细地把四周的墙体和地面铲平,这样,一个长方形的、四周光滑平整的菜窖就挖好了。最后一道工序,是给菜窖上顶、封口。一个好的菜窖,应该是口小肚大,这样既节省搭菜窖的木料,里面又能装很多蔬菜。没有上过一天学的父亲教我挖菜窖非常认真,有时候我的一道工序完成的稍微有点马虎,父亲就呵斥我返工重挖,惹得一群野孩子围着我看笑话,我很狼狈,但又无可奈何。父亲总是教训我:"挖菜窖不能有半点马虎,从小看老,连个菜窖都挖不好,长大还能做成啥事!"

童年的时候,我觉得父亲像一只荒原上疲惫的老鼠,每到收获的秋天,就拼命睁大眼睛,四处搜寻各种能吃的东西,连队秋收后地里遗落的红薯、土豆、红萝卜、大白菜,只要是能填饱肚子的东西,父亲捡拾后统统用架子车拉回家,然后储藏在菜窖里,像秋后的老鼠急急忙忙储藏过冬的食物一样。菜窖,可是那个年代我们一家人的菜篮子、粮袋子、命根子啊!

有一年秋天,我家住在老房子,连队种的萝卜丰收了,按人头我家分了两架子车,这下可忙坏了母亲,她把萝卜洗净切成薄片,搭在铁丝上晾干,一部分腌咸菜,一部分晒成萝卜干,就这样,还剩余一架子车萝卜。父亲晚上放牧回来,看着萝卜陷入了沉思。第二天,天刚蒙蒙亮,父亲就把我们兄弟几个叫起来,推着一架子车萝卜来到苜蓿地旁的池塘边。池塘四周的野草,已经被酷霜打蔫,水位也下降了很多,水面上覆盖着一层绿色的浮萍。父亲开始用铁锹在池塘的断壁上挖菜窖,很快挖了一个很深的圆洞,父亲在土洞跟前,让我们把装萝卜的袋子递给他,他把萝卜倒在洞里,一层层摆放整齐,父亲摆一层萝卜,撒一层沙土;撒一层泥土,摆一层萝卜,层层叠叠,像我们搭的积木玩具。萝卜全部装进去后,父亲用土把洞口厚厚的封死,然后插上一根红柳做记号,我们就离开了。这年冬天,这个菜窖里埋的萝卜一个也没有动,谁也不知道我家的萝卜会埋在池塘边。转眼春天到了,这个时段是青黄不接的季节,连队上很多人家菜窖里储存的蔬菜、缸里腌的咸菜都吃完了,剩下的萝卜不是糠了,就是坏了,缩成一团像一个个干瘪的小皮球。这天,父亲拿着铁锹,带着我们拉上架子车,来到冰雪消融的池塘,挖开洞口的泥土,把洞里储存的萝卜取了出来。父亲精心储存的萝卜,因为靠近池塘,沙土里水分充足,经过一个漫长的冬季，仍然鲜嫩如初，一个个水灵灵的，青翠欲滴，像刚从地里收获出来的一样。吃着萝卜做成的各种饭食，我们度过了一年当中最难熬的时光。

有一年秋天，我家从老房子搬到了连队，住在连队南头的5号地旁。那时，我们已经长成半大小子，正是吃饭长身体的时候。父亲选择柴火垛旁边的一块空地，开始挖菜窖。这片空地中间高四周低，又是结实的黏土地，是挖菜窖的理想位置。这个菜窖父亲挖得很大，是我印象中我家最大、也是用的时间最长的菜窖。菜窖挖好后，父亲又在窖底四周挖了几个小洞，像小窑洞一样，那是用来储存萝卜、土豆的，这样它们既不占地方，又能在洞里保鲜。晒了几天，父亲开始给菜窖封顶。他挑选了一棵坚硬的沙枣树做大梁，搭好榆树椽子后，铺了一层厚厚的苇子，上面又上了一层厚厚的泥土，人踩在窖顶，里面一点也不漏土，就是马、牛等牲口偶尔走过，也踩不塌窖顶，是菜窖中的精品。慢工出细活，做这些事，父亲脸上带着满足的表情，不慌不忙，一道工序接着一道工序，像一个经验丰富、手艺纯熟的老工匠。最后，父亲给菜窖留口，他用黏土混合麦草和了一大堆草泥，结结实实砌了一个菜窖口，远远看，高地上的菜窖口像个碉堡，线条粗犷，浑圆古朴，吸引着很多下地劳动人的目光。

这个结实的菜窖我家用了很多年，陪伴我们度过了一个个漫长的冬季。有一年冬天，天气特别寒冷，父亲用一个破麻袋装了满满一袋子棉壳，晚上盖在菜窖口上，预防寒流把窖里的蔬菜冻坏。一天早晨，早起的母亲发现盖菜窖口的麻袋扔在旁边，窖口冒着腾腾热气，几个白菜叶子冻得硬邦邦躺在菜窖口。原来，我家的菜窖被人偷了！

顿时，全家人陷入恐惧之中。这些白菜、土豆虽然值不了几个钱,但一家人一日三餐少不了,难道还有比我家生活更困难的人,在这个饥饿的寒夜动了偷窃的念头?这是谁家干的呢?我们拨拉着手指头逐家盘算着,也没有想出个所以然来。那个年代,人们混在一起吃大锅饭,养的孩子又多,连队上经济拮据的人不少,可能这家人在饥寒交迫中起了盗心,那也是万般无奈啊!沉默了一会儿,父亲什么也没说,走出家门,来到菜窖跟前,他一声不吭跳下菜窖,蹲在窖里把剩余的菜整理好,把烂菜叶子提出来,又把菜窖口盖好,这场风暴就无声无息地过去了。

那个年代,任凭勤劳的父亲和母亲如何辛苦劳作,菜窖仿佛一个巨大的无底黑洞,怎么也装不满。饥饿的菜窖连着我家摇摇晃晃、破旧的沙枣木四方桌,桌上摆着清淡、朴素的一日三餐,桌边围着我们一群饥肠辘辘的半大小子,母亲忧郁的目光看着我们,这个童年的家庭生活场景永恒地留在我的记忆深处。那时候,我们都盼望着早一点过年,只有到了过年,妈妈才想方设法让吃食丰富一点,我家的餐桌这时才香气缭绕:青萝卜炖牛肉,大白菜炒猪肉(里面有我们最爱吃的粗粉条),还有热气腾腾的白面馒头。这些美丽的食物散发着诱人的香味,诱惑着我童年的肠胃,它们占据了我童年时代过年的全部记忆:青萝卜和大白菜是菜窖里储存的;牛肉和猪肉是连里过年分配的,为了能分到肥猪肉,父亲每次都要提前给杀猪的叔叔说好话。只有过年的时候,我才感觉到老师经常给我们讲的社会主义大家庭的优越性,党的阳光照到了我家的饭桌上。妈妈把肉菜和馒头给我们逐个分好,我们开始兴高采烈地享受着美好生活的赐予。端着粗瓷大碗,吃着这样的饭菜,我幼年的心里感觉生活多么美好!过年是多么令人向往和愉快(如果天天过年该有多好啊)!亲爱的妈妈做的饭菜是多么香甜可口啊!这些来自菜窖的源源不断的食物,给我们年幼的身体提供了热量和能量,才使我们一天天长大,才使我们清晰地留住了童年老房子的一片榆树林,一个金色池塘和一条小路的灿烂记忆,才使我们过早地懂得了艰辛的生活。现在每当我看到一颗土豆、一根萝卜和一棵白菜,这些来自土地的、散发着泥土气息的原始的自然静物,它比任何一幅油画中描绘的色彩都要生动感人,我的内心油然而生一种亲切感,就怀着感恩的心情想起了父亲的菜窖,想起了母亲弥漫着呛人烟雾的厨房,想起那让我们温暖的缕缕炊烟,想起我家那个沙枣树木板拼凑的小饭桌,那些令人难忘的艰苦而又充满着温馨的童年时光。

而如今,四通八达的交通运输线和高速公路,拉近了南方与遥远边疆的距离,即使相隔万里,我们也随时可以吃到南国的各种蔬菜和水果。塑料大棚更是改变了季节,在寒冬腊月、滴水成冰的日子,人们也能品尝到农贸市场各种新鲜的反季节蔬菜。菜窖,已经在人们的生活中逐渐消失了。

但是,我却常常回忆起父亲的菜窖,回忆父亲给我说过的那些话语,和那些与菜窖有关的温馨故事。

父亲的收藏

父亲收藏的历史无从考证。从我记事起,我就看见他整日佝偻着腰,肩上搭着一个破麻袋,手里拿着半截铁钩子,为了一点可怜的收藏物在连队四处奔波。收藏几乎占用了他所有的业余时间,一直到他的生命行将结束。可以说,收藏伴随了父亲整整一生。

严格地说,父亲的业余活动根本谈不上收藏。他的收藏纯粹是一个平民为了生活而无奈进行的,与那些社会名流及富有的收藏者风马牛不相及。因为他收藏的物品其实都是别人丢弃的、无用的废物,但我觉得他与一般拾破烂的还有一点不同,他有职业,他是一个农场连队的牧工,收藏是他的一个业余兼职。

父亲是连队的一个牧羊人,他卑微地生活在这个世界上,在旁人眼里似有若无,只有那群不会说话的绵羊知道他的存在。他像一芥野草,被人忽视就罢了,还要忍受干旱的煎熬和烈日的炙烤。但他生养了我们弟兄几个,让我们活下来的信念在他骨子里像山一样没有崩溃,在我们兄弟眼里,他是一匹疲惫的老马,拉着满载家庭重负的破车,在生活的道路上艰难跋涉。每月微薄的工资养活不了我们,捡破烂换一些零用钱补贴家用,成为他天天做的一件事。

父亲的收藏毫无规律,无章可循,他几乎遇见什么就捡拾什么。在连队的早晨、中午或者黄昏,在家属区的垃圾坑、废弃的旧房子、路边的林带,总有一个罗圈腿、弓着腰的老头在拼命扒拉、寻觅着什么,身上破旧肮脏的黄军装泛着白花花的汗碱,几只绿头苍蝇围着他嗡嗡转。不用细看,他就是我的父亲。

父亲把捡拾来的东西背回来,然后分门别类,把那些布鞋、塑料鞋、酒瓶子、铁丝各自装入麻袋。院子里、家里堆得满满当当:摇摇晃晃的饭桌下面是脱粒过的苞谷芯子,那是晚饭后父亲挠痒用的,这是他一天最惬意的时刻;几个灌满肥皂水的农药瓶子躺在土灶旁,是消毒后用来装酱油醋的;墙旮旯的一小堆土坷垃,是父亲上厕所的手纸;院子里搭衣服的长长铁丝上,挂满了夏天碧绿的红薯秧子、秋天散了心的白菜帮子、霜打过的红萝卜缨子;门口的三个大缸,已经烂得四分五裂,用水泥沙浆钩了缝,周身用铁丝箍着,是用来腌咸菜的;旁边几个圆圆的卵石,是压咸菜缸的;几个身高参差不齐的半大小子,在院子里追逐着打四角牌,这就是父亲的全部家当。

捡拾的废品攒满一麻袋后,父亲就把麻袋驮到马背上,来到团部废品收购站卖掉。这一天我们比过节还要兴奋,中午早早地依偎在院子门口,眼巴巴等着父亲回来。远远看见父亲骑着马归来,我们就像一个月看一次露天电影一样高兴。父亲带给我们的是几米平布衣料、一卷母亲纳鞋底的棉线绳,腌咸菜的颗粒盐和酱油、醋、火柴、煤油,还有铅笔、橡皮和拼音本;遇到父亲高兴,还会给我们带几粒平时很少见的薄荷糖和几块团部食品厂生产的香甜的黑面包。

有一年春天青黄不接,四处弥漫飞舞的各类不知名的小蝻虫几乎遮住了太阳,它们将垦区所有的树叶啃噬得干干净净,戈壁滩上的野菜叶子也被咬得支离破碎，妈妈天天给我们熬玉米粥就腌萝卜条，一天三顿重样，被我们戏称为"老三篇"，而这样的日子眼看也快要断顿了。父亲卖光了所有的藏品，日子也维持不到月底。家里养了几年的大黄猫，在一天夜里悄无声息地不辞而别，从此再也没有回来；只有黑狗仍然忠实地陪伴着我们，只是在我们吸溜吸溜喝粥时不停地用身子摩擦我们的裤腿，两眼可怜巴巴地望着我们。

　　这一天晚上，在昏暗的煤油灯下，父亲叹着气，蹲下身子从床底下捞出一副马鞍子，然后失神地端详着它，这样专注的神情我们很少看见，被生活压弯了腰的父亲甚至很少用这样的眼光看我们。这副马鞍子年代已经很久远了，呆头呆脑的，像件出土文物，上面的皮件黑乎乎的，弥漫着一股陈年的膻味和战争的硝烟，铜制的铆钉锈迹斑斑，显得很是沧桑。但从外表看整个做工却非常精细，鞍头上镌刻的神秘花纹，显然出自能工巧匠之手，用细皮条编织的精美穗子挂在两边，依然散发着陈旧而古典的光泽。我知道，这副马鞍子是贫穷的父亲唯一值得炫耀的历史，进军新疆时，他曾是部队的一名骑兵，这副马鞍子陪伴他度过了那段难忘的军旅生涯，他一直视为生命，平时藏在床底下，谁也不让动，只有开春的时候，父亲才拿出来在墙根下晒晒太阳。遇到他难得高兴的时候，会给我们弟兄几个讲他过去与战马的故事，但每次都重复啰嗦，后来我们也听腻了听烦了。我们有时候甚至有点嫉妒，父亲对马鞍子比对我们兄弟几个都好。父亲的老朋友、牧羊人贾法得知父亲藏有一副马鞍子，多次上门央求以物换取，但都被父亲沉着脸一口回绝。这天晚上天黑透了，父亲一句话没说，铁青着脸扛起马鞍子出了家门。第二天起床，我们看见屋子中央堆着满满两麻袋玉米棒子。后来才知道，父亲用马鞍子换了贾法的玉米。

这年秋天,连队的秋收结束后,父亲每天天不亮就赶羊似的把我们兄弟几个往地里赶,拼命四处搜索、捡拾地里遗落的玉米,连队所有的玉米秆子都被我们兄弟几个翻了个遍,我家院子里堆满了金黄色的玉米棒子。下酷霜的一个早晨,父亲装了满满两麻袋玉米,推着架子车一声不吭地走了。中午,父亲拉着架子车回来了,两麻袋玉米不见了,上面放着他的马鞍子。父亲虽然很穷,但为人却很直爽义气,送给别人的东西犹如泼出去的水,是绝对不会去要的,为了这副马鞍子,他却失信并得罪了多年的老朋友。

从这以后,这副马鞍子就再也没有离开过父亲。

父亲虽然大字不识一箩筐,但沧桑的阅历却使他老谋深算。他知道家里一无所有,我们兄弟几个是他最大的财富,把我们拉扯成人,他的后半生就有指望了,就像他整天早出晚归放牧的一群绵羊,膘肥体壮后在秋季总能卖个好价钱。为了把我们养大,他宁愿历经人间艰辛和苦难,想尽一切办法让拮据的生活维持下去。在别人鄙视不屑的眼色里,他若有若无地生活在这个世界上,做着自己愿意做的事情。

在那个短缺的年代里,父亲拼命劳动着,颠沛流离地寻找着废品。为了攒够我们每学期不算昂贵的学费,除了购买一些必需的生活用品外,他把卖废品的每一分钱都锁在家里唯一的一个木箱子里,钥匙拴在一个尖尖的羚羊角上,那只羚羊角牢牢地用皮绳在他裤腰带上系了一个死结,随身不离,被磨得乌黑晶亮。有时候,嘴馋的我们为了买几个海棠果和几根冰棍,弟兄几个趁他深夜熟睡时,悄悄解下羚羊角,从箱子里偷出几毛钱,再把钥匙按原样拴在父亲的裤腰带上。连续几次后,就被精明的父亲发现了,他再也不把钱放在箱子里了,而是趁我们不在时,藏在我们谁也找不到的地方。后来我们弟兄几个费尽脑汁,家里所有的地方都找遍了,也没有找到一分钱。只是有一次下大雨,把堆放柴火的棚子淋塌了,我们在扒房子时,从塌了的房梁上发现了一个用细绳密密麻麻捆着的布包,打开一看,里面是整整齐齐一沓子钞票!

后来我们长大了,都有了工作,父亲也不去捡破烂了;但他一辈子没有其他嗜好,退休后收藏废品仍然是他的最爱。家里的牙膏盒、空纸箱、旧鞋子,他一个不丢,认认真真地收藏起来,院子里堆得到处都是,不是为了卖钱,而是为了满足他那根深蒂固的收藏欲,他天天做的事情,已经习惯了,一天不做,心里就发慌,总觉得日子缺少点什么。有时候,我们弟兄几个回家,趁他不注意,把一些乱七八糟的破烂东西扔得远远的,父亲回来后转了一圈,也没发现什么东西丢失,我们暗自得意,可没过几天,被我们扔掉的东西又一个不少地被父亲捡了回来,原封不动地放在原处。

生活好了,日子也觉得过得特别快。年过八旬的老父亲,在一天夜里突然瘫痪在床,从此他的生活需要我们料理。我们兄弟几个决定把老房子卖掉,把父亲接到我们身边,轮流伺候尽孝心。在我们弟兄几个处理他的收藏品的时候,神志不清的父亲显得很痛苦,但又无可奈何,只是我们把那副马鞍子从床底下拉出来时,他一下子显得很激动,睁大眼睛挣扎着要坐起来,嘴里呜里哇啦地大声叫嚷,我明白了他的意思,附在他的耳边告诉他,马鞍子不卖,继续给你留着,他才慢慢平静下来。那个父亲拴钥匙的羚羊角,被独具慧眼的小弟拿走了,摆放在他那装饰现代的城市客厅里,显得古朴率真,据说是现在很流行的工艺品。

父亲的收藏就这样结束了。他收藏一生,唯一留下的藏品——那副破旧不堪的马鞍子,也随着他走到哪里,搬到哪里,轮流由我们兄弟几个收藏,伴随着他为数不多的晚年。至于它的最后归宿,已经失语的父亲已无法交代。只是有一次,我看见他独自一人坐在床上,长时间地望着墙角的马鞍子愣愣发呆,傍晚的余晖弥漫在他身上,使沉浸在往事中的父亲显得更加孤独。我慢慢走过去,上前搂住他的肩膀悄悄告诉他:"你走的时候,我把马鞍子放进灵柩里,让战马永远陪伴着你。"父亲听完我说的话,吃力地缓缓地抬起头,两眼定定望着我,混浊的眼睛骤然放出光来,摇摇晃晃举起他的右手,重重地在我的肩膀上拍了一下,这时候我发现,一生倔强、从不流泪的父亲突然老泪纵横。

父亲的拴马桩

马厩坐落在连队西侧,一大片旷野杂草之中,孤零零的。连队人不叫马厩,嫌文绉绉,太拗口,大人孩子一律叫马号,或者西头,直白,顺口。

那时候,连队没有汽车拖拉机,马是连队主要牲畜,也是生产劳动的主要运输工具。马很稀有也很娇贵,畜牧排有一个班的人专门伺候马,马有吃草的圈舍,有休息的凉棚,还有供马运动遛弯的场地。

父亲是马号的饲养员。父亲除了当兵,一辈子的职业都是饲养员。当兵也是骑兵,整天和战马厮守在一起。父亲一生都和牲畜打交道,在连队放牧马牛羊,父亲都要骑一匹马,马是父亲的伴侣,他最爱马。

有一天,马号班长在饮马的水井旁辟了一片空地,要栽一些拴马桩,让劳累一天的马在饮水后拴在拴马桩上休息。父亲和其他饲养员开始挖坑栽拴马桩。

这一天,别的牧马人栽了六七个拴马桩,父亲一天就栽了一个;别人都早早栽完了,父亲到太阳掉进地平线才栽好。整整用了一天时间。

父亲栽拴马桩,和其他人不一样。别人都找地面松软的地方挖坑,这样不费力,坑挖得快。而父亲找了一块坚硬的土质挖坑,土是黏土,坚实细密富有黏性,用力下去,一锹只能挖一点土,越往下挖土质越坚硬。这样,别的牧马人挖了三个坑,栽了三个拴马桩,父亲才把坑挖好,有人开玩笑说父亲磨洋工,父亲没有搭理他,继续干他的活。其实父亲是个急性子,做什么事都风风火火,从来不拖泥带水,但在栽拴马桩这件事上,他表现出少有的耐心和细致,拴马桩是用来拴马的,拴马桩不牢固,马就有可能走失,每个拴马桩前都有一匹马,一个拴马桩其实就是一匹站立的马!慢工出细活,父亲知道这个朴素道理的含义。

坑挖好了,挖得很深,父亲开始栽拴马桩。父亲精心挑选的拴马桩,是一截直直的高大榆木,野生的那种,生长了几十年。野榆树剥了皮,露出坚硬如铁的身躯,敲一下刚刚响。下土栽的时候,父亲在拴马桩入土的一头裹了一层厚厚的塑料布,塑料布是冬季用来糊窗户的。父亲把拴马桩立直,用铁锹一点一点埋土,埋一点土,父亲就停下来,用一根粗铁棍用力捣土,这样埋进去的土就被砸得很坚硬,和四周的泥土紧紧连接在一起,牢牢地吸住拴马桩。栽到一半,父亲提了一桶井水倒进坑里,洇了一下。干了再洇,洇了再干,父亲不厌其烦,连续反复了一个下午。再用铁棍捣,来来回回反反复复,最后拴马桩像树桩一样高高立在空地上。

拴马桩开始使用后,问题很快就出来了。马很不老实,也被人宠惯了,吃饱喝足以后,它不愿意被拴在拴马桩上站着,它渴望在原野上奔跑追逐,雄壮的公马期盼与漂亮的母马缠绵厮磨,它就用全身力气挣拴马桩,有的拴马桩栽在松软的地上,三下两下,马就把拴马桩从土里拉出来了,马拖着拴马桩跌跌撞撞跑了,其他马看见,一边高声嘶鸣,一边纷纷效仿,结果有的拴马桩连根拔出,有的拴马桩木头不结实,被马连拽带踢折断了,马一匹接一匹,嘶叫着跑向原野撒欢,有的还跑到庄稼地里践踏啃吃庄稼。马跑了,马号的马车也停了,影响了连里的生产运输,连长发火训排长,排长训班长,班长训了饲养员后,一个个开始去野外找马。

唯独父亲栽的拴马桩,像铸铁一样纹丝不动,任凭马怎样用力拽,怎样用蹄子踢,它都牢牢地立着,一动不动,电线杆般忠实地履行着职责。别的饲养员栽的拴马桩,来来回回返工重栽多次,他们一个个灰头土脸,费了很多功夫,还挨了班长不少的骂,而父亲栽的拴马桩连一锹土都没有培。父亲的拴马桩,结结实实和大地焊接在一起,高高地竖立着,任何力量都动摇不了。

在马号,几乎所有的牧马人都有丢马的经历,而骑了一辈子马的父亲从来没有丢过一匹马。父亲傍晚拴的马,第二天早晨还在原地拴着,忠实地等待着父亲。那些嘲笑父亲栽拴马桩的人,也从心里佩服父亲做事稳当牢靠。时间长了,拴在父亲拴马桩上的马,都老老实实地站着,马也知道任何想法在父亲的拴马桩面前都是徒劳的。

父亲是连队最牛的牧马人,从来没有被马摔下过。马是卑微父亲一生的骄傲,平时父亲沉默寡言一言不发,说起马却眉飞色舞,别人插不上一句话。骑在马背上的父亲,更像换了一个人,腰板挺直,雄视四野,威风凛凛得像个将军。

父亲的拴马桩立在水井旁的空地上,在四周平坦的庄稼地间有点耀眼,野生榆木被马厮磨得油光水滑,弥漫着一股浓烈的马的气息。拴马桩时间久了,朝着西北方向,满是风沙打击形成的糙砺,像一个满脸沧桑的老人。

多少年以后,那些马号的拴马桩不是断了,就是被暴烈的马连根拔起,空旷的原野上,剩下父亲栽的那根拴马桩和为数不多的几个残头断臂的木桩子。后来连队马越来越少了,拴马桩也越来越少,最后,唯独剩下父亲栽的那根拴马桩,立在马号水井旁的空地上。后来三轮车拖拉机代替了马,马也被连队一匹匹卖了;马号空了,后来坍塌了;水井被风沙掩埋了;砖石被人拉走。马号成为一片废墟,马号渐渐被人遗忘,马号消失了,拴马的空地长满了野草。又过了很多年,有时候,老人们不经意提起连队的往事,说起了马号,就会说西头的马号现在不在了,不过老张栽的那根拴马桩还在。那个拴马桩呀,栽得真叫结实,现在还一动不动。又从拴马桩说到我父亲,老张的骑术没人比,再暴烈顽劣的马,到了老张胯下,都会服服帖帖。

新的连队出现了,旧的连队渐渐成为一片荒芜的废墟,空空如也,满目苍凉。人们识别老连队的标志,还是父亲的拴马桩。因为连部、大礼堂、医务室坍塌的坍塌、搬迁的搬迁,以前拴马的地方,长满了各种野草,父亲的拴马桩历经岁月风雨,仍然纹丝不动,高高矗立,铸铁一样立在空旷的原野上。

于是在连队,拴马桩演绎成为一段历史,成为一个遥远的传说。后来父亲不在了,再后来,一些为数不多的连队老人偶尔提起父亲,其他都忘了,只有拴马桩让他们津津乐道,老张的拴马桩,栽得真结实,他们感叹道。有时候,如果天下雨,细雨的慢慢侵蚀,会使拴马桩深藏的气味溢出,微微的,淡淡的,与众不同。那曾经是一匹马的气息,一匹马的味道,闻起来满是芳香。拴马桩储藏了一匹马的秘密,延续了一匹马的存在。

拴马桩,一匹马的出发地和归宿地。父亲一辈子待在连队,整天与马牛羊为伍,一生留下了两样东西,一副马鞍子,一个拴马桩;一个是驰骋飞跃,一个是安静平稳,都与马有关。拴马桩孤孤地立在连队旷野,呈现出一种高度,像父亲孤傲单薄而有力的身躯。

毫无疑问,父亲是一个栽拴马桩的天才,就像他编织的牛皮绳子扣结,绳子烂了扣结也不会松开,在这方面,他的智慧和细心表现得淋漓尽致。拴马桩是卑微父亲一生中最伟大的杰作,它高高矗立在连队的废墟上,无言地记录着连队曾经的历史,讲述着一个牧马人的传奇。

我始终迷惑不解,为什么父亲栽的拴马桩能够历经岁月而不倒?多年后我才明白:父亲栽拴马桩方法与众不同,塑料布因深埋而在泥土中鲜活如初,顽强抵御着土壤中盐碱的侵袭,最终护卫了拴马桩的忠诚。而野榆树不亚于胡杨的坚韧,铁一样坚硬的躯干,使它屹立在风雨中毫不动摇。

父亲的拴马桩,突兀在连队西侧,横跨两个世纪,经历了近半个世纪的风风雨雨。一匹奔跑的马需要一个拴马桩,就像一个漂泊流浪的人,最终要有一个归宿地。父亲的拴马桩,成了连队的一个传说,一个矗立在连队的永恒地标。

后来,我在内地出差,见到了一些拴马桩,比起父亲的拴马桩,它们的精美细致让我叹为观止。这是一些立在王公贵族和农家宅院、门前用以拴马、牛等牲畜的石雕桩,用的是灰青石、黑青石,周身雕刻着精美的图案和各类花卉、鸟类,简直是一件件做工考究的艺术品。

因此,我对拴马桩有了更深的了解。古时候,拴马桩其实并不仅是用来拴马之用。秦汉以后,达官贵族们的墓前常立石柱,被称之为望柱。在民间,为乡党所推崇之姓曰"望",望族即贵族。唐宋时,帝王陵立有被称为"华表"的石柱。华,光辉,荣显;表者,标也。华表,也就是身份高贵的标识。乡宦世家们在攀高附贵,攀比心理驱动下,降级而仿华表形制,做望柱,立于门前,以彰显门第。这正是民间"拴马桩"之滥觞。在坚挺的石柱上，实际上隐藏着生命的脆弱；在华美的雕饰中，却透露着人性的虚荣。

在民间，立拴马桩还有一层意思，就是镇宅祈福。在古人心中，石具有超自然的神力，所以"名门望族，凡门前、巷口、村头，皆立石以止煞。"拴马桩的柱顶多为狮子，狮子为"百兽之王"，对邪魔具有威慑力。

这些精美的拴马桩，形态面目各异，雕刻得栩栩如生，历经千古岁月而留存，是艺术品，属于王宫贵族。而父亲朴实的拴马桩，则属于连队，属于儿女永远的记忆。

父亲的人生平淡无奇，他在有限的生命中，栽了一根桩子。这根桩子，历久弥新，突兀，孤傲，独立，高高矗立在这个浮躁喧哗的时代，是他一生勤勉、厚道，做人做事的一根标杆。他是一个非常认真的人，仔细的人，做事一丝不苟的人，认准了八匹犟驴也拉不回的人。与之相比，我的浮躁，我的浮光掠影，朝三暮四，随波逐流与之格格不入。他的恒久之心，耐力，给我的人生竖起了一个高高的里程碑，它永远矗立在我心中，永远屹立，永远不倒，永远使我可望而不可即。

父亲的档案

在中国,上至政府官员,下到普通百姓,每个人都有一份神秘的人事或劳资档案。档案里详细记录着一个人的人生历程,奖励或者处分,升迁或者降职,档案存放在人事部门或者劳动单位,锁在戒备森严的档案柜里,有专人负责管理和使用。一个人,生前是看不到自己的档案的。

父亲去世后,连里照例要开追悼会,工会主席负责写悼词,这就牵扯到父亲的生平。父亲虽然在连队放了一辈子牛羊,但离休已二十多年,连队领导也换了很多届,所以很少有人知道父亲的详细生平。在小小的农业连队,一个老职工去世是一件大事,何况父亲还是中华人民共和国成立前参加工作的老前辈,现在几个儿子也是有头有面,所以连领导对父亲的丧事很是重视,到殡仪馆悼念时多次征求我们对父亲后事的处理意见。父亲生前是连队一介平民,但却极要面子,很喜欢排场,我们弟兄几个决定把父亲的丧事办得既简单又隆重,让他最后体面地离开这个世界。因此,我们提出要把父亲的生前简历和奖励情况写清楚。这个要求当然不过分,连领导当即安排统计员到团机关劳资科查阅父亲的工人档案。

父亲的丧事办完后,我就匆匆上班去了。过了一个星期,照例要给父亲过"一七"。所谓的"一七",就是父亲去世后一个星期,我们兄弟姊妹再聚到一起,举行一个简单的祭拜仪式,父亲的丧事就算告一段落了。当所有的悼念活动结束后,我静下心来,脑海里突然想起了父亲的档案。现在父亲已乘鹤西去,他的档案已经没有什么价值,单位也没有为他继续保存的义务,但对他的儿子来说,却是一份难得的特殊纪念品。于是,我给连队领导打了一个电话,询问父亲档案的下落。连领导说悼词写完后,父亲的档案就放在连队统计处。于是,我驱车来到父亲也是我小时候居住的连队。就这样,父亲的档案就辗转落到了我手中。

父亲的档案装在一个牛皮纸袋子里。档案封皮上写着"工人档案"四个字,是红色隶书印刷体;"档案"两个字是繁体字,给人一种遥远的沧桑感,目录上的钢笔字也因年代久远而略显苍白。在我的书桌上,怀着激动、虔诚和好奇的复杂心情,我打开了父亲的档案。

结果却使我大失所望。父亲的档案袋里只有几页发黄的纸张,没有我想象中的复杂,可能父亲生前是一个牧工,从事的职业非常单一,所以他的档案内容就很简单。我开始默默阅读这些陈年往事,穿越时空漫长的隧道,从字里行间体验父亲的人生历程。第一张表格是"阶级登记表",现在的年轻人对阶级这个概念已经很陌生了,但在父亲那个年代,阶级却决定着一个人的前途和命运,和现在的文凭一样重要。父亲不识字,这张表格显然是别人为父亲填写的,同样,蓝黑墨迹已经发白模糊,但还能分辨清楚。部别:农七师二十团良种站;姓名:张明珠;别名:新年娃(父亲是某个新年的1月出生);原家庭出身:贫农;文化程度:文盲;现职务:饲养员。表格的右上角贴着父亲的一张黑白照片,这张照片我第一次看见,以前从来未见过。

照片上的父亲人到中年,面部黝黑沧桑,但却很精神。父亲理着短短的寸头,嘴唇留着小胡子,上身穿一件洗得发白的黄军装,站在一排土房子前面,面带微笑,显得憨厚朴实。何时何地怎样参加革命工作:于1949年9月25日参加新疆和平起义,加入中国人民解放军。何时在何部因何原因受过什么奖励:于1955年、1957年在托里牧场被评为先进生产者;由团批准1961年在种畜场被评为五好工人。土改或公私合营前的人口,动产、不动产,各种收入及生活来源:土改前人6口,土地3亩,房两间;每年打的粮食只够吃三四个月,不足部分打短工,我给人家放牛,母亲拾粪,以此维持生活,每年还要借债300元。看来,父亲一家人在旧社会属于苦大仇深之列,生活在水深火热之中,父亲整日为填饱肚子四处奔波。土改或公私合营后至现在的主要生活来源:土改后,人6口,分到土地13亩,共16亩,房子3间,以务农为主。解放后,父亲一家和千千万万翻身农民一样,分到了土地和房子,过上了自食其力的幸福生活。参加革命工作前后的主要经历:这张表格主要记录了父亲的工作单位,主要在牧场、种畜场、良种站等畜牧单位工作,职务是饲养员。整张表格纸张暗淡泛黄,散发着陈旧的气息,像一份古老的出土文物。

档案里的第二份材料最为翔实。这是一份"社会主义教育运动职工洗手交心材料",是1965年2月手工记录的,里面的内容,无不显示着那个特殊年代的深深烙印。

我全文抄录下来,保留它的原来面目,洗手交心:(一)政治四清方面:父亲家族成员的历史状况,兄弟姐妹都处于社会最底层,历史清白清楚。(二)经济四清:(1)总共吃瓜50斤,葡萄2斤,盐2公斤;(2)牛吃公家的草1800斤,牛是私人的,占了公家的4天计工资8元,草钱约有18元,以上东西没有退赔。(三)近5

年的表现:(1)工作不负责任:值夜班公牛跑过两次,母马下马娃时自己不知道,马娃跑到种马场一次,这些都是工作不负责任,给国家造成了损失。(2)天亮时,顿河公马差点吊死,引起了公马得病。(3)认为自己在养马技术上有一套,和同志有了意见不讲话,以个人意见为主。(4)在中印边界发生问题时有麻痹思想,认为咱们国家强大,不把印度放在眼里,轻敌思想特别重。心想蒋介石的几百万军队都打垮了,还怕他干什么?(5)革命斗志衰退:在吃淀粉时,认为咱们有充足的粮食,可以多吃多穿,可以不计划,可以随便吃穿了,没有考虑到我们国家目前的困难。这些缺点产生的根源:在托里牧场时生活好,以为自己从前喂过马,产生骄傲情绪。同时由于受了资产阶级思想的影响,认为喂马责任大,又不想喂马,这些都是对不起党的。小组意见:该同志在评议中态度老实,在群众帮助下,基本上四清。

这些资料虽然有些内容啼笑皆非,但真实地再现了那个非凡特殊的年代,父亲倔犟率真的性格跃然纸上,呼之欲出。阅读着这些陈旧的文字,我仿佛看见穿着破旧黄军装、骑着高头大马的父亲雄赳赳地向我走来。

以上史料和父亲平时给我们的闲谝,证实这段时期是父亲人生中最为自豪的一段历史。父亲天生喜欢马,一生与马结下了不解之缘,在部队是一名优秀骑兵,转业到兵团农牧团场后,一直从事放牧工作,整日骑着马在戈壁滩、草原、山冈流浪,威风得像个皇帝。我们童年的时候,父亲晚上放牧回来,遇到他高兴,吃过晚饭就坐在洒满月光的院子里给我们兄弟几个讲他与战马的故事,没有文化、整日沉默寡言的父亲,讲起他与战马的故事却是惟妙惟肖、滔滔不绝。记忆最深的是有一次父亲进山剿匪,战斗很激烈,有一发子弹擦过父亲的耳朵,呼啸而过,把棉帽子穿了一个洞,父亲有幸有惊无险。行军途中,父亲省下自己吃的干粮也要让战马吃饱,自己不喝水也要让战马饮水,父亲与马在枪林弹雨中结下了深厚的友谊,战马是父亲无言的战友。

最为父亲自豪的是,在种畜场,父亲养过一匹从国外进口的顿河种马。顿河马产于苏联的顿河及伏尔加河中下游流域,是闻名遐迩的优秀骑乘马种。20世纪60年代,兵团从苏联引进顿河公马,用来改良新疆的哈萨克马和焉耆马,以提高当地马的体格。父亲养的这匹顿河公马,体形高大,品种优良,价格昂贵,有专门供顿河马吃料饮水的马厩,马槽上面覆盖着洁白的纱布,马的生活费用比一般职工都高。当时,兵团首长来团场检查工作,第一件事就是视察顿河种马,马号门前停满了212吉普车。遥想当年,父亲牵着体格高大健壮的顿河种马,在众目睽睽之下立正站直接受首长的视察,是何等体面威风啊!有的首长还请父亲和顿河马一起合影留念,但拍照的记者却从来没有给父亲寄过照片,这使父亲常常耿耿于怀。

夏天的早晨,父亲总是早早起床,赶着羊群来到连队八号地,赶在中午之前让羊吃饱肚子。八号地面积很大,种植的棉花一眼望不到边,四周被杨树、榆树、柳树包围,里面长满了各种茂盛的野草和苇子,中间还有一条清澈的水渠,是放牧牛羊的天然牧场。在父亲的放牧生涯中,他对八号地情有独钟,在这块土地上他度过了春夏秋冬无数个时光。晚年,父亲病重期间瘫痪在床,已经失语;稍微清醒的时候,嘴里时常含糊不清地喃喃自语,望着父亲激动的目光,我不清楚父亲表达的什么意思,还是妹妹悄悄告诉我:爸爸的意思是他咽气后,一定要把他拉到八号地转一圈!

父亲去世时是2005年5月。5月的八号地,春光明媚,生机盎然,棉苗已长出4片娇嫩的叶子,齐刷刷地显行了。我们弟兄几个拉着父亲的遗体,在父亲居住工作过的十二连转了一圈;又来到八号地,围绕地边慢慢转了一圈,让他的灵魂与这块土地作最后的告别。

还是让我回到本文的主题,继续关注父亲的档案。其实,父亲的档案就这些内容,剩下的是几张盖着印章的表格,是父亲不同时期的工资审批表。

父亲自小离开家乡,在准噶尔盆地战斗、工作、生活了半个多世纪,放了一辈子牛羊。他生养了7个子女,最后被埋葬在这块碱土地上,继续守望着盆地的戈壁和绿洲。父亲一生辛劳奔波,生活上省吃俭用,从不乱花一分钱,却也没有给我们留下任何财产。在一个他生前使用的、破旧掉漆的旧木箱子里,是他留给我们的全部遗产:一张红色的中国人民解放军乌鲁木齐军区颁发的"起义人员证明书",一枚锈迹斑斑镶嵌着五角红星的军功章,一份盖有中华人民共和国国防部鲜红印章的"复员军人证明书",一页新疆维吾尔自治区人民政府颁发的在边疆工作三十年证书和一枚纪念章;还有就是这份简单的档案资料,这些遗物浓缩了父亲艰难坎坷的一生,涵盖了父亲风风雨雨的军垦生涯。在我的心中,它是世界上最昂贵的遗产。

母亲的天堂

一个人只要没有个死去的亲人埋在地下,那他就不是这地方的人。

——摘自加西亚·马尔克斯小说《百年孤独》

这块地方在盆地边缘一个很不起眼的角落,远离人群,偏僻荒凉,野草灌木丛生,时有野兔穿梭荆棘林间,野鸟在乱草丛中筑巢。因为紧挨奎屯河西岸,所以连队上的老老少少都称它为"奎屯河西头",时间长了,人们在言语间就简称它"西头",不用细说,都知道指的是这里。"西头"什么时间它成为一块墓地,却令人费解,无从考证。

谁也搞不清楚第一个埋葬在这里的是什么人。有了第一个,陆陆续续就有了第二个、第三个,渐渐荒滩就成为一块墓地,时不时有些烟火人迹。现在这块地方已经密密麻麻的墓碑林立。那些在连队上看着我们长大、已经走了的人,又相继跟着在这块荒野僻壤集合,仿佛他们要在地下重新树起番号,组建一个新的连队。一块柳木板、半截水泥碑、一棵沙枣树,甚至一株芨芨草都成了墓碑,显得粗糙而简陋。墓碑上写着他们的姓名和连队番号,像兵马俑里的士兵一样站立,排列,在荒滩上显得苍凉、肃穆。杂乱不一的墓碑上,撰写着逝去者简单的碑文,各种文体俱有,或是毛笔书写,或是刻刀镌刻,有的历经岁月和风雨侵蚀,字迹已显模糊、凌乱,但无一例外都把籍贯写得清清楚楚，可以看出他们来自河南、甘肃、湖南、河北等地，几乎包含了中国所有的省份。这么多的异乡人埋葬在一个小地方，恐怕世界上也很罕见。五湖四海的死者，聚积在这荒无一人的戈壁滩。灵魂在高远苍凉的西部盆地上空徘徊飞扬，陪伴他们的是荒原、绿洲和河流，任何人看了这一幕，心灵都会受到强烈的冲击和震撼。

这个远离人世的角落，几乎被人遗忘，只是每年的清明前后，才有一些人前来烧纸祭拜，平常只有一个老者在此守墓。但是，这片荒野却在我心中占有很重要的位置，我始终认为它是世界上最美的地方，我深深地爱着这块荒凉的墓地，因为这里是母亲永远的天堂。

母亲的坟墓是一座高高的碱土堆，旁边长着一株沙枣树，沙枣树紧挨着奎屯河，河水日夜不息，陪伴着天堂里的母亲。看着沙枣树，倾听着呜咽的流水声，我的心中无限惆怅，眼前浮现出妈妈亲切而熟悉的身影。在春季乍暖还寒的日子里，母亲赤裸着双手在刺棵子里采摘苦菜花，为我们准备下饭的野菜，她的双手被野刺扎得血迹点点；在落着酷霜的棉花地里，母亲用冻得通红的双手捋着桃子花，为我们准备冬天的棉衣棉裤；在寒冷刺骨的夜晚，母亲伴着如豆的煤油灯，一边做着针线活，一边陪我们做作业；在繁星闪烁的黎明，母亲早早起来做饭，然后叫我们上学……

在那艰苦、饥饿的年代里，母亲生养了我们姊妹7个，把我们一个个抚养成人，母亲付出的艰辛真是一言难尽。长大后，我们像一群羽毛丰满的小鸟飞向蓝天，一个个离开了母亲。

我成为一名警察，整日四处奔波，很少回家看望母亲。偶尔回去一次，也是匆匆忙忙；而母亲见到我，总是像过年一样高兴，忙前忙后给我做吃的，她始终把我们当成没长大的孩子。

临走的时候,母亲总要把我送到路口。我在前面走着,感觉母亲长长的目光凝视着我,温暖着我,伴随着我漫长的从警之路。有一次,我回到连队家中,吃完饭走的时候,母亲拉住我,递给我一双布鞋。这是一双黑条绒松紧口布鞋,我小时候最爱穿的鞋子,那时穿上妈妈做的新布鞋,我要高兴好几天。可是我现在是一名警察,公家发的有皮鞋,我奇怪地望着妈妈,难道你不知道儿子早已不穿布鞋了吗?母亲也望着我,有点不好意思,她可能觉得自己老眼昏花,做的鞋子针脚没有从前细密,儿子不喜欢了?

岁月匆匆,母亲老了,饱经风霜的脸上布满皱纹,只是一头银丝使她显得更加慈祥。有一段时间,她老是咳嗽,并逐渐消瘦,为了不影响我工作,她始终没有告诉我。一日,我正在外地出差,忽然接到妹妹打来的传呼,电话中她哭着告诉我一个震惊的消息:母亲整日咳嗽不止,带她到市医院检查,结果诊断母亲患了食道癌!我闻听噩讯,一下子惊呆了,不相信这是事实。冷静下来后,我办完公务匆匆连夜返回。

母亲仍然微笑着,慈爱的目光一如从前,只是更加消瘦了。我内心犹如万箭穿心,但在母亲面前我强忍泪水作笑颜。在饥饿的年代,母亲为了我们忍饥挨饿;在丰衣足食的今天,母亲却水米难进,我再次感受到人生的无奈与悲哀!

医生告诉我们母亲的病症已到晚期,最多只能存活两个月。面对残酷的现实,我们兄妹商量后,决定对母亲封锁病情,不惜一切代价把她送到新疆最好的医院治疗,想方设法延长老人家的生命!

在省城乌鲁木齐,母亲住进了医学院附属医院。我们请来专家给母亲会诊,开始对她进行药物化疗。在省城看病,医疗费对我们来说是一个天文数字。我们兄妹几个倾其所有,我卖掉楼房,搬进地下室,给母亲凑足了巨额医疗费。

我们兄妹仿佛在进行一场你死我活的战争,这场由恶魔导演的战争,要夺走亲爱的妈妈的生命,而我们要千方百计留住我们的妈妈!

在以后的一年零八个月的时间里,母亲去了11次医学院。在病情稍微好转的时候,我们弟兄几个轮流把母亲带到乌鲁木齐最好的酒店,让妈妈享受美味的佳肴,在我们的团团簇拥中,在富丽堂皇的包厢里,母亲享受着从来没有的幸福,她那日渐消瘦的脸上挂着满足的微笑。就是有一点我们不明白,母亲从来不向我们询问自己的病情。

最后的时刻终于来临了。母亲存活了一年零八个月,比医生的预言多活了整整一年六个月。妈妈说,这一段日子,她比过年都高兴!

在母亲最后几天里,我们决定把病情如实告诉她,当哥哥趴在她耳边,轻声告诉她病情的时候,妈妈用最后一丝力气说:我早就知道了。原来,妈妈早就知道自己得了绝症,为了不让儿女揪心,她一直把痛苦和恐惧埋在自己内心深处!

这就是我的母亲,一个普普通通的戈壁母亲,但她在我们儿女心中,又是多么慈爱和伟大啊!

从患病到临终,巨大的肉体疼痛折磨着她,她强忍着,一声不吭,为的是不给我们制造痛苦,在最后的40天里,她的食道连一滴水都进不去,全靠输液维持生命,但她在儿女们面前始终保持着平静,只是在内心深处默默忍受着病魔的煎熬!

2002年7月23日上午,母亲带着一脸的慈祥和满足走了。七月的盆地,艳阳高照骄阳似火。而这一天,却阴云密布,下起了绵绵细雨。我是唯物主义者,但此刻也迷茫了,是妈妈一生的善良感动了苍天?

母亲,世界上最牵挂我的人已经离去。她的善良与坚忍,仿佛血液一样渗进了我的灵魂,是留给我永远的精神财富……

我正沉浸在对母亲的思念中,看坟地的老人蹒跚着走过来,喃喃地一个人自言自语:躺在这里的人,都是从前出过大力的人。我们那时候,干活不惜力呀,人这一辈子,干多少活,走多少路都是天注定,你的活干完了路到头了,就到奎屯河西头报到吧!现在活下来的人,都是以前积肥班、赶大车、在"四角"放羊的,他们没有掏过大力呀!

坟地埋葬着这片绿洲的一代人。活着的时候,他们在土地上一起劳动,死后埋葬在奎屯河岸边,和荒原、绿洲、河流融为一体,永恒地守望着这块土地。我知道,无论是先走的,还是后去的,若干年后,他们的肉体和灵魂都会在这块土地集结,一个都不会少。看坟地的老人,后来人会看守他的墓地;生生死死,恩恩怨怨,他们和这块土地永远在一起。

我踯躅在奎屯河边,望着这条默默西去的河流。这条荒原上的河流,它不是世界上最大的,也不是世界上最小的,但我觉得它是世界上最安静、最庄严的河流,它静静地流淌着,不舍昼夜,一直流向生命的远方。沿途众多的亡灵陪伴着它,它不会感到寂寞。

我深深地爱着奎屯河,这条荒原上孤独的河。我时常觉得,我的血管里奔流的不是我的血液,而是这条混浊的河流,它的液体充满了我的心脏和血管,日夜不停地在周身辐射、流动,我的生命早已与这条河流——我的母亲河融为一体。

在一块土地上,无论这块土地是富饶还是贫瘠,如果没有亲人的坟墓埋葬在那里,那么这块土地是不能称为故乡的。这个世界上最爱我的人和我最爱的人——我的母亲埋葬在这块碱土地上,无论我走到哪里,走得多远,纵使相隔千山万水,也总有一份长长的牵挂来自这块土地,紧紧维系着我的精神和灵魂。我的根在这里,我的故乡在这里,我离去的亲人在这里。一个人,记忆中有了亲人的墓地,他的心中就有了故乡的位置,无论他走到天涯海角,都能找到回家的路。

暮色渐浓,雾霭凝重。我再一次深情地凝视母亲的墓地。我看见,在妈妈的坟墓旁,在紧靠沙枣树边,留有大约一张床的位置,在四周略显拥挤、高低起伏的墓地上,这块平地显得较为奢侈和宽绰,我知道,那是妈妈留给父亲的位置。

苦菜花的春天

在苍茫的准噶尔盆地,春季是短暂的,有时候稍纵即逝,而且冬季和春季的临界点没有明显的界限。在春寒料峭的季节,冬天的余威仍在横行肆虐,即使真正的春天来临,倒春寒也常常令人不寒而栗。

这样的季节,性格不明朗,吞吞吐吐,像犹抱琵琶半遮面的高原少女。此时,大地积雪渐渐融化,一览无余,袒露着辽阔的黑苍苍的原色,硬硬的风夹带着一缕缕暖意,吹过原野,吹过山冈,吹过光秃秃的树木:满目苍凉,几乎没有一星绿色。

此时,连队人的饭桌上青黄不接。去年秋季储存的各类食物蔬菜,经过漫长的冬季基本消耗殆尽,有一些家庭还有一些冰冻的存货,但也快要放不下去了,因为气温一天天在回暖。

而这个季节,正是连队人陆陆续续下地劳动的日子。一年之计在于春,拉运肥料,修渠整地,准备春耕春播,蛰伏了一个冬季的人们,开始舒展筋骨,各自走出家门,走向泛着春光的田野。

劳动力大多是男人,干重活,体力消耗大,饭量也大,苦了做一日三餐的主妇们,巧妇难为无米之炊。

清明过后,在经历了一场绵绵的春雨之后,大地变得温润潮湿。有时候,天阴着脸,细雨淅淅沥沥,丝丝缕缕,缠绵着大地,断断续续接连两三天。天气晴朗后,阳光普照,大地蒸腾着白色的湿气。就在这时,几乎在不经意间,苦菜花悄悄生长出来,它的沾着尘埃的绿色叶片,毛茸茸地舒展着,亮晶晶,绿油油,像闪烁的星星,像明亮的眼睛,一下子从湿漉漉的土里冒了出来。

也许苦菜花太单薄太柔弱了,它要生存,必须寻求保护。于是,它选择生长在坚硬的铃铛刺丛中,干枯的苦豆子的枝间,在这样的包围圈里,牛羊轻易不会啃吃到,它才有空间生存下来,并且年复一年地生长着。

苦菜花像一颗颗闪亮的绿色火星,在枯黄单调的季节,一瞬间点燃了连队人渴望的眼睛。在春季的准噶尔盆地,苦菜花不是第一个报春的使者,比它早到的野草还有很多,但是苦菜花是可以吃的野菜。

苦菜花是苦难的花,盛开在春天里,盛开在连队人的餐桌上,是连队人最喜爱的花。

小时候,每逢春季,妈妈就带着我去摘苦菜花。在荒野地,在戈壁滩,在渠道帮子和林带里,苦菜花零零散散,星星点点,但只要耐心寻觅,总能找到它的匍匐着的绿色身影。看见一株苦菜花,母亲和我蹲下来,用手中的铲子小心翼翼把苦菜花的根轻轻剜下,抖掉泥土,放进扛着的篮子里。奔波一上午,就能拣半篮子苦菜花,足够家里一顿午餐。

回到家,母亲仔细地把苦菜花择一遍,掐掉根茎,用清澈的井水洗得干干净净,然后烧一锅开水,把苦菜花放进去煮,因为苦菜花叶子很娇嫩,稍微放进锅里一会儿,就要用笊篱捞出来。这时要掌握好火候,晚了苦菜花煮老了;早了还没有煮熟,吃起来口感都不好。母亲是做菜的高手,煮的苦菜花恰到好处,吃起来非常鲜嫩香甜。

捞出水的苦菜花,要放在凉开水里过一下水,待慢慢冷却后,母亲把苦菜花拧成团,挤干净水分,然后放在盆子里,浇上醋,拌上盐,来回拌匀,一盆清香四溢的下饭菜就做好了,如果再用香油和蒜汁拌一下,就会更加可口绵香。

这个季节,连队上的家家户户,都有人扛着篮子,三三两两在原野上寻找苦菜花,做饭的时候,连队的空气中弥漫着苦菜花淡淡的清香,淡淡的苦味。中午或者晚上,每户人家的餐桌上都有一大盘苦菜花做的菜,调剂着人们单调的生活。于是,在春天,苦菜花的香甜气味,飘飘洒洒,弥漫了整个连队,整个盆地,整个春天。

苦菜花让连队人艰难的日子变得明朗,变得美好。苦菜花仿佛知道准噶尔盆地的春天是短暂的,如果不生长,不盛开,它们将会错过一个季节,于是争先恐后钻出地皮,展示她们生命短暂的美丽。而此时,大地回春,草木萌生,阳光、雨水、土壤给了它充足的养料,一株株看了令人心疼的苦菜花青翠娇嫩,辽阔的准噶尔盆地呈现出初春的盎然生机。

连队寂寞贫瘠的春天,因为这些来自大地的精灵而变得生机勃勃,荒野上到处都是寻找苦菜花的人群。太阳暖融融的,大地开阔明亮,我们这些连队的孩子,漫长的冬季在房子里憋了一个冬天,现在兴奋地在原野上追逐嬉闹,跑得很远很远,给我们的童年带来无限的乐趣。少年的我惊奇地发现,看似柔弱不起眼的苦菜花,其实她的生命是连绵不绝、生生不息的,今年发现苦菜花的地方,明年苦菜花还在老地方生长,这是一种多么神奇的花呀!

有时候,附近原野树林里的苦菜花被人铲完了,我们就要到远一点的地方去找苦菜花。有一次,我一个人越走越远,最后越过奎屯河,来到河的西岸。河水很浅,清澈透明,飘逸着一缕缕渔草。在河西,我看见了更加广阔无垠的原野,逶迤起伏连绵不断的土坡,苍鹰在天空飞舞盘旋,壮美的风景让少年的我叹为观止。在一个高高的土坡上,我看见遥远的地平线,西边撕开了一个巨大的豁口,在灰色的苍穹中闪闪发亮,那是传说中的阿拉山口,过了山口,就是苏联!这是我第一次远离家门,我的心中突然充满了莫名的兴奋和激动,远方是多么神奇!远方是多么令人神往!在这个人迹罕至的远方,我挖了满满一篮子苦菜花,足足够我们家吃三天。

苦菜花,美丽的苦菜花,名不见经传的野花。那个时候,我不知道它的学名叫什么,只知道它生长在青黄不接的春季里,生长在连队人的饭碗里;它是有灵性的,充满了人间温情,充满了生活韵味。

苦菜花的春天是极其短暂的,大约一个星期或者十天,因为太短,它的春天可以忽略不计。过了这个季节,它的叶子就长老了,就不能吃了。而这个时候,水渠边公路旁的榆树结满了榆钱,地里的菠菜长出了碧绿的叶子,大葱也返青了,连队人餐桌上的蔬菜丰富了,苦菜花悄悄离开了连队人的视线。

在荒芜的准噶尔盆地,苦菜花不但把美丽带给大地,带给人间,作为一种野菜,它和粮食一样可以果腹,连接了连队人的初春和暮春,亲密了大地和人的关系。

在那个漫长的年代,短暂的春天,水灵灵的苦菜花陪伴着我们,盛开在我们心中,一起度过了艰难的岁月。

后来,我知道苦菜花的学名叫蒲公英。蒲公英属菊科,是多年生草本植物。据《本草纲目》记载,它性平味甘微苦,有清热解毒、消肿散结及催乳作用。"蒲公英嫩苗可食,生食治感染性疾病尤佳。"《神农本草经》《唐本草》《中药大辞典》等历代医学专著均给以高度评价。

苦菜花当做菜的时代早已过去,现在很多酒店用苦菜花做菜,成为一种饮食时尚。只是每当春季,我看见远方,遥远的远方,我们去不了的地平线的远方,那里的风吹过来,轻轻的,轻轻的,它们带着飘飘渺渺的花伞,在漫天飞舞,最后悄悄飘落在大地上。那是蒲公英的种子,它和风一起,吹向辽阔的准噶尔的大地,吹向戈壁荒野的角角落落,我就想起了那曾经过去的艰难岁月,那无比温馨甜蜜的一刻。

沙漠三剑客

胡杨、红柳、骆驼刺,是矗立在我心中的沙漠三剑客。

剑客,辞海曰:是指精于剑术、武艺高强的侠客。一般来说,剑客扮演着行侠仗义、杀富济贫的角色,是江湖、武林中的英雄好汉,那么三剑客怎么会和戈壁沙漠中的树木、植物相提并论?

对此,我的理解是:戈壁、沙漠环境险恶,干旱缺水,风沙肆虐,如果一种树木或者一类植物,没有一点剑客侠义的无畏精神,没有置于绝地而后生的勇气,是无法在这种恶劣的环境下生存的。

天山脚下,准噶尔盆地,苍茫戈壁,浩瀚沙漠以排山倒海之势汹涌而来,死亡的浪潮咄咄逼人。胡杨、红柳、骆驼刺,三剑客毫无惧色,迎风而立,或高昂挺拔,或临风摇曳,或匍匐大地,它们以顽强的生命力,吟风弄月,笑傲风霜,执着地点缀着死亡之海的绝美风景。

它们的生命,坚忍而神圣。我们人类,应该向它们顶礼膜拜。

胡　杨

在戈壁沙漠中,胡杨,是活着的化石。

它的站立姿势是永恒的。脚下是永恒的大地,头顶是永恒的天空。天地间,立着永恒的胡杨。

它就这样站着,一百年,一千年,一万年。河流存在的时候,它站立着;后来,河流消失了,它还站立着。

倒下一棵胡杨,不远处,又高高崛起一棵胡杨。胡杨承前启后,前仆后继,生生不息,延续,连接着沙漠的悲壮和传奇。

有人形容胡杨,生,三千年不死;死,三千年不倒;倒,三千年不朽;朽,三千年不烂。

世界上,还有什么树木能享受如此崇高、伟大的礼赞?

如果没有胡杨,沙漠就是匍匐的、平庸的,有了胡杨,沙漠变得立体、高大、丰满。

如果没有胡杨,沙漠就是单调、呆板、冷色的,有了胡杨,沙漠变得生动、葱茏、多彩。

如果没有胡杨,沙漠在人们眼里是俯视的,有了胡杨,人们对沙漠开始充满敬意地仰视。

因为骆驼刺、红柳、梭梭苗是幼小的、低矮的,所以胡杨显得茁壮、昂扬、挺拔。

生长在戈壁沙漠的胡杨,所有的枝叶呈赳赳的戟形。戟,古代的一种冷兵器,在长柄的一端装有青铜或铁制成的枪尖,旁边附有月牙形锋刃。胡杨的身上布满了这种锋利无比的兵器,抵御、抗击着风沙的袭击,昂首挺立,岿然不动。因此,胡杨具有武士的气质,剑客的风度,它身裹铁甲,剑胆琴心,所向披靡,无坚不摧,是不可战胜的。

胡杨的性格,代表了沙漠的秉性,传承了岁月的精华。

胡杨,承接天地,让戈壁沙漠变得神奇辉煌。胡杨,雄壮勇武,壮怀激烈,是沙漠最后的骑士。

胡杨,不朽的、立体、昂扬的生命。

红 柳

红柳,是戈壁沙漠美的使者。

万物复苏的春天,准噶尔盆地一片死寂。纵然春风一千遍、一万遍吹过沙漠,它始终是一个冷酷、铁灰的颜面。

然而,红柳是一个奇迹。在满目皆黄、皆灰的冷色调里,一朵朵红色的火焰在枯黄的枝头燃烧,虽然点点滴滴,似有若无,但它点亮唤醒了沙漠、盆地姗姗来迟的春天。

红柳的枝条,纤细柔嫩,随风摇曳,婀娜多姿,它好像长错了地方,不应该生长在环境恶劣的戈壁沙漠,而应该扎根在水土丰沛的江南,但红柳无怨无悔,扎根在亘古荒原,枯守大漠,独享寂寞,绽放美丽,一千年,一万年。

红柳外表柔软,弱不禁风,骨子里却透着武士的刚毅和倔犟。红柳生长的地方,或是一方平坦的戈壁,毫无遮拦的季风,混合着细沙,肆意抽打、吹击着它的身子,它随风摇摆,左顾右盼,但根子始终原地不动;或是一堆崛起的沙丘,红柳立在高高的顶部,它的根系牢牢扎在沙丘里,抱成一团,岿然不动。在沙漠里,沙丘是经常随风移动的,但是只要有一棵红柳,哪怕是一丛细细的枝丫,这座沙丘就不会移动,红柳立在那里,任凭风吹沙击,天昏地暗。沙丘就像钉子一样纹丝不动。

有时候,狂暴的风沙像鞭子凶狠地抽打着红柳,红柳细碎的叶子在风中消失了,只留下一根根柔软的、光秃秃的枝条随风强烈摇摆,但它庞大的根系依然牢牢地固守着沙丘,一寸也不移动。柔弱的红柳,性格刚硬;宁为玉碎,不为瓦全。

没有侠客、武士的精神,红柳能做到这一点吗?

骆驼刺

骆驼刺开花的时候,是金色的五月,红灿灿的颜色铺天盖地,把整个戈壁都染红了。

它的花朵很小,似有若无,像遥远银河里的星星;它的花朵很密,一朵挨着一朵,米粒般璀璨,珍珠般耀眼,红的像天边迷人的彩霞,艳的像姑娘鲜亮的裙裾,整个戈壁,整个季节,都在尽情为它燃烧,为它绽放。

在戈壁荒滩,我没有见过任何一种野草有这么美丽。它的花朵充满了激情和向往,仿佛在一夜之间,全部绽满了它的枝枝柯柯。骆驼草是匍匐在大地上的,所以娇艳的花朵把大地覆盖得严严实实,大地在这一刻美丽的无与伦比。五月是它的蜜月,整个大地就是它的婚床,它红得精神,红得热烈,红得大气,它在哪里盛开,哪里就喜气洋洋,充满了温暖的、迷人的金子般的阳光。

诗人赞颂骆驼刺,称它是奇异的生命。它的枝,蓬勃向上,追求太阳的抚育;它的根,默默无闻,汲取泥土的血液,奉献给大地的是一片盎然的绿。

少年的时候,我对这种奇异的野草产生了强烈的兴趣,在荒凉干旱的戈壁沙滩上,很多植物因缺水无法成活,很多野草因盐碱侵蚀无法生存,为何骆驼刺生命力会如此旺盛?

有一天,我拿了一把铁锹,和小伙伴来到荒野,我要探究骆驼刺的根到底有多深,以满足我少年幼稚的好奇心。我从一棵骆驼刺的根部开始挖掘,挖了很深,掘了很大一个洞,也无法确定它的根有多长。随着洞的加深,干燥的土壤变得湿润,它的根越来越细,越来越细,最后根系成了一根似有若无的细线,钻进了深深的泥土下面,我再也挖不下去了。无奈,我和小伙伴们离开了荒野。

后来,我在一本厚厚的、介绍植物的辞典中,偶然看到了有关骆驼刺的篇章,书中称它的根系有十五米长,我一下子惊呆了!

它不声张,不炫耀,细细的针叶状枝条匍匐在地上,抵御着风沙,抗击着烈日;但它的根,却深深地扎在地下,汲取着泥土的水分,吸收着土地的营养。土地,是它取之不尽、用之不竭的生命源泉啊!

任何一种植物,它只有和大地联系在一起,它的生命力才会永恒,它才永远不会消失!

荒野上的骆驼刺,诠释了这个朴素的真理。

父亲的九月二十五

我的父亲一辈子背井离乡颠沛流离,年少时从河西走廊来到遥远的新疆,从国民党士兵到解放军战士,再到一个兵团职工,凤凰涅槃,浴火重生,几乎阅尽了人世间所有的悲欢离合、酸甜苦辣。他苦难而平凡的一生,和9月25日这个日子息息相关。

1949年9月25日,距离中华人民共和国成立还有五天,父亲所在的国民党部队在陶峙岳将军带领下毅然起义,加入了中国人民解放军的行列,使占全国土六分之一以上土地面积的新疆与河西走廊地区终于在中华人民共和国成立之前获得了解放。于是,9月25日,作为人生里程碑的一个重大转折,父亲刻骨铭心,倍加珍惜。

每到这一天,无论放牧多忙,父亲都要对着镜子刮尽胡须,洗个热水澡,收拾得干干净净、一尘不染。他穿上那件平时压在箱底的白府绸衬衣和黄军装,那套军装因为岁月久远而发黄暗淡,散发着浓郁的樟脑气味,肩膀上留有授衔的搭扣。父亲把风纪扣扣得严严实实,在衣服前襟上仔细别上一枚嵌有"八一"图案的铜质军功章(我记忆里唯一的一枚),这时的父亲显得精神焕发、神采奕奕。这一天,母亲也要把饭菜做得和平时不一样,我们也能吃上过年过节才有的猪肉。

父亲浓郁的军人情结,引为自豪的从军经历,始终是我们家族中最荣耀的事情。在团场,连队名称用的是部队番号,父亲和所有连队人一样,对八一军旗、八一军徽有着深深的眷恋。虽然离开了部队,但每当从电影里看到八一军旗,从连队高高的大礼堂看见最顶端闪烁着的红色五角星,他们平静的内心就会涌起波澜,联想到那如火如荼的峥嵘岁月。在一些重要的日子里,如八一建军节、国庆节,连队人都要排着整齐的队伍,面朝大礼堂鲜红的五角星,举行一个简单而隆重的纪念仪式。这个时候,父亲和连队人神情肃穆,心情变得崇高而庄严,他们的思绪会回到那些逝去的难忘岁月,虽然脱去了军装,但连队人内心永远认为自己是一个兵:一个永不转业的士兵。他们的耳畔,这时响起了伟大领袖毛泽东热情洋溢的声音:"将光荣的祖国经济建设任务赋予你们。你们过去曾是久经锻炼的有高度组织性纪律性的战斗队,我相信你们将在生产建设的战线上,成为有熟练技术的建设突击队。你们将以英雄的榜样,为全国人民的,也就是你们自己的未来的幸福生活,在新的战线上奋斗,并取得辉煌的胜利。你们现在可以把战斗的武器保存起来,拿起生产建设的武器。当祖国有事需要召唤你们的时候,我将命令你们重新拿起战斗的武器,捍卫祖国。"铿锵有力鼓舞人心的声音仿佛就在耳边回荡,仿佛就发生在昨天。然而,半个多世纪过去了,他们没有接到战斗的命令,他们一手拿镐生产,一手拿枪习武,等待着,等待着,永远等待着。战士成了真正的农民,他们的第二代、第三代出生了,长大了,而他们梦中期盼的那一天至今也没有来临。

父亲,这位中华人民共和国成立前贫农的儿子,昔日的国民党老兵,脱胎换骨的解放军士兵,中华人民共和国的军垦战士,这块土地的开发者,经历了新旧两重天。他在车排子放牧了一辈子牛羊,他最高的职务是牧羊组副组长,他的权力是当组长不在时,另外两个牧工有事可以向他请假,而空岗则由父亲担任。现在,父亲已化为泥土,埋葬在他生活工作过的车排子垦区大地。

残存在我记忆深处的是父亲佝偻着腰身,在连队的角角落落捡拾废品,在荒野上四处砍伐柴火,在秋天的庄稼地里寻觅粮食,在戈壁滩上放羊被暴雨淋得浑身湿透。父亲生活在社会最底层,但他从来没有失去生活的信心和勇气,即使在最困难最艰苦的日子里,也始终对生活充满乐观而从无怨言。父亲退休后,我们兄妹六人还在上学,为了补贴困难的家庭,也为了不让我们失学,他又干起了老本行,在家里饲养牛羊。有一年冬季,家里最大的一头奶牛在野外觅食掉进深沟死了,一家人心情沉重,而父亲却心态平和。1985年春季夜晚的一场暴雨,让我家摇摇欲坠的土坯房轰然倒塌,母亲因为抢救睡梦中的弟弟被倒塌的房梁砸中脚后跟,一家人一无所有,搬进了连队废弃的一座房子,但是父亲坚信只要有人就会有一切。现在想起来,可能是父亲经历的磨难太多,铸就了他岩石一样坚强的内心。后来,年迈的父亲又加入了打工者的行列,在建筑工地当小工。我有一次到工地去看他,天黑了他还没有收工,直到夜幕很深了,父亲才拖着疲惫的身子回到简陋的宿舍,浑身沾满了灰尘,还要自己烧火做饭。父亲见到我,乐呵呵的,说他一天能挣多少钱,一个月下来能买几袋子面粉,看着父亲苍老的面容,满头花白的头发,我在心里为父亲流泪。

后来,我们陆陆续续工作成家。工作了,我们不像别的人家,父母会给买自行车、手表,我们什么也没有。成家的时候,我们的父母没有钱给我们盖房子,只给两床被褥和一些床上用品,后来,连这些东西都没有了。但是父母的言传身教,使我们从小就知道一切靠自己,靠自己的双手去努力,就像后来父母什么也没有给我们留下,却把让我们立足于这个社会的精神食粮留给了我们,使我们享用终生。父亲一生命运多舛,一辈子与牛羊为伍,他生命中的核心词汇是:准噶尔、车排子、九月二十五、坚韧、执着;他留给我们的精神财富是:勤奋劳动、永不放弃、乐观坚定、正直向上。物质终归有穷尽,而精神信仰、信心与力量永远是滋养我们成长的心灵鸡汤。

在我记忆里,父亲留给我们的,还有他经典的语言。父亲是个乡村哲学家,他的语言朴实无华,是他苦心琢磨生活总结出来的精华,闪耀着泥土的光泽,小时候觉得无所谓,经常觉得父亲的话语多余。现在,到了不惑之年,我越来越感觉到父亲话语的含金量。我记得父亲的那句:"不要把书念到驴槽里!"意思是读书要活学活用,不能拘泥。这句话来自乡村来自泥土,发自肺腑,入木三分,一语击中要害,充满了朴素的哲理,比我苦思冥想写的文章还要有感染力,既形象又亲和,父亲是一个多么伟大的语言学家啊!

父亲虽然是一个牧羊人,目不识丁,但他时刻关心着国家大事。每天外出放牧,他都要拿着家里唯一的一个家用电器——一台破旧的袖珍收音机,边放牧边收听新闻。我工作后第一个月的工资,就是给父亲买了一台收音机,他高兴得爱不释手。他最疼爱的一个小孙女是一个导弹工程师。晚年的时候,有一次过年,小孙女从外地回来,他问:"咱们的导弹能打多远?"孙女笑着说:"这是军事秘密。"我们逗他:"这些事情国家领导人操心,不用你管,你就安度晚年吧。"

车排子,一条被岁月风干的河床,躺在准噶尔大地上。父亲,一个被苦难雕塑的铜像,永远屹立在儿女心中。岁月冲刷了所有的记忆,时间吞噬了所有的细节。多少如烟往事,多少人情世故,尽被风吹雨打去,不能忘怀的就是人生的精华。我们少年时曾经刻在白杨树上的名字,已经长得变形;火红年代的豪言壮语,如今听起来是多么幼稚可笑。而现在,红尘滚滚,多元的思想、各种各样的价值观,汹涌地冲击着我们这个时代。但是因为父亲,我淡定从容,工作之余远离喧嚣,读书写字其乐陶陶。

我们继续延续着父亲的生命。他来新疆时孤身一人,一无所有。他和母亲繁衍的这个庞大家族,犹如涓涓细流,最终与国家的改革开放融为一体,与这个伟大的时代一起汇入万马奔流的大海,生命的种子在车排子生根发芽,开花结果。他的儿子、儿媳后代中诞生了12个大学生,其中有7个共产党员,作家、摄影家、警察、医生、教师、工程师、会计师、企业家、农场主、个体劳动者,几乎涵盖了社会上层建筑和经济基础,这不能不说是一个奇迹。而父亲的所有后代,枝枝蔓蔓,丝丝缕缕,都和这片古老而年轻的土地水乳交融血脉相通。

在父亲的第62个九月二十五日来临之际,我们兄妹给父亲的墓地树了一块大理石纪念碑。墓碑庄重典雅,精心镌刻着鲜艳的党旗和斧头镰刀图案。墓碑的后面,是我起草篆刻上去的文字,记录了父亲、母亲苦难而辉煌的一生,寄托着后代与父母血浓于水的情感。父亲的墓碑,是一块质地很好的大理石,如果父亲在世,一生节俭甚至有点吝啬的父亲,一定不会让我们去给他做一个这样他认为非常昂贵的奢侈品。他会笑着骂我们是一群败家子,但在我们听来,这不是骂,这分明是父亲满意的夸奖啊!

张明珠　丁秀兰墓志铭

严父张明珠,慈母丁秀兰,祖籍甘肃张掖。父抗战后进疆,自"九·二五"起义荣入中国人民解放军。复员后分配在兵团一二三团,母乃随迁来疆。

父母一生工作、生活在兵团。待人宽厚,持家以俭。粗粮野菜果腹,布衣缀补遮身。教子博爱,端正为人。养育六子一女,历尽人间苦难。

父性格倔强,教育后代严厉;母善良慈爱,耗尽心血呵护。他们倾其所有,含辛茹苦,苦熬岁月,将之抚养成人。艰辛一生,未留物质财富,唯吃苦耐劳与善良慈爱之美德,传续后代。

诸子成家立志,安居乐业,事业有成,皆承父母吃苦耐劳之品行。次子新军精撰散文《父亲的收藏》,倾心塑造父母之形象,被誉为"民族精神的经典记忆,民族文化最显著的印记和永恒的标志"。荣获第四届中国冰心散文奖,亦表后人拳拳仁孝之情。

苍茫大漠,巍峨天山。明月高照,珠玉生辉。秀外慧中,兰吐芬芳。父母品德,山高水长。父母恩泽,惠及子孙。铭记于斯,喻嗣不忘!

公元二〇一一年九月二十五日,子张才、新军、新成、新文、新民、新卫,女新花率张氏宗嗣二十余众叩拜于此。

风轻轻吹过,墓地静悄悄。我凝望着父母的墓碑陷入沉思,恍如隔世。风吹过的往事,雨淋过的往事,岁月浸透过的往事,一桩桩、一幕幕,黑白照片一样在脑海里定格过滤,父母的音容笑貌复活在记忆的胶片上,仿佛就在昨天,仿佛就在眼前。

微风吹动着我的思绪。这个时候,我想起了智利著名诗人聂鲁达的名句,我把它略加修改,献给我亲爱的父亲母亲,献给养育我的车排子大地:如果必须生一千次,我愿意生在车排子;如果必须死一千次,我也愿意死在车排子。

准噶尔盆地边缘

人身上包含有自然界所有的因素,如果人愿意的话,他可以同他之外的一切生物产生共鸣。

——普里什文《一年四季》

春之篇

一

准噶尔盆地边缘,一口巨锅的边沿,亿万年前造山运动遗留的褶皱,层层叠叠,汹涌如海。黄、灰、绿三种色调统治的视觉图像,混混沌沌,铺天盖地,陨石般亘古不变。

天苍苍,野茫茫。遥远苍茫的天山冰峰,逶迤翻卷的阿尔泰山峰峦,是盆地边缘隐约可见的巨幅山水背景。一些千年胡杨树的枝丫,寂寞地伸向天空,孤独地向苍穹倾诉,浩瀚苍穹老人般沉默无语。稀稀疏疏的灌木、低矮的荆棘丛林、匍匐的骆驼刺,星星点点散落荒野、戈壁、山冈、河流,永恒厮守着大地不愿离去,装饰、点缀着盆地边缘单调绝版的意境。

过了清明,经历过漫长寒冷的冬季,灰苍苍、雾茫茫、孤岛般矗立的连队,仿佛脱去蒙着尘埃的一件旧布衫,在渐渐升腾温暖的地气中,开始缓缓复苏,显露出清晰、明亮的轮廓,盆地一年的播种季节即将来临。天是空的,高远深沉,堆积着一团团铅灰色的静止的云。看不见的旷野的风,毫无遮拦地一涌而来,吹拂着古堡般沉寂的连队,连队的上空弥漫着一层牛乳般细腻的薄雾,与梦幻般的缕缕炊烟缠绕在一起,如烟似梦,罩住了苍苍的榆树,错落的农舍,高高的草垛。有时候,风轻轻吹过树梢,轻柔迷漫的雾霭和连队的各种景物若即若离,似有若无,虚无缥缈,颜色和视觉朦朦胧胧。迷雾和风联手,给初春的连队描绘了一幅浓淡相宜的写意水墨画。

季风暖烘烘的,像一个久违的远方朋友,夹杂着一股股潮湿的气息。泥土解冻的味道,植物腐烂的腥气,牛羊身上的膻腥,还有蒲公英绿色的笑靥,从辽远、开阔的地平线吹来。风是季节的使者,轻柔、温馨、浪漫,它给连队带来了春天的讯息。它一路轻轻吟唱,吹向马厩、草垛、场院、礼堂、农家小院,吹向连队的每一个角落。这一缕缕温暖的春风,过几天就会变成无数细密的雨滴,飘飘洒洒,悄无声息,浸润辽阔无边的盆地边缘。而此时,风吹的地面软乎乎、湿漉漉的,飘荡着乳白色的、带着微微咸味的雾气,空气凝重而略显潮湿。一只只燕子玲珑敏捷的黑色身影,精灵般紧贴着地面飞翔,预示着雨水将至的征兆。

盆地边缘的4月,残雪消融,大地赤裸。连队的日子却青黄不接,人们无精打采神情疲沓,脸上面黄肌瘦。小家小户的菜窖里,储存了一个冬季的白菜、萝卜、土豆,已经吃完或者腐烂,黑洞洞的菜窖口敞开着,冒出白腾腾的雾状的水汽,窖底渗出的混浊的地下水,漂浮着干瘪的萝卜头和肮脏的菜叶子。每家每户夏天晒的豆角干、茄子干吃光了,咸菜缸也见底了,而留作种子用的土豆,即使锅里没有一片青菜叶子,大人也不让动一个,连队的日子进入了最艰难的季节。但是一方水土养一方人,盆地又是慷慨大方的,它用另一种方式,弥补着春季的拮据和缺陷。连队的午后或者黄昏,家家户户的孩子们,一窝蜂来到积雪消融的田野,踩着软绵绵的泥土,在铃铛刺、芨芨草、苦豆子干枯的缝隙里,寻觅刚刚露出小嫩苗的灰灰菜、苦菜花,采摘回去用开水焯一遍,凉水过一遍,再用醋和调料、颗粒盐混合、搅拌,这些碧绿、鲜嫩、味道纯美的野菜,就是春季里连队农家餐桌上最好的下饭菜了。再过几天,春天和煦的微风,吹开了一棵棵榆树枝丫上灰色的苞蕾,满树绽放出黄绿色的迷人的榆钱,散发出醉人肺腑的香甜味,引来无数飞舞的蜜蜂。放学后,孩子们一个个争先恐后来到渠道边、土路旁,爬上高高的榆树,用手捋下榆钱,一刻不停地往嘴里塞,直吃得满嘴流绿液汁,肚皮圆鼓鼓的,才恋恋不舍走回家。放下书包,扛着篮子,孩子们又来到榆树下,轻轻将一咕嘟一咕嘟榆钱捋进篮子。回家后,大人用清澈的井水淘洗干净,把鲜嫩的榆钱和金黄的玉米面拌在一起,放进竹笼里蒸熟,然后拌上细碎的颗粒盐和几滴熟棉籽油,味道立刻娇嫩可口,香甜无比。连队的老老少少、男男女女,每个人都端上满满一大碗,圪蹴在院子的空地上,或依偎着柴火垛,或站在树荫下,吃得津津有味。于是,榆钱与玉米面混合的清香,*丝丝缕缕*,四处飘散,弥漫了整个连队,整个盆地,整个春天。

二

春季宁静、寂寥,昼长夜短。阳光清晰明亮,毫无遮拦,照耀着爽爽朗朗苏醒的连队。一家一户灰褐色的木质院门敞开着,空荡荡的篱笆墙院子一览无余。撩人的、温暖的季风,带着淡淡的忧伤,像一件件往事,徐徐吹向每一个安静的院子,寂寞的窗前,孤独的树旁。长方形菜园子里,显得凌乱而富有生机,苹果树黑褐色的柔软枝条,疏疏朗朗,蓬蓬伸展着,枝丫上圆嘟嘟的一串串苞蕾还在沉睡,静静等待着下一次煦风的吹拂,那是绽放和充满芳香的日子。葡萄树仿佛一根根陈年的藤条,僵硬地蜷缩在木头支架上,仍然沉醉在冬眠中不肯醒来。韭菜根从覆盖的马粪中露出了嫩绿的芽,偷偷窥视着外面清新的天地,再过几天,春风会使它的叶子变得碧绿而肥硕。几只白色的山羊关在木头栅栏里,"咩咩"地呼叫着,弯弯的羊角不停地撞击着木门,它们渴望空旷的原野和高高的山冈,而此刻,它们敏锐细腻的嗅觉,已经隐隐感觉到了远方河流解冻的声响,四处弥漫着的微醺的春的气息。几只芦花土鸡,扑闪着艳丽的翅膀,在菜园子的草丛中觅食。一只羽毛鲜艳的公鸡显然发现了食物,几粒草籽或一个昆虫的尸体,它叽叽咕咕呼唤着母鸡,炫耀着,想引起它们的青睐;母鸡则扬着血红的鸡冠,矜持地望着公鸡无动于衷。一条黑色的长毛狗,慵懒地躺在果树下,抬眼睥睨了一下趾高气扬的公鸡,似乎对它干扰了自己的春梦很不满意。

正对着菜园子,是三间白灰粉刷的土坯房,红砖封沿,却没有瓦,墙壁上雨水溅落的灰色痕迹依稀可见。涂着天蓝色油漆的柳木窗户,冬天肮脏的塑料纸还没有揭去,它在等待盆地最后一次倒春寒的袭击。门的两边墙壁上,用浆糊粘贴着褪色的春联,一半已经脱落。门框上厚厚的棉布门帘已经揭去,裸露出了蓝色的陈旧木门,门环上挂着生锈的"将军"牌铁锁。轻轻推门进去,屋子中央是宽敞简陋的客厅,红砖铺就的"人"字形地面,柔和的春天的光线,透过窗户照着一张沙枣木八仙桌,几只榆木椅子,枣红色的油漆闪着幽暗猩红的光泽。玻璃茶杯和保温瓶,沉寂得像写生的静物,印着黄色的向日葵图案。白色镶嵌着荷花图案的椭圆形瓷瓶,里面插着沾有尘埃的鸡毛掸子。土块火墙立在屋子中间,整个冬季燃烧的温度在慢慢消失,生铁翻砂的炉子,煤炭的灰烬奄奄一息。斑驳的墙壁上,悬挂着装有照片的镜框,玻璃蒙着一层淡淡的灰尘,一张张黑白和彩色的照片,弥漫着岁月的暗黄,并列镶嵌在镜框里,熟悉的连队风景,亲切的笑容举止,定格在墙壁上。照片无言地倾诉着一个家庭的陈年往事和模糊的记忆,很多曾经鲜活生动的面孔,已经被后代埋葬在奎屯河岸边。

左侧的房间是主人的卧室,弥漫着经年累月亲人的熟悉气息。木质框架的大床挡板,中间镶有明亮穿衣镜的高大衣柜,五斗橱,木箱子,一切都是朱红色油漆。木箱子正面是伟大领袖的语录,周围盛开着金色的向日葵。棉被是大红色,被面缀满了艳丽盛开的红牡丹,一辆链轨式红色拖拉机,牵引着长长的犁铧,吐着一圈圈黑色的浓烟,从宽大的被面中心驶过。厚厚的棉花褥子,覆盖着一张水红色床单,纯棉布料,开满了各种热烈、艳俗的鲜花。两个荞麦皮填充的枕头,并列躺在大床中央,一对肥胖的彩色鸳鸯,在枕巾的荷叶间戏水。卧室红色的主体色调,洋溢着暖洋洋的大俗大美。

右侧是盛放杂物的储藏间和厨房。灶台立在屋子中央,架着一大一小两个黑色的铁锅,盖着油腻的木头锅盖。墙壁被烟熏火燎,仿佛涂了一层浓浓的黑漆,屋顶上吊着参差不齐油污的灰尘。碗柜放在角落里,沾满了烟尘和油腻,里面放着饰有花纹的瓷盘、大碗。铁皮筷筒里插着竹制筷子,搪瓷缸子里盛着凝固的熟猪油,水缸上盖着厚重的木板盖子,大玻璃瓶里用陈醋浸泡着糖蒜。醋瓶子、油瓶子、酱油瓶子,其他调料瓶子排列在窗台上,蒙着一层厚厚的陈年尘垢。

厨房里面黑咕隆咚。劈碎的木柴在炉膛燃烧过以后,散发出一股淡淡的、含有木脂味的清香,杂糅着微微的炊烟的味道。

炉膛底下温热的灰堆里埋着红薯,发出甜丝丝的诱人香味,那是连队孩子最奢侈的零嘴。明明灭灭的火星,使人感到一种家的温暖。春季的气候很反常,忽冷忽热,忽雨忽风,有时候风很大,炊烟吐不出去,会倒吹进屋子,这时,屋子里弥漫的都是干燥、呛人的浓浓烟味。天渐渐黑了,夜幕悄悄降临,四周寂静,黑暗笼罩了整个连队,借助星星点点的火苗,坐在玉米皮编织的坐垫上,依偎着温暖的灶台,磕着自家炒的葵花籽,静静回忆一些童年的往事,混合着淡淡的少年的惆怅,有一种说不出的温馨和忧伤。

我五岁或七岁的时候,就在这样的连队和这样的房子里和父母一起生活。我熟悉这个用阿拉伯数字当连队名称的村庄的每一条道路、每一间房屋和每一棵树木,还有一块块用数字编号的条田,它们是我童年永恒的向往和记忆。现在,我走在连队春天的小路上,四月的阳光和童年时代一样,暖洋洋地照在我的身上。小路旁,当年看着我成长的大树,已经很少了,小树还没有长大。父亲和他的伙伴当年栽种的榆树、柳树,散乱地分布在条田四周,它们还像当年一样高大,只是树皮龟裂,枝丫苍劲,像父亲的面孔一样苍老。从前尘土飞扬的小路,铺上了一层细碎的戈壁石,坑坑洼洼的路面,混合着沿路亲切的风景,摇摇晃晃颠簸着我的乡情。这些风景和这条小路、这片树林和小桥、渠道,我在童年的作文中,曾经多次用形容词描述过,它们已经深深占据了我记忆的深处。

辽阔的田野上,红色"东方红"拖拉机牵引着一排雪亮的犁铧在轰鸣,那是去年没有秋灌的茬子地在翻耕,几片残雪像白色的棋子,在眩目、温暖的阳光下作最后的挣扎,潜伏在地下的昆虫、甲虫,在钢铁的履带下呻吟、哭泣。深褐色的一溜溜泥块,波浪一般翻涌着,像排列整齐的一架架编钟,闪耀着黑黝黝的面孔,翻滚着蛇一般扭曲乱窜的地气。一群群黢黑的乌鸦,呼朋引类,扑腾着黑色的翅膀,在茬子地上空盘旋、飞翔,追逐着隆隆作响的拖拉机,捡食着刚刚翻出、冬眠后的各类昆虫。

三

我来到童年居住的老屋。家里的大黑狗老眼昏花,已经不认识我了,岁月使它老态龙钟。它一步三晃颠过来,冲我"汪、汪"两声,声音嘶哑而毫无底气。我小声叫着它的名字,它犹豫了一下,摇着尾巴到我跟前嗅了一会儿,可能闻出我这个外乡人气味中,还残留着这个连队、这个家的久违的微弱气息,它掉头蹒跚着跑回屋里,给家里人报信去了:家里来客人了!

父亲走了出来。母亲跟在后面。他们的脸像榆树皮一样黝黑粗糙,沧桑得像罗中立那幅著名的油画,但身体还很硬朗。母亲脸上露着惊喜,随后就到厨房给我做饭去了,只要她的儿子回家,她总是不分时间地去做饭,就好像我们在外面天天饿着肚子。

父亲的老房子像一件沧桑、陈旧的艺术品,越来越古典了。围着房子的是一圈用枯树枝扎的篱笆墙,院门是铃铛刺编织的,院落古朴粗犷。房子的地基是五层红砖,上面铺着隔离盐碱的芦苇,但汹涌的、看不见的黑碱已经爬上了第三层砖块,墙壁上的白灰,被风雨侵蚀得斑斑驳驳。老屋年久失修,屋檐上的红砖已经陆陆续续剥落脱皮,屋顶上的房泥已经稀薄了,雨水冲刷得露出了泥巴中的麦草,需要夏天重新覆盖一层厚厚的房泥。地面铺的红砖,已被岁月磨得平平仄仄。旁边牛棚房梁上,悬挂的锯子、镰刀、锄头等农具,锈迹斑斑,蒙着时间和岁月的灰尘。童年时燕子筑的巢窝,还高高悬挂在房梁上,不过呢喃穿梭的燕子已经不是童年的那几只。

我思绪如水,激情涌动,沉浸在回忆中而默默无语。我熟悉老屋里的每一件事物,每一个陈旧的物品和摆设。我知道老高粱头做的扫帚,母亲缠绕着细碎的布条,总是放在厨房土灰色的门背后。父亲收藏的马鞍子,散发着浓烈的膻气,藏在他睡觉的床铺下。土块垒的狗窝上,里面垫着金黄的麦秸,上面堆放着柳条筐、铲子、耙子。父亲夜晚用的搪瓷便盆立在旁边,散发着浓重的尿骚味,即使在漆黑的夜晚,不用点灯我都能摸到。墙壁上张贴的陈旧年画,凝固着女明星空洞的笑容。屋子四角密布的蜘蛛网,是苍蝇的陷阱和墓地。旧报纸糊的顶棚,是老鼠生存嬉戏的乐园。这里的每一件器物,都镌刻着岁月长长的痕迹,隐藏着时间暗淡的光泽,它们残缺破旧的表面,浸染着父母双手的汗渍和身体的气息。它们在这个家的时间,有的比我的年龄还要长。父亲、母亲双手的抚摸和时光使它们逐渐苍老,虽然有的已经破损而不能使用,但仍然摆放在原来的位置,多少年来一动不动,老人般陪伴着年迈的父母,成为他们生活中的一部分。这些器物如果拿到城市,陈列在民俗博物馆,都是杰出的民间艺术品。

父亲母亲大半辈子,始终住在这个冬暖夏凉的土块房子里,终生厮守着家园和连队,没有离开过一天。他们整日劳作,过程简单而琐碎,日复一日,年复一年,过着平平静静的日子,平淡的生活与哲学无关,与这个繁杂的世界无关。但是与盆地的气候有关,与作物的收成有关,与柴米油盐有关。他们的一生,天天与这些事物发生联系:房子、菜地、鸡鸭、牛羊,土路延伸着的绿油油的棉花地,远方看不见的茂盛的草场。时间久了,连队、土地和老宅成为他们心中的神,他们对老宅和生活心存感激。在他们的有生之年,每一天都要陪伴和使用老宅的这些物品,成年累月与这些物品相伴,最后老在这个房子里。

不知不觉间,天空变得灰蒙蒙、雾沉沉的,开始飘起细密的、夹带着凉意的雨丝。小雨缠绵而细腻,淅淅沥沥下个不停,整个连队、整个大地湿漉漉的。在春天,在盆地边缘,再也没有比春雨敲打着田野、树林、草垛、老宅更美妙动听的音乐了,我沉醉在天籁中不能自拔。在恍恍惚惚的遐想中,我仿佛听见各类植物、种子贪婪吸吮的声音,我仿佛看见小草在春雨的伴奏下,跳起了欢乐的舞蹈,整个盆地八音俱发,欢呼雀跃,合奏着一曲春天愉快的乐章,迎接上天的赐予和施舍。

父亲抽着用报纸卷的劣质莫合烟,一边吐着呛人的烟圈,一边唠唠叨叨,开始给我摆着连队的陈年往事。邻居朱家的孩子不孝,不赡养父母,被连队人背后指责唾弃;陈家的老太太哮喘病发作,在冬至那天死去,她是连队上最长寿的老人;牲畜的价格上涨了,李家的绵羊产了双羔;去年种的棉花又遭虫灾了,夏季高温和缺水,棉花又减产了,今年气候冬天不冷,春天不热,温吐吐的,可能有一场罕见的倒春寒。

母亲小心翼翼走了过来,颤巍巍划着火柴,点燃了马灯,马灯发出橘黄、温馨的光芒,照亮、温暖了整个房间。接着,母亲把饭碗一个个端上餐桌,做这些事的时候,母亲不让我插手,好像我是家中尊贵的客人。母亲打断了父亲的唠叨,招呼我洗手上桌。我们围着小沙枣木饭桌开始吃饭。晚饭是母亲和面擀的面条。切成小四方块的土豆丁,猪肉碎块,滑溜溜的面条,秋天酿制的西红柿酱,绿色的芫荽,混合成热气腾腾的一碗碗陇西汤面条。外加一碟母亲腌制的咸萝卜块,一碗红艳艳的辣椒黄豆酱,一盘干豆角炒肉片,一瓶团部加工厂生产的陈醋,这些食物是母亲一辈子最拿手的厨艺,也是我最喜爱的饭菜。家里有一些好饭食,母亲总是舍不得吃,而是想方设法储存起来,留着我们回来享用。亲爱的母亲呀,我的眼睛潮湿了,心里有一种说不出的滋味。我一口气吃了两大碗,浓浓的亲情,久违的味道,胀得我解开了腰间的皮带。

  宁静的春季的夜晚,我在父母轻微而甜蜜的鼾声中,辗转反侧,久久不能入眠。窗外,叫春的野猫在春雨中一声声呼唤,偶尔有布谷鸟清脆的鸣叫,从看不见的黑色树丛中传来。几只老鼠在顶棚上追逐厮咬,吱吱作响,增添了连队夜的从容和安详。

  下半夜,雨,不知什么时间停了。点点残雨,在屋檐上滴滴答答落下来,滴滴答答落下来,有节奏地敲打着潮湿寂静的院子。牛棚里的老黄牛停止了反刍,鸟儿停止了啼啭;连队安静得没有一丝声音,整个盆地在浓浓的夜色中睡着了。

四

  黎明时分,一股长途跋涉的西伯利亚寒流,引起的一场倒春寒,毫无预兆地袭击了盆地边缘。它像一个冷血杀手,悄无声息地将棉花、玉米稚嫩的叶芽,凶狠地扼杀在土壤的襁褓中。一瞬间,种子发芽的声音在寒流中戛然而止,盆地的各类植物集体失语,只有树木坚硬的枯枝,在凛冽的气流中发出断裂的脆响。天亮后,迷雾消失,大地赤裸,望着萧条、肃杀、蒙着一层寒意的原野,连队的人们唉声叹气,无精打采,寒流撕碎了他们对土地的渴望和憔悴的心。我的父老乡亲、我的兄弟姊妹流下了无声的眼泪,连队笼罩着一层深深的恐慌和悲哀。可是吃过中午饭,放下饭碗,擦干脸上的泪痕,他们又扛着铁锹,提着水壶,背着棉种,匆匆忙忙到地里补种去了。

  准噶尔盆地边缘的春季,就是这样反复无常,喜怒不定,像一个缺乏教养、任性撒野的孩子,常常搞一些令人啼笑皆非的恶作剧,没有耐心和恒心的人,意志脆弱的人,忍受不了春季气候的无常和肆虐;心肠太软、多愁善感的人,无法在连队生存。

准噶尔盆地边缘的春天,性格暧昧,犹犹豫豫,是盆地四季轮回中的第一首序曲。春天的脚步匆匆消失后,光阴又过去了一年,盆地边缘的树木又多了一层年轮,连队又老了一岁,有的人开始离开生养他的连队,外出流浪,从此再也没有回来。几个上了年纪的老人,在春季结束的最后几天,终于辞别了连队。于是,盆地边缘刚刚解冻的奎屯河岸,又多了几个圆圆的新鲜土堆。

夏之篇

一

立夏后的连队,被飘飘洒洒、满天飞舞的梧桐树毛絮轻盈弥漫,如烟似雾,纷纷扬扬,仿佛笼罩着一层洁白无瑕的雪花,有着一份圣洁、高雅的美丽。白鸽般的庭院、金黄色的草垛、羊肠般的小路,还有竖着高音白铁皮喇叭的连部,静静的场院,葱茏的防风林,原野上大面积已经播种的条田,已经依稀开始显出行距的棉苗,毫无遮掩、赤裸裸地呈现在五月明丽的天空下。坦荡,明亮,和煦,大气,五月一扫春季的阴霾和忧伤,让连队的人们心情豁然开朗,点燃了新的生活希望。

五月的风细细的、软软的,缠绵而多情,像母亲温柔的目光,抚摸着我们少年稚嫩的脸庞,渗透进身体每一个细小的汗毛孔。农家小院四周的杨树、榆树,枝丫绽放着嫩绿欲滴的小叶片,明亮清新,随风翩翩起舞,哗哗作响,仿佛手风琴优美动听的琴键。再过几天,树叶就会变得丰满而圆润,洒下一地浓浓的绿荫。而牵牛花细长的触角,此刻已经攀上了菜园子用树枝编成的围墙,要不了多久,它肆意蔓延的秧子和花朵就会覆盖整个栅栏。各种颜色的蝴蝶在野草丛中抖擞着娇嫩的翅膀,发出微风一般的声响。

园子里栽种的茄子、番茄、辣椒,和苹果树、葡萄树济济一堂,显示着这个季节的勃勃生机。一只黑母鸡警觉地望着前方,几只五颜六色的鸡雏,在林带的草丛中寻觅食物。

五月的盆地,是多雨的季节,过几天就要下一场毛毛细雨,有时候冷不丁还来一场罕见的暴雨,夹杂着黄豆粒大的冰雹,铺天盖地,天昏地暗,仿佛要把储存了一个冬季和春季的雨水倾泻,瓢泼大雨几乎淹没了整个盆地。

平静的奎屯河流过我们的连队,像一根长长的灰色缰绳,曲曲弯弯环绕着连队的条田,最后消失在茫茫戈壁深处。泛滥的雨季使河水失去了平静,肆虐、浑浊的雨水,从四面八方流进河道,河岸千疮百孔,河水突然变得丰沛而汹涌,窄窄的河道也陡然变宽了许多。奎屯河是连队和地方的界河,河的西岸,连队的人称为河西,是地方的牧场和零乱散布的村庄,远远望去,缓缓起伏的土坡上,哈萨克人的坟岗高高矗立。一群群牛羊和哈萨克骑马牧人的身影,在黄绿相间的原野上时隐时现。河的东岸,裸露着大面积的原始开阔地,生长着铃铛刺、红柳、骆驼刺、芨芨草等低矮的灌木和草丛,在雨幕中呈现出墨绿、虚幻的剪影。远处的连队在丛林中隐隐约约,笼罩着一层幽暗、苍茫的色调。

有时候,几乎毫无预兆,天空突然下起了冰雹。黄豆粒、花生米般大小的冰雹,哗啦啦从天空倾泻下来,砸在田野、道路、连队、庄稼上,滚落在地面欢蹦乱跳,一会儿地上就白花花一片。来不及躲避的麻雀、燕子,顷刻被冰雹击中,它们痛苦地蜷缩着身子,躺在地上扑腾几下,最后慢慢停止了挣扎。措手不及的人们开始惊惶失措,从打开的窗户、门缝中探出长长的脖子,一个个忧郁失望的面孔,望着昏暗的天空,眼巴巴看着冰雹在滥发淫威而无能为力。

连绵的阴雨,淅淅沥沥下个不停。雨落在地上,落在柴火垛上,落在屋顶上,断了线的珠子一样流下来,淹没了连队人憔悴的心。雨天无法下地劳作,连队的人们躲在家中无所事事。下雨天是难得的喝酒天,男人们三个一堆、五个一群聚在一起,一盘花生米,一盘凉拌大白菜,或者一盘咸萝卜干,一盘炒土豆丝,就着一壶连队磨坊烧制的高粱酒,猜拳行令,消磨大半天时光。女人们寂寞地围在一起,一个个心事重重,想着地里的棉花在连绵的阴雨下,根系可能要腐烂,种子、肥料都要搭进去,今年的收成又要泡汤了。她们一边诅咒着潮湿的天气,一边纳着永远纳不完的鞋底。

父亲披上雨衣,脚穿长腰胶鞋,照例要去马厩喂马。听着父亲扑哧扑哧的脚步声走远了,我独自一人,来到棚子后面储藏木柴和农具的棚子里,一声不吭看着雨中的景物。少年的我还不识愁滋味,只觉得雨天可以不去背柴火、挖野菜了,可以轻松了。没有人来打扰我,很多人躺在阴湿的房间里享受着睡眠。我如痴如醉看着无数雨点打在灰暗的地面上,溅起了无数混浊的水花。看着灰色的麻雀躲在树枝的背后,羽毛湿淋淋的,爪子一动不动,断断续续凄切地叫着。几只黑色的长脚蜘蛛,在柴火垛缝隙间,慢条斯理地用细细的触角悠闲地织网。一只老鼠探着尖尖的脑袋东张西望,小心翼翼地寻觅着食物。远处,机务排高大的油库,长长的用黏土夯实的斜坡,在雨幕中显得有点阴森。周围充满了潮湿腐烂的气息。这时,小路上传来泥泞的脚步声,那是北头邻居家的小女孩,和她妈妈打着一把花雨伞去上厕所。厕所在我家房子南头。我屏住呼吸,一动不动隐藏在柴火垛后面,从柴火缝隙里看着她们。她们走到柴火垛跟前,朝我很随意地望了一眼,当然没有看见我,她俩像一对孪生姐妹,手扶着柴火慢慢走了过去。我第一次如此近地看两个熟悉的女人,而且在阴湿的暗处。邻家少女清纯如水,雪莲花般纯净,她的脸庞宁静而羞涩,光滑无暇,笼罩着薄荷的色彩,一头乌黑的头发,在微风中飘散,我似乎闻到了她发际上散发的淡淡的雪花膏气味,心脏怦怦直跳。这个夏日雨季情景,深深印在一个少年的心中。过了一会儿,她们又回来了,这次看到的是两个背影,我的目光一直目送她们在拐弯处消失。我悄悄闭上眼睛,心中有一种不可言说的喜悦和惆怅,在雨的音乐中静静享受着幻想带来的甜蜜,一遍遍演绎着不经意的邂逅和一次离奇的遭遇。少年的我呀,希望小雨下个不停,我沉浸在梦中永远不会醒来。

黄昏悄然降临,家家户户传来劈柴切菜的声音,猪在圈里呼唤食物的哼叫,一缕缕炊烟在雨中弥漫飘荡,萦绕在树枝间,萦绕在参差不齐的农舍,萦绕在宁静的连队,弥漫了我整个童年的雨季。如梦如幻中,听见母亲大声叫着我的乳名,叫我和弟弟去抬水,我才很不情愿地带着一身凉意,来到厨房,和弟弟一起拿着扁担和水桶,冒雨来到外面。道路因为雨洗而平坦,但一脚踩下去,鞋子都会陷进去,沾满了泥水。来到水井,我们已浑身湿透。猛烈的雨水已经倒灌进水井,井水变得浑浊不堪,漂浮着羊粪蛋和草叶。我和弟弟吃力地拉着井绳,把沉重的水桶提出来,然后抬着一桶水晃晃悠悠往回走。到家后,一桶水已经洒得成了大半桶。井水倒进瓦缸里,母亲要放进去一块明矾,待慢慢澄清后才能做饭。

乌云散了，雨终于停了，天空出现了一抹鲜亮的彩虹，连队笼罩在瑰丽的晚霞中。父亲也回来了，他立即支使我们弟兄几个去挖猪草、捡蘑菇。我们扛着柳条篮子就走了。雨后的空气湿润而清新，树木的叶子被雨水洗得油光发亮。连队很多孩子都被大人撵了出来。我们穿过长着玉米苗的五号地，来到一片高高的榆树林，在渠沟、草丛、林带里搜寻蘑菇，用铲子挖掘野菜、青草。我们只要那种白色的、像伞一样张开的蘑菇，这种蘑菇味道鲜美，柔嫩可口，妈妈用来炒菜或者烧汤，都很好吃。而长在树根旁，颜色暗黄、伞柄细长的蘑菇，据说是野狗尿了尿以后生长的，叫狗尿苔，有毒，不能食用。夜色很快弥漫了原野，我们扛着装得满满的篮子，挽起湿漉漉的裤腿，两脚踩着稀泥，一步一滑向家里走去。这时，连队的高音喇叭响了，播音员用普通话大声播送着来自遥远北京的新闻，洪亮的声音在连队上空飘荡。远方的连队，家家户户橘黄的灯光，从方格子窗户泻出来，明晃晃的，有一种说不出的温暖。我们穿过长着玉米的五号地，看见母亲站在院子门口，远远张望着我们。

二

过了小满节气，天气渐渐变得炎热。盆地开始疯长。树木在疯长，棉花在疯长，所有的植物、庄稼，都攒足了劲在迅速疯长，庄稼一天一个样，静静的月夜里，可以听见植物拔节的声音——噼噼啪啪、此起彼伏，盆地蓬蓬勃勃、蒸蒸日上。

农工们开始忙碌，一年的希望和收成都在棉花地里。早晨匆匆起床，吃过简单的早饭，戴上草帽，骑着自行车就下地了，地里生长着绿油油、历尽劫难幸存下来的棉花棵子。定苗、除草、松土、施肥、打顶尖，棉花生长繁琐的程序和农时，一个都不能少。中午,啃几口带来的干馍,喝几口水壶里的凉水,累了,就躺在林带里打个盹。傍晚,他们疲惫的身影披着晚霞,自行车后座上带着一捆青草或者一捆柴火,三三两两向家里走去。

五月是盆地踏青的季节。月上柳梢头,人约黄昏后。在房子里憋了一个冬季的年轻男女,一个个相约来到野外,享受着春季的温馨和浪漫。空旷的原野,寂静,安详,只有月光如水,只有蛙声一片。夜色下,微风徐徐,凉凉的,湿漉漉的,夹带着一缕缕沙枣花浓郁的芬芳,令人心旷神怡。连队男女相会,男的送女的一条彩色的纱巾,女的送男的一双亲手做的鞋垫,有的胆大的男女很快搂抱在了一起,情意绵绵,窃窃私语。夜幕很深了还缠绵在一起不愿散去。

整个五月的白昼,大人都下地了,连队空荡荡、静悄悄的,只有老人和孩子,坐在连部、商店、卫生所或者林带里,沐浴着春风和温暖的阳光。老人们像一截截榆树桩子,一言不发,闭着眼睛默默地坐着,有时候一个上午一动不动。他们是连队的历史,是连队鲜活的见证者。他们看着连队从组建到现在,从荒原上的地窝子到干打垒棚子,再到土坯房子;他们看着自己的后代在连队陆陆续续长大,而他们的生命,大半辈子已经变成了连队土地的一部分,剩余的部分也将要变成土地的一部分。盆地边缘的每一个连队就是这样周而复始。

连队遥远、偏僻,仿佛浩瀚海洋中的一个小岛,却是五湖四海的会聚地。从连队人迥异的相貌、语言、风俗,还有奎屯河岸边坟墓墓志铭上镌刻的籍贯,可以看出连队的人员来自四面八方。东南西北的人操着不同的方言,沿袭着不同的生活习惯,生活在同一个连队里。

五月空气清新,气候温润。连队操场、道路、场院、原野、房前屋后,是孩子们玩耍的乐园。把一根短短的木棍两头削尖,在地上划一个圆圈,一人拿一截木板,把两头尖尖的木棍抛到空中,再用手里的木板用力猛击,木棍呼啸着飞向远方,另一个人就像打乒乓球一样进行拦截,把木棍打进圆圈就是胜利,我们把这种游戏叫作"打嘎"。打四角牌,弹钢弹是男孩子百玩不厌的游戏;女孩子则玩踢毽子,踢沙包,跳橡皮筋。男男女女在一起玩的游戏叫"丢手绢",我们在操场围成一个大圆圈坐在地上,一个小伙伴在后面拿着手绢围着圆圈跑,我们一起拍手唱着歌谣:"丢啊丢啊,丢手绢,轻轻地放在小朋友的后面,大家不要不要告诉他……"手绢放在谁的背后,谁就要给大家表演节目。

有时候双方玩恼了,争执不下,开始互相用自己编的儿歌骂人。一群甘肃籍的孩子骂道:"河南大裤裆,买菜不用筐。撑开大裤裆,茄子辣子一块装。"河南籍的孩子毫不示弱,一起有节奏地喊:"甘肃洋芋蛋,能吃不能干。挑个猪尿泡,压了一头汗。"孩子们狗皮袜子没反正,骂过打过,不到半天,又聚在一起玩去了。

夏季真是漫长,老师的讲解枯燥无味,我们在课堂上昏昏欲睡,就像后来台湾歌星罗大佑校园歌谣唱的那样:"池塘边的榕树上/知了在声声地叫着夏天/操场边的秋千上/只有那蝴蝶停在上面/黑板上老师的粉笔/还在拼命叽叽喳喳写个不停/等待着下课/等待着放学/等待游戏的童年。"窗外,传来了从团部骑自行车来到连队的小贩卖冰棍和海棠果的声音,诱惑得我们满嘴生津,一个个竖起耳朵,渴望着下课的钟声。

下课的钟声终于敲响了。我们一窝蜂跑出教室,争先恐后把冰棍和海棠果箱子围得严严实实。我们掏出平时积攒、舍不得花的钢镚镚,两分钱一根彩色冰棍,五分钱六个红艳艳的海棠果,冰棍凉得沁人心脾,海棠果酸得龇牙咧嘴。噢,冰棍,海棠果,我们童年时代最奢侈的享受!什么时间想起来,整个口腔和心里都是凉丝丝、甜蜜蜜的。

作为一个连队的牧人,父亲没有丝毫懈怠,他是忙碌的。夏天要做的事情太多,一件件需要提前谋划。如果夏天荒废了,一家人一年的日子就没法过了。

炎热的夏季,父亲让我们做的事情主要是打饲草,为家里养的猪、羊储存冬季的饲料。柴火也非常重要,但可以在秋季和冬季去拣拾,而错过了夏季,就无处打草,这一点,对于一个生活经验丰富的牧人父亲,心里当然很清楚。

我们放学后,放下书包的第一件事,就是一手拿上绳子和雪亮的镰刀,一手拿一块金黄的玉米面饼子,一边走一边啃,去庄稼地里割草。这个季节,玉米地已经长得像一个无边无际的大森林,里面密不透风,玉米棵子之间生长着茂盛的稗子草、勾勾秧,我们钻进玉米地,很快就能割到一捆青草。玉米棒子快成熟的时候,我们故意蹲在玉米林里,等着看青的人回家吃饭的间隙,偷偷掰几个玉米棒子,藏在青草中间背回家,然后趁大人不注意,埋在做饭后炉膛的余灰里。大约半个小时,玉米棒子就焐熟了,散发着诱人的香味。我们坐在林带里,啃着香甜、娇嫩的玉米粒子,心中充满了莫名的快乐!噢,盆地边缘连队的孩子,每一个人记忆里都有烧玉米棒子的香味,它持久、朴素的味道,永远弥漫在我们的童年岁月里。

稗子草、勾勾秧割回来以后,摊开晾晒在院子里,晒干后的青草,分量减少了许多,枝叶的翠绿色已经被阳光剥去,变成了橘黄色,混合着阳光和干草的气息。父亲用草绳把干草捆成小捆,然后用木杈垛起来。牛羊吃百草,苍耳、灰灰条、骆驼刺,田野里、庄稼地里的野草,都汇聚到家家户户金黄色的草垛上,每一个农家小院,都是一个丰富的百草园。

三

万物生长靠太阳。盆地的阳光一天天强烈、刺目,耀眼的紫外线,晒得人皮肤火辣辣的,土地灼热、发烫,扭曲着蛇一样的青烟。知了在树丛中鸣噪不停,地里的棉花因为缺水而耷拉着叶子。而环绕连队的奎屯河河水是咸水,不能浇灌,它最后消失在远方的一个叫甘家湖的沙漠湖泊。

一条条水渠是绿洲的血管,它连接着远方的水库和庄稼地。干旱少雨的六月,农工站在地头的林带里,不用下地,凭借棉花叶子颜色的微妙变化,就能准确判断出渠水流向哪里。渠水浇灌过的棉花地,棉花枝叶立即变得发黑油绿,直起了腰身。而渠水还没有浇灌的棉花,枝叶憔悴无精打采,棉秆垂头丧气地耷拉着。

农工焦渴的眼睛望着天空,天空太阳高悬,瓦蓝瓦蓝的,没有一丝云彩。干旱的日子太久了,盆地期待着一场酣畅的暴雨。

连续的干热天气后,黄昏后的田野、连队,飞舞着漫天的小蠓虫、蛾子和各种细密的小虫子。蠓虫嗡嗡作响,有时候遮天蔽日,黏乎乎地沾附在树叶、作物的枝叶上,棉花像霜打了一样奄奄一息。这个时候,飞机像蜻蜓一样出现在天空,在连队上空盘旋几下后,低吼着俯冲向田野、林带,尾翼洒下浓浓的六六粉、敌敌畏,空气里立刻混合着呛人的农药味道。而我们全然不顾,在地下追逐着飞机,一边跑,一边兴奋的喊叫:"飞机!飞机!飞机!"飞机俯冲洒农药时,机身几乎挨着了高高的树梢,我们可以看见驾驶舱里飞机驾驶员模糊的面庞。

七月流火。盆地的盛夏,没有一丝风,太阳像个巨大的火球,连队呈现出无比的闷热。午后,天空出现了大片铅色的阴云,一只只燕子叽叽喳喳,贴着地面飞翔,一群群蚂蚁忙忙碌碌,排着长队蜂拥着搬家。当连队的农工一个个锄禾而归,天边刮来了一阵急遽的狂风,它夹带着汹涌的雨点。雨点落在地面,击起一股股白色的雾一般的尘埃。

暴雨之后,太阳又从乌云里钻了出来,不过已经失去了原来的燥热。我们三三两两,结伙来到连队边缘石板砌的水渠,脱光衣服,赤裸裸地跳进清澈的水渠,开始洗澡、学习游泳。

盆地炎热的夏季就这样一天天过去了。

天高云淡,盆地显得辽远而深邃。一只只大雁排成"人"字形,鸣叫着向南迁徙。秋天快要到了。如果是阳光特别清朗的早晨,站在连队高高的土坡,可以看见远远的河西,平常看不清楚的景物,一条犬牙交错的黛青色山脉逶迤西去,山势缓缓下沉,最后消失在西方的地平线,与眼前清晰的草原、明亮的河流、模糊的村庄融为一体。指着远方,我的小伙伴纽子告诉我,那个遥远的巨大豁口,就是传说中的阿拉山口,是中国和苏联的边境分界线。

秋之篇

一

准噶尔盆地边缘的树和植物们,被一层层缥缈的雾霭笼罩,远看是一幅苍茫凝重的灰褐色,仿佛古老的化石和沧桑的岩画,它们在盆地周而复始的宁静中,永恒地保持着岩石一样的沉默。

有时候,辽阔的荒野上,只有一棵树,一棵柳树或者一棵沙枣树,更多的时候是一棵榆树,它孤独地耸立在茫茫天地间,像一个沉默寡言的牧羊人,点缀着盆地单调的风景。

准噶尔盆地的树木,性格内敛,毫不张扬,即使在万物复苏的春天,它也不争春。它那苍劲似铁的枝丫,被沙尘裹了一层薄薄的灰埃,小小的苞芽呈灰褐色,仿佛默默地聚积能量,等待着一个辉煌的时刻。突然在某个黄昏或者夜晚,齐刷刷绽放出所有的绿芽,星星般灿烂,太阳般耀眼,染绿了脚下的那方土地。

因为太荒凉,荒凉得只有一棵树或者两棵树,仿佛造物主不经意间给大地留下的一个标签,于是,就有了以树命名的地名:一棵树、三棵树、四棵树。多么经典、充满想象和魅力无穷的地名啊,像稀有元素一样珍贵。

还有以植物命名的地名。盆地的野草匍匐在地面,叶子多呈锯齿、针叶状,与江南的野草相比,盆地的草多了一些刚性,少了一些柔顺;多了一些坚韧,少了一些妩媚。野草滩、芨芨堆、骆驼坡,都是人们言语间的地理位置,一个个朴素、苍凉的名字,却充满了诗意盎然的情趣、憧憬和浪漫。

最让人难以忘怀的是以水域标注的地名。一口井、一碗泉、蘑菇湖,它们在浩瀚的盆地中,像一粒黄灿灿的金子,却比金子更令人向往,在干旱的戈壁沙漠中,还有什么比水更珍贵的呢?这些名字思想起来就让人泪流满面。

准噶尔,这个地壳凹陷的巨大盆地,四周黄沙漫漫,如果没有树和植物的点缀,偌大的盆地简直就是一片绝望的死海。

盆地的每一棵树木、每一株植物,历尽沧桑,饱经风霜,浸染着季节变换的颜色,它们是季节交替的使者。

二

立秋后的某一个早晨,盆地边缘所有的树木、植物,仿佛接到了秋天统一的指令,整齐划一齐刷刷,树木、草叶全部变得金碧辉煌。盆地像个突然被打翻的颜料罐,五颜六色流溢了沟沟坎坎、角角落落。

盆地的秋季,色彩斑斓,是视觉的盛宴。秋风凝重、厚实,混合着各种植物、庄稼成熟的气息,微醺着浓烈的醉意,一遍遍掠过原野。连队的人们望着丰收的田野,目光明亮,炯炯有神。

棉花白了,玉米黄了,高粱低下了充血的头颅;红薯、土豆丰盈的果实,胀裂了地缝,牛羊肥了:准噶尔盆地成熟了。

一望无际的田野,此时是一片银白色的海洋,海洋里流淌着千万朵洁白的花絮,洁白得花絮依附在褐色的枝柯上,在秋天的阳光下静静绽放,纯洁得犹如婴儿粉嫩的脸庞,美丽得无与伦比。这种叫棉花的植物,它的洁白与芳香,让盆地所有的颜色黯然失色。

在准噶尔盆地,没有哪一种植物,能像棉花这样无数次牵扯着人们的心。一棵棵棉花,从播种到收获,在与农工们的一次次亲密接触中,长大了,开花了,挂蕾了,吐絮了,又一个采摘期到了,望着成熟的棉花,连队人的心情,总是难以抑制地激动。期待的时间总是很长,收获的季节总是很短,在沾着浓重露水的清凉早晨,农工们一边采摘棉花,一边盘算着一年的产量和收成。棉花和收成总是让农工们牵肠挂肚,梦牵魂绕。在连队,农工的一生和棉花结下了不解之缘。盆地种植棉花的历史,就是连队、农工的历史,棉花的一生,就是每一个农工一生的缩影。准噶尔盆地的风霜雪雨,影响着棉花,也牵动着农工们的喜怒哀乐,棉花几乎是他们人生的全部。来到连队,来到棉花地,你才能理解一个准噶尔盆地农工的全部内涵和外延,知道为什么一棵棵普普通通的棉花,占据了农工全部的生活和内心世界。

走进准噶尔的棉花地,走进故乡的深处,我听见洁白的棉花在歌唱,我感觉我的灵魂像棉花一样纯洁。我看见我的母亲蹒跚着走进了棉花地。母亲脸上的皱纹像熟透、苍老的棉花壳,深藏着岁月的年轮和生活的艰辛。母亲站在棉花地里,她整个白昼都在千篇一律地重复着一个动作,把一朵棉花采摘下来,再把另一朵棉花采摘下来,一朵朵棉花在她胸前堆积成一个大雪团,棉花簇拥着她的身体,带着她的体温,像婴儿哺乳似地紧贴着她,她用粗糙的双手抚摸着柔软的棉花,仿佛抚摸着她亲爱的孩子。孩子啊孩子!从播种、生长到收获,你经历了一个多么漫长的时间,倒春寒、沙尘暴威胁过你,盐碱水浸泡着你,酷热的骄阳暴晒着你,你历经磨难,九死一生,短短的一个生长期,你聚集了母亲多少渴盼的目光,亚热带强烈的阳光下,母亲不知抚摸你多少次!

一朵朵棉花,被一双双粗糙的手采摘下来。收获的棉花堆积在场院里,排列得像一个个硕大、饱满、洁白的乳房,她的乳汁哺育了我们。没有棉花就没有准噶尔的今天,也就没有我们,我们和棉花一起生长,我们和棉花一起长大,棉花和母亲陪伴我们成长,我们的梦想洁白无瑕。长大后,我们离开了母亲,离开了棉花,但是我们不敢忘记棉花。谁忘记了棉花,谁就忘记了准噶尔,忘记了故乡,忘记了母亲和父老乡亲。在人生的旅途中,背着空空的行囊,你失去了根,失去了家园,而失去家园的人是多么可怜!

站在棉花地里,我情思绵绵,浮想联翩。我看见远方的姑娘,候鸟一样飞进棉花地。我发现我也长成了一株棉花,我的情思寄托在棉花的枝柯上,我的爱情绽放在洁白的花絮上。我用一生的时间苦苦等待,我日夜渴盼,望穿秋水。

哟!哟!棉花成熟喽!棉花成熟喽!我的爱也成熟了,快来采摘吧!快来采摘吧!我亲爱的远方来的姑娘!

三

在盆地边缘的四季轮回中,我对秋天刻骨铭心。

秋季是收获的季节。父亲开始早出晚归,在我少年的记忆里,为了生活,父亲永远是一个忙忙碌碌的人。而秋天的忙碌意义非凡,一家人从秋季到第二年春季的吃喝要在秋天里储备。

大自然是慷慨的,春天播下种子,秋天就能收获果实。连队的"三秋"结束后,我们兄弟几个倾巢出动,手里拿着镢头、坎土曼、尿素袋子,和连队上的孩子们一起,一窝蜂来到红薯地,在地里挖掘遗留的红薯块。

连队上谁也没有我家捡拾的红薯多,这源于父亲的精明。父亲是放羊人,他早已侦察好了地形,他知道哪里红薯多,就指挥我们占领有利的位置,所以我们弟兄几个捡的红薯比别人要多得多。

有时候,一片红薯地上面没有一棵秧苗,也没有翻动的痕迹,一般人会误认为这是一片盐碱地,是不长红薯的地方。而父亲却执意让我们挖掘,几镢头下去,一个个硕大的红薯露了出来,我们欣喜若狂,使出浑身的力量,拼命挖掘,很快我们的袋子装满了,夕阳西下的时候,我们满载而归。

父亲仿佛有孙悟空般的火眼金睛,能穿透地表,看见地里深藏的物品,这让少年的我感到万分惊奇。几次之后,我终于发现了父亲的秘密。原来父亲在放羊的时候,把红薯地上面的秧子扯下来喂羊,没有了红薯秧子,人们还以为是一块盐碱地,所以就没有去挖掘,因此我们每次都会有很多收获。

这个发现,让少年的我感到非常耻辱。勤劳善良的父亲形象,在我眼里一落千丈,但因为是父亲,我不敢声张,默默地把这个秘密埋藏在内心深处。

我们兄弟捡拾的红薯,在院子里堆积如小山。母亲把有伤痕的红薯分拣出来,每天熬红薯稀饭,蒸红薯块,剩余的全部蒸熟后,晾晒在屋顶的苇席上,晒干后储存起来,作为冬季和春季的食物。在秋季,连队家家户户屋顶上,都晾晒着红白相间的红薯干,整个连队散发着红薯香甜、芬芳的味道。我们放学后肚子饿了,就爬上房顶,去嚼那甜津津的红薯块,直到大人发现把我们撵下来。

连队地里的玉米棵子被砍倒后,玉米棒子被农工掰下来,用马车拉到粮场,堆起一座座金色的山冈。农工们来不及把玉米秆子拉回畜牧点,就到另一块地里劳动去了。于是,捡拾遗留的玉米是我们的又一项重要收入。

离连队近的玉米地,已经被人捡拾了很多遍,我们就来到远一点的玉米地。玉米地里,玉米棵子被锋利的镰刀砍倒,一排排躺在地上,露出齐刷刷的玉米茬子。盆地的秋收被称为"战役",一块地接着一块地收获,一个战役接着一个战役进行,农工们很匆忙,有的玉米棵子只掰了大一点的玉米棒子,而无暇顾及小玉米棒子,有的压在底下的玉米没有发现,所以我们总是欣喜地发现一棵棵遗落的玉米。有时候,玉米地里还套种一些黄豆,农工们收割时就遗留下一些黄豆棵子。我放学后，直接来到玉米地，在玉米行子间一颗一颗拣黄豆，一只手捡，一只手装，手装满了，就放进书包里。一个秋季下来，我捡了满满一书包黄豆，母亲把黄豆洗干净，和红色的辣椒腌在一起，闷在瓦缸里。冬季取出来，黄豆金黄，辣椒火红，散发着浓郁、醉人的芳香，是吃饭的极好配菜。吃饭的时候，父亲用双手捧着玉米面馍馍，就着辣椒黄豆酱，小心翼翼，生怕掉下一个馍渣。他边吃边给我们唠叨："你们长大了，挣上钱给老子买包味精吃，听说那东西味道鲜得很！"

玉米棒子捡拾回来，摊在院子里晒干，晚上，母亲就带着我们在煤油灯下剥玉米，一个个金黄的玉米棒子，在我们稚嫩的手里脱粒，金灿灿的玉米颗粒，闪着诱人的金色光泽，落在酱紫色的塑料洗衣盆里，发出嗞嗞拉拉的声音，母亲偶尔抬起头，用忧郁而疲倦的目光看着我们。

连队食堂有一个榆木做成的大臼子，比我还高出半头，我和母亲每个月都要去找司务长借臼子，用臼子把玉米的皮捣下来后，再将玉米捣碎成颗粒状，然后煮熟吃。秋季凉爽的每一个夜晚，劳累、奔波了一天的父亲沉沉而睡。煤油灯下，我们和母亲轮流坐在一个高板凳上，手握木棒槌，"乓、乓、乓"，一下一下捣着玉米粒。煤油灯跳跃的小火苗，像一颗燃烧的黄豆，飘飘忽忽似明似灭，昏暗的光线弥漫了整个小土屋。我们瘦小单薄的身影，投放在土墙上，幻化成一个硕大的阴影，垂着头，弓着腰，一百遍、一千遍机械重复着一个单调的动作。小小的土屋里，弥漫着玉米颗粒捣碎后浓烈的原浆气息。母亲为了防止我们打瞌睡，每晚都给我们讲述一个不知听了多少遍、老得掉牙的故事。

在漫长的秋夜里，捣玉米粒的声音，在我家一直要延续到第二年春天。

四

有一年秋天,傍晚收牧时,父亲扛着一袋捡拾的玉米棒子,刚进家门放下口袋,连队民兵排的三个民兵就闯了进来,什么话也不说,就把父亲和那袋玉米带走了。

原来,连队有人告发父亲偷了公家地里的玉米。那时候,农工把玉米收获后,连队学校的学生还要拣拾一遍,把遗落的玉米交到粮场,叫作"颗粒归仓"。父亲放羊的时候,在学生还没有捡拾的玉米地里捡了一袋子棒子,藏在草丛中,傍晚趁着夜色背回家,但还是被人发现了。在那个"阶级斗争一抓就灵"的年代,这可是"阶级斗争新动向"。父亲出身属于"根红苗正"的贫农家庭,中华人民共和国成立前一贫如洗,属"红五类"之列,这件事情如果父亲低下头,认个错误作一下检查,也就过去了。但偏偏父亲性格倔犟,被带到连部后,拒不承认粮食是偷的,这下可惹怒了那个不可一世的民兵连长,他让人把父亲五花大绑捆在连部门前的电线杆子上,派两个民兵持枪看守,不准父亲吃饭喝水。到了第二天傍晚,民兵连长将整整一昼夜滴水未进的父亲松绑,把那袋玉米棒子架在父亲脖子上,逼着他左手拎着一个破锣,右手拿着一个木棒,敲着锣,开始在连队游街示众。

被逼无奈的父亲,脖子上架着玉米袋子,弓着腰,低着头,在武装民兵的押送下,边走边"哐、哐、哐"敲着破锣,学着民兵连长说的话,扯着嗓子高声喊:"大家快来看呀,我偷了公家的四十五斤苞谷棒子。"父亲的前后左右,围了一大群看热闹的孩子。

父亲在连队家属区转了一圈之后,民兵押着气喘吁吁的父亲来到我家门口停下,命令父亲边敲锣边重复刚才游街时喊的话。听着外面父亲嘶哑的喊叫声和孩子们起哄的嘲笑声,躲在黑暗的屋里的母亲和我们兄妹几个,瑟缩在墙隅处浑身发抖,吓得大气都不敢出。

父亲的锣鼓声和喊叫声、沓沓的脚步声渐渐远去,我们坐了起来,没有点灯,心里算计着父亲现在走到了什么地方,他今天晚上还回家吗?我们在黑暗中等了一晚上,父亲也没有回来。那个没有月光的晚上,是多么黑暗而漫长,我的耳旁,始终回响着父亲苍老而无奈的声音。这是我少年时代最漫长的一个晚上,永远留在我的记忆深处。

父亲是第二天中午回来的。他蓬头垢面,眼睛布满了血丝,像一根木头一样沉默不语。

游街结束后,那袋玉米棒子被连队没收,交到粮场上。父亲和连队另外一个好吃懒做的上海知青,被罚打半个月土块,每天五百块,完不成任务从工资中扣除。"偷"的玉米按斤数的十倍罚款,每月从父亲工资中扣除。在以后的两年时间里,父亲的工资扣除当月的口粮款后,领到的就是一张写明罚款数额的白条子。

土块场上,秋雨像断了线的珠子,把父亲打好的土块淋成了一堆堆稀泥,父亲傻呆呆地望着,愣在雨水里一动不动,像泥塑一样,最后他慢慢抬起头,对着阴郁的苍天,像老牛一样吼了一声:"老天爷呀,你为什么不长眼睛啊!"

屋漏偏遭连阴雨。我家的日子更艰难了。父亲出事的那年冬天,我的记忆特别寒冷,为了减轻家中的负担,父亲四处借了一些路费,把七岁的弟弟送到了千里之外的甘肃姑姑家。走的那天,天上飘着鹅毛大雪,西北风像刀子一样刺骨,妈妈紧紧搂着刚刚懂事的弟弟,无声地流着眼泪,那情景,就是铁石心肠的人见了也会流泪……

这件事情是我少年时代的一个耻辱。我在学校成了同学嘲笑的对象,我无地自容。这个多事而忧郁的秋天,使少年的我懂得了忧伤。

那个饥饿的年代终于过去了,我们在饥饿中长大成人。在以后的人生岁月里,我面临过很多困难,很多险境,但在我面前都不堪一击。一个人如果战胜了饥饿的威胁,在他的一生中,还有什么艰难险阻能挡住他呢?

三十年以后,当已是四十多岁的我,在一个秋天,坐在北京大学明亮的课堂里,聆听一位我仰慕已久的作家讲课时,他的一席话彻底解开了我少年时期心中的那个耻辱。他说:"一个人,无论他是好人还是坏人,都有活下来的欲望,生存是一个人最原始的本能,是第一步。有时候生存是不择手段的,文学的意义,就是表现出一个人原始的生存状态。"

这个明媚的秋天,让我豁然开朗。我终于理解了苦难的父亲。

冬之篇

一

在无数次的季节轮回交替中,最能显示准噶尔盆地博大浩瀚的,是它的冬季。

盆地的冬季,一件牧羊人反穿的、苍白的羊皮大衣,一幅无与伦比、漫长的巨幅画卷,显示着季节的广阔、雍容、圣洁和壮美。

高高耸立、远在天际的连绵不绝的天山雪峰,闪烁着银白色的光芒。在皑皑白雪映衬下,雪山巨大柔和的阴影、灰褐色的褶皱、明朗的雪线历历在目,在金色阳光的照耀下大气磅礴、层次分明,巍峨逶迤在浩瀚的盆地边缘。

广袤的大地,粉妆玉琢,一片白茫茫。远处的山冈、河流、原野,近处的连队、院落、道路,视野所及,目光所至,被一层层厚厚的、炫目的积雪覆盖,明晃晃、刺眼的白色统治了整个盆地。

在我心中,大雪飘落的时节,是一个浪漫醉人的童话记忆,是宇宙中、天穹、盆地合奏的磅礴乐章,是准噶尔冬季一次壮丽的视觉和听觉的盛宴。

一片片晶莹、透明、洁白的雪花,从茫茫穹顶、天际浩渺地飘舞下来,飘着圣洁和冷艳,舞着风雅和高贵。每一片翩跹舞动的雪花,是上苍的使者,精灵的舞蹈,它飘飘忽忽,洋洋洒洒,袅袅娜娜,舞姿妙曼,仿佛跳动、飞翔、徘徊的音符,仿佛有一双看不见的、神灵的手,指挥着这场天与地合演的绝妙舞蹈。

苍茫天地间,伴随着大雪的,是一种虚无缥缈、似有若无的美妙的声音,它委婉细腻,温柔轻盈,仿佛庄严的神曲,又如飘扬的天籁,空灵、柔媚、纯粹、悦耳,这是雪的声音,雪的歌谣,雪的韵律,只有大地能听懂这天地合一的微妙交响。

雪,落在大地上,落在树枝上,落在屋顶上,落在草垛上,落在一切期待着的地方。连队的人们躲在屋子里,围在暖烘烘的火炉旁,嗑着葵花子,享受着冬季难得的休闲和慵懒。孩子们抓一把金黄的玉米粒,或者把红薯、土豆切成片,在炽热的火炉盖上烤着,香甜和食物的焦煳味充斥了整个房间。阴冷的下雪天,各种动物和飞禽四处躲避,树上的鸟巢已被积雪占领,黑色的一只只乌鸦,挺着头颅,铁铸般立在高高的树梢,静止般一动不动。黄鼠狼和旱獭的巢穴敞着凛冽的洞口,一夜之间它们集体失踪,去向不明。最可怜的是麻雀,它蜷缩着灰色的身子,羽毛翛翛,躲藏在屋檐下、草垛缝隙里,大雪覆盖了一切,它们无处觅食,饥饿和寒冷使它们无力鸣叫。最安逸的是老鼠,它们躲在地下的洞穴里,肥胖的身子躺在毛茸茸的草窝里,安静地享受着冬季漫长的时光。它们秋季辛劳奔波储存的粮食,足以让它们度过整整一个无忧的冬季。连绵的大雪使野兔子惶恐不安,它毫无目的地乱窜,从戈壁荒野跑到了连队,夜晚就在草垛里、院子角落处栖息。稍有一点动静,它就惊慌失措,"嗖"地一下窜出去,等人发现,它已经跑出去几米远,再一看,它已不见了踪影,茫茫雪地上,只留下一行清晰的、梅花状的野兔子足迹。

在大多数日子里,盆地的天空阴沉、混沌,落尽了叶子的树木,枝丫苍苍,环绕着沉寂无声的连队。偶尔有几头黄牛、三五峰骆驼在沙枣林内觅食雪中的草叶。铅灰色、低低的云层,像一件洗旧发白的灰布衣衫,紧紧压在树梢、屋顶、草垛上,天仿佛随时要塌下来,有点让人喘不过气来。

下雪的日子,父亲很少出去放牧。他手里举着一个柳树枝丫自然形成的、长长的三角木叉,从高高的苜蓿垛上,挑下来一捆捆夏天晒得金黄的干苜蓿草,扔在羊圈里,老羊和羊羔"咩咩"叫着,一窝蜂围上来,争抢着吃草。父亲有时候要把玉米秆子用铡刀铡成碎节,混合在苜蓿草里喂羊。他叫上我给他当下手。我把玉米秆子往铡刀里送,父亲用力往下压着铡刀,锋利的刀刃"咔嚓、咔嚓"响着,我看着雪亮的刀片,心里有点害怕,手的动作就慢了下来,父亲大声呵斥着我,我越发心慌,动作忙乱不堪,父亲只好瞪着眼让我走开。

父亲喂好羊群,回到家里躺在床上,身上盖着厚厚的、散发着浓烈膻气的羊皮大衣。母亲把炉火捅旺,加了一块大梭梭柴。一个冬季大约半数时间,父亲都在床上养精蓄锐,似乎要把其他季节忙碌的时间补回来。父亲闭着眼睛,一动不动,像一头冬眠的棕熊。

冬季在连队的时间,大约占了所有季节的三分之一,漫长,安静,寂寥,石头一般安详。寒风在篱笆墙院子、柴火垛、屋檐上呼啸着、呜咽着,像时间老人发出的一句句浓重的叹息。凛冽的西北风吹过来,又刮过去,打着旋儿,搅得炊烟乱七八糟,雪沫子飘舞飞旋,在雪地上画出各类奇妙的流线造型。

冗长的冬季里,要过两个年:元旦和春节。元旦已经越来越淡泊,主要是过春节。无论收成好坏,年总是要过的。我们扳着指头,一天天算计着,盼望着过年。过年了,我们至少会添一件新衣服,放鞭炮,母亲会给我们包饺子,炸油饼。包饺子的时候,母亲总会在一个饺子里包进一枚五分钱硬币,说谁吃了这个饺子,谁第二年就会有好运。

上大冻后的一个星期,地面冻得裂开了指头宽的口子,连队家家户户开始杀猪。猪杀得早了,冻不住,家里无法存放。一家杀猪,围观的人有半个连队。屠户最吃香,他的脸上渗着油光,被养猪的人家请了去,提着一把雪亮、锋利的杀猪刀,走家串户,开始帮人们杀猪。帮忙的人七手八脚按住嗷嗷乱叫的猪,用绳子捆住猪脚,杀猪人手持尖刀,麻利地刺向猪的心脏,一股殷红的鲜血喷了出来,猪拼命号叫着,响声传遍了整个连队。渐渐的,声音小了,有一声、无一声地哼哼,人们开始给猪身上充气,用木棒敲打猪身,死猪变得白白胖胖。刮毛,破肚,分割,翻肠子,燎猪头,忙乱一个上午,才能把一头猪收拾利索。

杀猪的日子里,连队像过年一样热闹,人们喜笑颜开,家家户户的厨房里,飘荡着炒猪肉浓郁持久的香味。

同所有的庄稼人一样,父亲、母亲极为重视过年。刚过了腊月,父亲就在院子门口,开始用斧头劈梭梭柴,我们把劈好的柴火,整整齐齐、一节节码在窗户底下,留作过年烧。用作引火的干燥的麦草、棉花秆早已储备好,垛在牛圈棚的过道里。

母亲早早把扫帚绑在一个长杆子上,把破旧房子里的蜘蛛网、灰尘扫尽,用清冽的井水把被褥拆洗干净,再把马灯的玻璃罩子擦得一尘不染,明晃晃地能照见人影子。母亲的手冻得通红,裂着小口子。母亲说,过年要利利索索、干干净净,不能把灰尘带进新年。而且家里所有的活计,要全部在年前完成,如果一家人在新年里还忙忙碌碌,则预示着新的一年将会是一个劳碌年。

二

还有几天就要过年了,连队上空已经有零星的鞭炮声,不知谁家性急的孩子提前放炮了。父亲支使我们去团部购置年货。而年货,就是酱油、醋。连队酿的酱油、醋,没有团部加工厂生产的味道纯正,过年要吃味道好的醋,父亲一顿也离不开这个调味品。

我和弟弟提一把塑料壶、两个用肥皂水消过毒的农药瓶子,走路去团部打酱油、醋,买年画。

连队有一条蜿蜒曲折的土路。夏天,两旁被高大葱茏的榆树、柳树拱卫,像一个长长的绿色走廊。土路春秋两季翻浆泥泞,夏天尘土飞扬,现在则冰雪覆盖,坚硬光滑。

长长的、一眼望不到头的土路,是连队人畜、车辆一同行走的路线。土路是连队的出口,它一直通向远方的团部。

童年、少年的时候,团部是我们心中遥远的向往。团部却比连部大得多,连部和营部加起来,也没有团部的一个角落大。

团部是一个团场政治、经济、文化、军事、娱乐的中心,团部的人比连队的人傲气,穿戴也洋气,大礼堂里,过几天就要放一场最新的电影。有一次,钱玉喜老师让我买新华字典,我徒步走到团部,买了一本字典,中午又赶了回来,这是我第一次到团部。团部有新华书店,有邮局,有武器库房,有露天电影院,有毛泽东思想宣传队。团部的繁华给童年的我留下了深刻的记忆,团部是我心中的诱惑和向往。

团部有四通八达的公路网,连接着各个农业连队。团部有机器轰鸣的加工厂,生产的黑面包香甜柔软,薄荷糖清凉怡口。如果在黢黑的夜里,我们走出房子,在连队边缘向团部长久地张望,团部的上空是一片耀眼的、白茫茫的晕圈,那是团部街道上路灯发出的光亮,我们一个连队的小学同学庄淑君、万教育就随父母搬到了团部。

我们沿着空无一人的公路行走。长长的公路,闪着滑溜溜的白色冰雪,仿佛梦一样遥遥无期。一路百无聊赖,我们踢着一个光滑的马粪蛋子,马粪蛋子冻得硬邦邦,咮溜溜向前滚着,在前方停顿下来,像我们寂寞、单调的童年。我们算计着,这个马粪蛋子踢到了路的尽头,我们就到了团部。

噢,团部,团部,少年心中永远的渴望!在我幼稚的眼里,团部就是一个城市,就是我们向往的天堂。

噢,团部!团部!我少年时代的全部梦想!长大了,我要离开连队,到团部去,我要行走在团部宽敞的大街上,我要做一个地地道道的团部人,这是我少年时代的第一个理想。

三

中午,我们终于走到了团部,浑身出了一身热汗。

团部像一幅灰蒙蒙的巨画,依次展现在我这个连队少年眼前:用砖墙围起来的露天电影院,阶梯一样的石条凳(趴在门缝里看到的);水泥屋架上的自流井,哗哗流着清澈、冰凉的井水;叮当作响的铁皮房,门前堆着砸好的、白晃晃的铁桶;供销科的废品收购站,充斥着刺鼻的羊皮、牛皮的膻味;散发着来苏水味道的医院,穿着白色护士服的漂亮的女护士;街上的小饭馆,吊着油腻的棉帘子,飘着各种炒菜的香味,令少年的我目不暇接。

在商店的副食品柜台,排队打了酱油、醋,八角五分钱;买了三张彩色年画,四角六分钱;一挂五百响浏阳鞭炮,七角钱;五个焦黄的面包,六角钱;一盒订本子的铁书钉,一角钱。父亲给的钱,还剩余几毛,我们到新华书店买画书。

如果到团部,不去新华书店逛逛,我就觉得心里空落落的。我们连队的孩子,小时候没有一件玩具,互相交换少得可怜的画书看,是我们童年最大的乐趣。平常大人不给我们钱,现在过年了,买两本画书看,大人也不会责怪。

新华书店是一间高大的房子,营业员是一位温柔和善的阿姨。书店的书真是琳琅满目,看得我们眼花缭乱,真想把所有的画书都买下来!但这是不可能的。我们挑了《儿童团长》《金光大道》两本小画书,花去四角五分钱,然后恋恋不舍地离开了书店。

这两本画书,我们互相交换后,可以把连队孩子们手中的画书全部看完。我的一个同学是九月五号出生的,他的父母给他起了"九五"的小名,他有一套《西游记》画书,我用画书和他换着看,他不同意,我给了他一块旧收音机上的吸铁石,他才让我看了半天。

在狭小、封闭的连队里,我们看的东西很少,知道的知识很有限。我们这些连队孩子的童年,不知道《格林童话》,没有看过《白雪公主与七个小矮人》,不知圣诞节为何物,更不知道安徒生笔下可怜的卖火柴的小女孩。我们知道杨子荣、张嘎子、刘文学,还有黄继光、董存瑞、邱少云,他们是我们心中崇拜的英雄和偶像。那时候,一本翻得破旧的小小画书,是我们的一个梦想,容纳了我们整个童年的内心世界。

有一年冬天,纽子说河西前进牧场商店,有一个漂亮的哈萨克族女营业员,他怂恿我和他一起去看。正好连队没有煤油了,我们拿着煤油瓶子,借口去河西打煤油,去看那个美丽的姑娘。

越过冰封的奎屯河,我和纽子踩着厚厚的积雪向前进牧场走。太阳白晃晃的,照着雪原发出刺眼的光。临近中午,我们来到牧场商店,商店用哈萨克文字和汉语标着店名,几个哈萨克族牧人坐在柜台上,用自行车铃铛盖子当酒杯喝散白酒。营业员是一个哈萨克族女子,却没有纽子说得那样漂亮,她会汉语,我们和她说了几句话,结果商店也没有煤油,我们很惆怅,只好又拎着空瓶子走回来。

几乎隔几天就下一场大雪,铺天盖地,雪的深度快有一尺厚。父亲边穿毡筒边说,雪是麦苗的被子,冬天不下雪,地里的麦苗会冻死,第二年就没有白面馍馍吃;没有雪,来年山上就没有水,地里的庄稼就无法浇灌。庄稼人从冬天的降雪,可以预测来年是丰年还是灾荒年。

过了五九,父亲把我们撵下炕,他说你们已经长大了,再睡炕就把身上的火气拔干了,老了身子经不住寒冷。于是我们就告别了土炕,开始睡红柳条编织的木床。那时候,我觉得自己已经长大了,饭量也比以前大了,而父亲让我背的柴火也更多了。

岁末年初的最后一天,大雪纷飞,我家又添丁了。母亲给我生了一个小弟弟。他瘦骨嶙峋,哇哇哭叫,连队卫生员把他用毛巾一裹,放在秤盘子里,整整两公斤半,卫生员大声给父母报告着弟弟的体重,于是后来,弟弟有了"斤半"这个乳名。我家又多了一张吃饭的嘴。但是他的降临,还是给贫穷的父母带来了短暂的欢乐和欣慰,因为小弟弟的到来,一个月里,家里得到了两份口粮和布票:一份是十二月份的,另一份是次年一月份的。

麻雀群

这是一群庞大的、由一只只灰褐色麻雀组成的飞禽军团。

一千只？一万只？还是十万只？谁也说不清楚,在荒野的上空,在茂密的丛林,在高耸的山冈,麻雀群是一道横空凌厉的闪电,一首激情飞扬的诗篇,一幅稍纵即逝的美景。

当这群黑黝黝的、雄壮的军团,一起振动着千万只小小的翅膀,海啸般掠过晴朗的盆地上空时,风起云涌,气势磅礴,仿佛天马飞腾,仿佛大河奔流,仿佛群山呼啸。刹那间,轰鸣的麻雀群遮住了太阳的万丈光芒,空旷平坦的荒野上,留下的是一团团巨大的、迅速翻转的阴影。

麻雀群飞越寂静的天空,发出嗡嗡的轰响,与天地共鸣,声音由远到近,从小到大,犹如平地乍起惊雷,又像一架架战机引擎的巨响,撼动荒原,震颤人心,声音的波涛席卷了整个盆地,整个天空。麻雀群像向日葵追逐太阳,鱼儿向往大海,它们挣脱了大地的羁绊,渴望天空无边无际的自由。

天,原本是空的,此时却密布了汹涌翻滚的麻雀群,千万只流动、搏击的翅膀,把浩瀚的天空切割得支离破碎。有时候,有两三只麻雀掉队了,像一个遗落散失在天空的音符,但很快,一眨眼的工夫,它箭矢一样追了上来,矫健的身影迅速融入麻雀群黑压压的阵营,你纵然有一千只眼睛,也分辨不出刚才掉队的是哪一只。

麻雀群,一团黑色的旋转的云,弥漫在准噶尔盆地苍凉的高空。这么多的麻雀聚集在一起,简直是自然界一个伟大的奇迹,它们中间,肯定有一个神奇而威严的首领,统帅着这只庞大的军团。它是一个高傲、冷酷而内心刚烈的皇帝,率领着一群威风凛凛的大臣,横空出世,君临天下,检阅着波涛起伏的旷野、滔滔不绝的丘陵;俯瞰着千年不死的胡杨林、奔腾不息的戈壁河。这群自由、奔放的精灵,桀骜不驯,放荡不羁,浩瀚无垠的天空,是它们图腾的天堂。它们尽情飞翔,扶摇直上,纵横万里,向天空,向大地,向整个世界,张扬着非凡、率真的个性。

这群自由的精灵,无拘无束,洋洋洒洒,迷恋着大地,主宰着天空,掌握着自己未来的命运。

有时候,麻雀群栖息在荒野的沙枣树上,这时的一排排沙枣林,变成了一座座峥嵘的褐色山峰;有时候,麻雀群降落在连队的柴火垛、草垛、马厩、雪地、粮场上,这些地方就平铺了一层黑色的、涌动的雪。

大西北的麻雀群,是一群浪漫的唯美主义者。它们天生就是为了歌唱,活着就是为了飞翔。因此,每一只麻雀,都是一个绝妙的歌手;每一只麻雀,都是一个优雅的舞者。它们的生命属于天空,天空又是它们的舞台。它们的一生,时而啾啾歌唱着,仿佛美妙的神曲掠过苍天;时而在天空旋转着,盘桓着,摆出千姿百态的柔美造型,肆意张扬,酣畅淋漓,让人惊叹造物主的神灵。

麻雀群在天空的表演,是一次壮观的视觉盛宴,是神奇美丽的大自然创造的百看不厌的经典。少年的我,常常如痴如醉,在荒野上仰望天空,怀着焦渴的心情,静静期待着麻雀群的到来。

正午或者黄昏，盆地边缘一片沉寂。寂寞、单调的长天，万里无云，空空如也。这时，遥远苍茫的天际，传来似有若无的风的响声。紧接着，忽剌剌，哗啦啦，飞来一群铺天盖地的麻雀，它们汇聚成一张黑灰色的、扇形的巨网，忽而翅膀紧贴着原野飞翔，身影几乎覆盖了整个苍茫的大地；忽而炮弹一般射向天空，直冲九霄，达到它们的极限后，扇形的网凝滞不动，形成一团黑色的凝固云。一瞬间后，麻雀群突然齐刷刷暴雨般骤然降落，灰色的扇面翱翔着翩翩起舞，动作优美，整齐划一，蔚为壮观，仿佛集体演奏着一曲铿锵的天籁之音。这时，大地、荒原、山冈和河流，万籁俱寂，俯首帖耳，倾听着它们磅礴、激越的交响。最后，它们汇成一阵急遽的、旋转的暴风，洋溢着疯狂的野性和激情，呼啸着掠过原野上空，追逐着高远的苍天，向上，再向上。后来愈飞愈高，愈飞愈远，凝聚成一个飘逸的、极富动感的不规则造型，仿佛乐曲最后一个昂扬高潮的调子，戛然消失在看不见的、惆怅的、盆地的远方。

望着渐渐远去的麻雀群，我屏住呼吸，内心激动不已，沉醉、迷幻在壮美的风景中久久不能自拔。少年的我呀，仿佛变成了一只伶俐俊俏的麻雀，翱翔在自由自在的麻雀群中。

有时候，夕阳西下，西方透迤的地平线，燃烧着火一样明亮的霞光，麻雀群排着长长的扇形，向着盆地最后的光明，勇士一般向前冲刺，它们翩翩旋转的身影，闪烁着金色的万丈光芒，仿佛一只只浴火的凤凰，嘶叫着勇往直前。渐渐地，渐渐地，麻雀群融入了辉煌的霞光中，融入了苍茫的地平线，成为绚丽的光与影的一部分。

大西北的麻雀群是雄性的，血性的，充满了阳刚之气，洋溢着浪漫之风，豪爽，热烈，奔放，高昂，天使般纯洁，勇士般顽强，僧侣般执着,闪烁着至真至美的光芒。它们是一股激情澎湃的暴风骤雨,来得快,消失得也快。有时候,只是一刹那间,沸腾的天空就没有了翅膀的痕迹,只有<u>丝丝缕缕</u>的声音嗡嗡作响,不绝于耳,偶尔也有纤细的、欲飘欲仙的几屡羽毛,在天空中似有似无,像北方灵动的雪花,梦幻般飘飘舞舞。

噢,麻雀群,神奇的麻雀群哟,你们从何而来?又飞向哪里?

大地、河流、山冈、<u>丛林</u>,仍然沉浸在霎时的激情而默默无语,风在轻轻嘶鸣。

只有天空,恢复了亘古的宁静。

排碱渠

远眺,是一排排耸立的、貌似涌动的兵马俑雕像,一列长长的、弥漫着滚滚烟雾的威武长阵。雄风浩荡,翻天搅地,一股股巨大的团状烟尘,狼烟般向高远的天空飞扬,最后凝固成暮霭状的一缕缕线条,逶迤、飘浮在苍茫的地平线。气势磅礴,蔚为壮观,恢宏、热烈的场面酷似激烈厮杀的远古战场。

近处,高音喇叭震天撼地的声响,哗啦啦翻卷飘扬的红色旗帜,激情汹涌的男女人流,上下舞动的铁锹、坎土曼,喷着浓浓黑烟、吼叫着的"斯大林"号拖拉机,所有的色彩、轰响、景象,几乎全被淹没在巨龙般翻滚绵延的排碱渠里。

一堆堆裸露的、黑黝黝的新鲜泥土,编钟般层层排列,闪着冰冷的金属光泽,散发着陌生的、带着潮湿盐碱味的气息,混合着无穷野草根茎撕裂溢出的浓烈的生腥汁味,弥漫,笼罩了整个旷大的荒野。一群群穿着破旧黄军装、灰头土面的男男女女,随着高低起伏的排碱渠依次排开,一个个挥汗如雨,舞动着各种简陋粗糙的工具,千百次重复着一个简单而机械的动作。一千人,一万人,整齐划一,如出一辙,千百次重复着一个庄严的动作,千百次的振臂!千百次的挥舞!苗壮如浴血的太阳!

洪荒的、沉寂千年的原野,袒露出赤裸裸的、褐色的湿润胸腔。排碱渠像一匹脱缰的野马,咆哮着,怒吼着,在滚滚人流中缓缓延伸,泛着黑黄色泡沫的水在渠底汩汩渗出、积聚,最后形成一条混浊的、流动的小河,流向堆积着灰色乌云的远方。有时候,伴随着呼啸、肆虐的漠风,劳动的号子陡然响了起来。平地乍起惊雷,南方的、北方的,老的、少的,男声、女声,各种各样混杂的口音、吼叫发自肺腑,底气十足,千万种声音糅合在一起,铺天盖地,震耳欲聋,仿佛一股强大的、挟带着气血的滚滚洪流,轰隆隆掠过不安的、骚动的荒野,豪迈、乐观、豁达的劳动人群,集体抒发着亢奋、隐秘、不可遏制的澎湃激情。

这是一首昂扬、奋进、与恶劣自然顽强抗争的凯歌。开天辟地、无所畏惧的人类,勇敢地向沉睡千年的大地开膛破肚,坚硬、原始、无比锋利的金属铁器,切割了处女地的童贞,一无所有的开拓者,从此成为这块土地的主宰。他们要埋葬、灭绝可恶的盐碱,向贫瘠的荒原索要粮食、棉花和绿色的树木。不屈的人民与自然的规律水火不相容,却又如此贴近、碰撞、交融,勾勒出一幅西部中国人与自然斗争其乐无穷的沸腾图画。

夜幕悄悄降临,喧闹的戈壁陷入无边的沉寂。巨龙般蜿蜒的排碱渠,毫无遮拦地仰躺在大地上,雕塑般凝固不动。高远苍凉的天空,悬挂着一轮弯弯的月亮,银色光辉洒在起伏错落的排碱渠上,柔软、丰满而略显狰狞。水一样清凉的月光,闪烁的点点碎银,照耀着一幅幅跳跃的蒙太奇画面:散架的一个个荆棘抬筐。生着斑斑锈污的残破铁锹,沉重破旧的帆布帐篷,打着响亮鼾声的疲惫人群,昏黄的马灯光圈,简陋的作战地图,笨重的苏制水平仪,抽着劣质卷烟的技术员,明灭的星点烟蒂,蒸腾的呛人烟雾。千里荒原陷入了无边的睡眠,像一个甜蜜而恬静的婴儿。而另一个黎明,一个真正意义的戈壁黎明,正在黑暗的襁褓中孕育酝酿,千篇一律在金属铁器的猛烈撞击中降临。

排碱渠,遒劲、雄健、开放、铁血,一个西部中国的传奇,一项人类创造的伟大工程,一座崛起的地下长城。万里长城令人叹为观止,但它是一个精美绝伦的摆设,这座石头堆砌的巨物横亘千里,却抵挡不住滚滚铁流和洋枪洋炮的突袭;质朴无华、默默无闻的排碱渠,却恩泽绿洲,滋养田畴,世世代代,永无穷尽。

一位语言学家曾说,每个词都曾经是一首诗、一幅画、一个比喻或者一个象征。排碱渠,三个汉字组合排列在一起,通览无余,古朴憨厚,仿佛大西北愣头愣脑的精壮后生,粗声大气,勇猛坦荡,性格刚烈。这三个字合成的词组,世界上绝无仅有,它属于雄性炽热的大西北,属于与自然搏斗的英雄的人民,它那强烈而鲜明的地域性,咄咄逼人,举世无双。

排碱渠,横陈大漠,一件浩瀚、宏伟、不加修饰的艺术品,一幅独特的、西部中国的文化符号,与之相关的词汇是:低凹、隐秘、湿润、信心、毅力、较量、成群结队、汗流浃背。它张扬着无所畏惧的生产力,抒发着雄奇的浪漫主义情怀,闪烁着不屈不挠的精神和意志。它一路披荆斩棘高歌猛进,一路豪情万丈气吞万里戈壁荒原!

排碱渠,一个顶天立地的西北汉子,一幅壮美雄浑的风景。它匍匐在戈壁荒野,周边崛起的是绿色的栅栏,如歌的田野,成群的牛羊,欢乐的村庄。它的两岸野草烂漫,蝴蝶舞蹈,上空天地融合,溪流吐故纳新,浑身洋溢着一种混合的侠客气质。在西部中国,排碱渠气贯长虹,一泻千里,狂风般掘进延伸,链接着荒原和绿洲,粗犷、剽悍、大气,给平庸的戈壁以雄性之力,给饥渴的荒原注入新鲜的血液,一个前所未有的壮举,是人与自然斗争创造的经典,人类在大地上塑造的精品,它无声诉说着十万大军进新疆、三千湘女赴天山的传奇,演绎着无数可歌可泣、壮怀激烈的拓荒故事。

噢,排碱渠!排碱渠!在故乡无垠的绿洲,野草覆盖的荒原,你是如此撞击着我的心扉!什么时候看见你那古朴沧桑的面容,深沉浑浊的河流,我就立刻热血沸腾、豪情顿生!而每当黑夜里想起你,总会有一幅雄壮的画面,金戈铁马,破冰踏河,深深地镌刻进我的脑海:一群舞动、沸腾、张扬着汹涌激情的人流,一种无法遏制、雄心勃勃的精神和意志,一个催人奋进、震撼心灵世界的壮美,轰然爆发出磅礴、原始、神秘的冲天力量,犹如浩瀚西部地平线上喷涌的太阳,辐射着万丈光芒,带着缕缕血色朝霞,缓缓地,缓缓地,从遥远苍茫的东方冉冉升起。

我在连队经历过的厕所

童年的时候,我和父母居住在农七师一二三团十二连一个叫老房子的牧羊点。

老房子是荒原中的一片小绿洲,它的四周被铃铛刺、骆驼刺、红柳、芨芨草等各种野生灌木、野草包围,一条长长的水泥石板渠混混沌沌穿梭其中,连接着雪山和绿洲的田野,渠水滔滔不绝流向远方。低矮的房舍,露天的牛圈、羊圈和高高的苜蓿垛棋子般散布其中,青草环绕的一个天然大池塘,依偎在老房子旁边,像一面巨大的镜子,发出祥和、恬美而安静的光芒,各种颜色的水鸟在水塘边飞翔、觅食、嬉戏。一条羊肠般曲曲弯弯的小路,几乎被茂盛的各种野草覆盖,通向看不见的远方,它的尽头是连队,那里有连部、学校、商店和卫生所。

老房子遥远、孤僻,像荒原上一座孤零零的岛屿。但它却是我童年的乐园。每天天刚蒙蒙亮,树林里、灌木丛中的各种小鸟就叽叽喳喳鸣叫起来,唤醒了沉睡的我们。母亲起床给早起放羊的父亲做饭;父亲用芨芨草扫把扫院子;我们兄弟几个也一骨碌从床上爬起,急急忙忙朝房后的土堆跑去。每天早晨排泄大小便,是我们必须做的第一件事。

东方还是一片鱼肚白,空气里还有几分微微的凉意。母亲从柴火垛上抽出一捆晒干的苞谷秆,不一会儿,一缕青青的烟气就袅袅升起来,透过低矮的、灰蒙蒙的屋顶,漫出浓荫的林间,于是,老房子的清晨就弥漫着虚无缥缈的炊烟。我们几个蹲在土堆后面,在凉丝丝的空气里,一声不吭地望着远方,专心致志地办自己的事情。

这个土堆是父亲给我们指定的厕所。父亲虽然是一个牧羊人,但他很讲究环境卫生,从来不允许我们随地大小便,发现谁乱解乱尿,轻者一顿臭骂,重者会用鞭子抽打我们。老房子没有厕所,这座高大的土堆,形成了一个天然的屏障,成了我们方便的场所。

远方,太阳像一个熟透的老南瓜,慢慢爬出地平线,暖洋洋的光线照在我的屁股上,我的周身感到温暖而舒服。这时候,老房子在明丽的阳光照射下渐渐苏醒了,彻底敞开了它宽阔而迷人的胸膛;树木的叶子在阳光下闪闪发亮,仿佛周身缀满了亮晶晶的金币;小径、野草、池塘镀上了一层金色光芒,显得清晰而明亮;树丛和灌木林里麻雀、鹧鸪、斑鸠的叫声此起彼伏、悦耳动听,合奏着一曲温雅妙曼的晨光曲;古朴、静谧的老房子此刻像童话里描写的景物一样迷人。我童年的心久久沉浸在大自然原始美妙的景色中,陶醉在朦朦胧胧的幻想中,直到母亲远远地喊着我的乳名,叫我回去吃饭,我才找到一块土坷垃,把屁股擦干净,提上裤子依依不舍地往回走。这就是我童年的厕所,遥远、原始、自然而空旷,除了疯狂生长的各种野草,几座圆圆的小土堆,几乎没有任何遮掩。在那个遥远的老房子,亚热带温暖的阳光,混合着强烈的紫外线,日复一日,把我童年的屁股晒成了现在的都市人努力追求着的古铜色。

后来我随父母搬迁到了连队。连队人很多,也有很多座厕所,分布在连部、学校、商店、粮棉场附近,但我已经习惯了在野外大小便,对这些用玉米秆、高粱秸围起来的简易厕所很不习惯。在这样的厕所方便,男女排泄之音互相听闻,气味也穿过薄薄的、什么也挡不住的隔墙互通有无。而且有的地方还只有一个男女公用的厕所,男的进去把帽子放在搭围厕所的秸秆上,女的进厕所则挂一条围巾,以此分辨性别。有时候什么东西都没有,人们上厕所就把脚步放重,故意弄出一些声响,如果里面有人,就大声咳嗽一声,表示厕所已有人先到,后面的人内急如鼓,也要耐心等待,那个场面也是很尴尬的。于是,我就在连队周围四处转悠,寻找自己合适的方便场所。有一天,我转悠到连队机务排,在停放农机具的一个角落里,发现了一座很少有人去的厕所。它的三面被一个苹果园包围着,周围长满了野苇子和牵牛花,几架生锈的犁铧乱七八糟堆在旁边。可能因为位置偏僻,平常很少有人来,而且这个厕所还是用青砖和土块垒起来的,木头窗户上钉有纱窗,在连队只有连部才用这些建材建厕所,可能当时拖拉机驾驶员是一个让很多人羡慕的职业,所以他们才享受这么好的待遇。发现这个厕所我很高兴,我决定以后方便的时候就跑到这里来。

这个厕所位置隐蔽,地面撒有消毒的白石灰,加上少有人来,所以也很干净,周围苹果树的清香扑鼻而来,气味也不像别的厕所那样难闻,况且太阳晒不着,下雨淋不上,对我来说蹲在里面方便,简直是一种享受。

我几乎每天都要到这个厕所来一趟。我家住房在机务排附近,中间只隔了一座用泥土砌的长长的围墙,所以距离厕所也不是很远,我翻过低矮的围墙,顺着野草覆盖的小路就可以来到厕所。很快,我发现有一个人也和我一样,天天上这个厕所,我是从他使用过的手纸上做出判断的,他使用的手纸是一本小人书,每次用过后他不把手纸扔下粪坑,而是放在坑位的木头板子上,因为每天的小人书画面和内容都不一样,所以我判断他天天上厕所。我猜想他可能是机务排的油料保管员,或者是修理工、警卫;驾驶员天天都在地里开车作业,不会到这里上厕所。我还猜想这个人可能肠胃不太好,那个年代粮食紧缺,"瓜菜代"已成家常便饭,肠胃不好的人很多,因此天天来这里方便成为他的必需。

我像哥伦布发现新大陆一样兴奋,因为我可以天天看这几页他当手纸扔下的小人书,在那个物质文化极度贫乏的年代里,这几页肮脏的小人书一下子刺激了我少年的好奇心,吸引了我全部的注意力,给我单调乏味的童年带来了莫大的欢乐。于是每天中午或者下午,需不需要方便,我都来到这个厕所,蹲在那里看几张每天内容不同的小人书。这本小人书描写的是苏联国内战争时期的故事,战争场面很激烈,画面很精彩,故事性很强,人物线条分明,惟妙惟肖,只是页数太少,看得不过瘾,每次都给我留下很多悬念,每天我都怀着急切的心情,等待着上厕所的时刻。大约一个夏季,我都在看这本画书,但看得残缺不全,只记住了大部分内容,连什么名字都不知道。很多年以后我才知道,这本画书是根据苏联著名作家肖洛霍夫的小说《静静的顿河》改编绘制的。

画书用完后,这个人又换了手纸,这次是一本长篇小说,讲的是抗日战争的故事,同样,描写打仗的故事引人入胜、扣人心弦,同样也是缺头少尾,我蹲在厕所里,用我少年的有限的想象力对这本书的主人公进行再创造,构思战场厮杀搏斗的画面和简单的情节,使这本书有一个新奇的开头和圆满的结尾,遗憾的是,到现在我也不知道这部小说的名字。

在这个安静的、世外桃源般的厕所里,闻着苹果园浓郁的果香,我这个牧羊人的后代,怀着对文学的好奇和敬畏,如饥似渴地欣赏着小人书的黑白画面,一知半解地阅读着支离破碎的文字,完成了少年时代对文学的最原始的启蒙。

后来我高中毕业后在连队参加了工作。那时候兵团连队以排、班为建制集体劳动,农闲时节团场经常组织职工修公路,挖大渠,众多的男男女女在一起干活场面红火,非常热闹,大家说说笑笑也不觉得工作、生活单调乏味。但如何解决大小便却成了问题,荒原上、野地里空空荡荡无遮无掩,大家无处如厕。这时候,老连长就指着拉人的拖拉机,说以车为界男左女右,男男女女就嘻嘻哈哈在拖拉机两侧开始方便,因为距离很近(只隔着一节拖斗),所以双方淅淅沥沥之声清晰可闻,夹杂着男女嘈杂的说笑声,犹如碎玉落盘、细雨溅地,给单调的劳动带来了许多乐趣。

再后来,连队给每位农工分了"两用地",人们纷纷在地里建房种菜,原来修建的兵营式房子渐渐废弃了,慢慢地原先的连队位置就变成了一片废墟,而独家独户的宅院在"两用地"上雨后春笋般崛起,并且每家每户都建起了简易厕所,大家都把粪便留在自家厕所里,去肥自家的自留地。因为学校也搬到了营部、团部,所以一个连队只有连部附近有一个公厕,而且这座公厕去的人也越来越少了,田地都承包给了个人,人们各干各的活,各忙各的事,不像过去那样经常到连部集合开会,只是到了秋季,人们都到连部会计那里去计算一年的收入,这时连部的厕所才显得有点人气。

再后来,我来到了城里,彻底告别了连队,也告别了连队的厕所。在城市,我像其他城里人一样,使用抽水马桶大小便,一开始我很不习惯,蹲在四面贴着光滑瓷砖的卫生间里,听着哗哗啦啦的自来水声音,就连自己也不知道这些废弃物最终会冲到哪里,一点乡土气息也没有了。在我宽敞的居室里,夏有空调冬有暖气,这样的环境里方便是非常安逸的,甚至是一种优雅的享受。但妻子还嫌原先的马桶不好看,请来民工把它砸掉,花了一个月的工资买了一个高档陶瓷马桶,这个马桶细腻光滑,周身饰有彩色的图案,大小便使用不同的水流,做工考究豪华气派,安装在装饰一新的卫生间里,像一件精美高雅的艺术品。

坐在这样的马桶上如厕,我这个所谓的城里人却惶惶不安,这个时候,我就很怀念连队的厕所,怀念在连队上厕所的时光,我常常这样遐想:什么时候能回到故乡,回到从前的老房子,在荒无人烟的童年草地上,脱下裤子,痛痛快快过一次瘾啊。

棚子,连队永远的风景

盆地边缘上的连队人家,家家户户住房门前,都有一间简陋的草棚子。

早期的农业连队,农工告别了穴居的地窝子,建筑了一排排兵营式的土坯住房。住房盖得很精致,青砖封檐,松木门窗,有棱有角,但面积却很狭小,且一家人只有一间房子。随着一个个孩子的降临,坛坛罐罐越来越多,房子就更显狭窄。于是,人们就在住房门口,紧挨着树林带的地方,一家一户盖了一间棚子。

棚子的墙壁是用红柳扎的,或者用草把子密密捆扎好后,上面抹了一层薄薄的草泥,棚子顶上覆盖着一层厚厚的芦苇,再上一遍黏土混合麦草的房泥。然后,用柳树条子编一个门,一个简易的、四方形棚子就盖好了。

棚子是一个十足的杂货铺,里面盛放着各类农具、粮食、损坏的家具、自行车等杂物;冬季则储存着饲料、冻猪肉、清油、柴火,棚子堆得满满当当,承担着一个家庭储藏室的功能。

一间间简陋的棚子,连接着连队一家人的生活,谁家搬家了,第一件事情就是要盖棚子。

棚子盖好后,后面排列的是鸡窝、兔子圈、柴火垛,这是一个连队农工家庭过日子的全部家当。

在连队,棚子还有一个很大的作用,就是夏天充当厨房。

过了立夏,天气渐渐变暖,人们纷纷把锅灶从住房中搬了出来,捣腾着在棚子里盘锅垒灶。整整一个夏季和秋季,连队上的人家,一日三餐都在棚子里烧饭。

这时候,连队上精通泥瓦手艺的人开始忙碌起来,他们被别人殷勤地请去,在棚子里砌锅垒灶。我们十二连,泥瓦手艺最好的是甘肃人党师傅,他砌的烟囱笔直,抽烟迅速利索,而且不倒烟;他垒的锅灶火势猛烈,烧饭很快,还节省柴火。党师傅话语不多,不苟言笑,黑瘦的面庞带着严肃,干活的时候,嘴里叼着一个烟卷,一只手拿着土块,一只手操着瓦刀,动作慢条斯理,工序却井井有条。大约半天时间,党师傅把锅灶砌好了,烟囱垒好了,勾勒的线条横平竖直,像一件造型优美的艺术品。党师傅把前灶、后灶架上铁锅,添上水,往炉膛里塞一把柴火,划着火柴,点燃的柴火就慢慢燃烧起来,看着炉膛里熊熊的火光、烟囱冒出的缕缕黑烟,在人们的夸赞声中,党师傅露出了满脸的笑意。中午,主人照例要摆出酒肉盛情招待,党师傅喝得满脸通红,打着饱嗝,最后主人往他口袋里塞两盒"经济"牌香烟,他摇摇晃晃,又到早已等待的另一家去了。

一般的家庭,灶台上都有两口锅,一口叫前锅,一口叫后锅。前锅炒菜做饭,后锅则烧开水,如果家里养了猪,后锅就要煮猪食,这样,一家人的饭菜做熟了,猪食也烧好了,节省了时间和柴火。

家家户户的灶台都一样,蹲在棚子一角,长方形,周身抹了一层细麦草混合的泥巴,讲究一点的人家外面抹了一层水泥,这样灶台脏了容易清洗。锅是生铁翻砂的大黑锅,又黑又亮,第一次使用要把锅烧热后,用猪皮涂擦一遍,铁锅立即油汪汪、香喷喷的。铁质的锅铲和饭勺,是连队机务排铁匠锻打的,外形笨拙、憨厚,却结实耐用。锅盖是木匠做的,古朴、厚重,表面是清晰的木纹,天长日久,它被熏得黑乎乎的,沾满了各种浓烈的油烟气味。那个年代,还没有刷锅的钢丝球,刷锅碗的是一个黄色的丝瓜瓤子,轻柔、除垢、环保。灶台的角落,放着一个沾满了油垢的煤油灯,灯芯是一截粗黑的棉线,浸没在焦黄色的煤油里。炉灶口旁,有一个凹进去的四方洞,里面放置着火柴。紧挨着灶台,是涂着红漆的碗柜,一个大玻璃瓶子,盛着凝固的熟猪油。柜子旁边,是几个酱色的、腌咸菜的小瓦缸,圆圆的洞口扣着黑色的粗瓷大碗。角落里,几个干瘪的"飞鸽"牌自行车外胎,蛇皮般蜷缩着。

夏日里,男人们天天在地里忙碌,围着灶台的就是女人们。她们在林带拾柴火,到菜地买菜,去井台挑水,在厨房做饭;还要照顾孩子和老人,喂鸡、喂猪、喂兔子,她们的双手粗糙龟裂,脸膛像男人一样被阳光晒成了紫铜色,衣服袖子脏乎乎的,一天到晚忙忙碌碌,操持着全家人的一日三餐。

我们这些连队孩子的童年,棚子给了我们无数的温馨。妈妈做饭的时候,炉膛柴火的火光,映着妈妈慈祥温暖的面庞。烧饭的柴火是棉花秆,是秋天从棉花地里割回来的,垛在棚子后面,每家都有一大垛高高的棉花秆。妈妈做饭,我们弟兄几个围着灶台,使劲吸着鼻子,闻着铁锅里散发的香甜的气味。妈妈在锅台前哼着不知是谁编的儿歌:"小学生,不学习,考试考个粪坨坨。"那炉膛里温暖的火光哟,什么时间想起来,心里都是热乎乎的。

做饭的时候,家家户户的棚子,弥漫了浓郁的油盐酱醋混合的气味,各种蔬菜、粮食蒸煮后香甜的水汽味,木柴、秸秆燃烧后柴灰浓烈的植物气味,各种气味混杂在一起,与天空飘散弥漫的缕缕炊烟,混合成连队浓郁的家园气息。

　　于是,连队的早晨,先从棚子升起的第一缕炊烟开始;连队的夜晚,从棚子最后一粒火星熄灭结束。春季,人们把醋瓶子吊在棚子外面,瓶子随风晃晃悠悠,棚子充满了温馨的家居气息;夏天,棚子上挂满了各种新鲜的小白菜、豆角、茄子片,晒干后储藏起来冬春食用;秋天,棚子上缀满了一串串红艳艳的辣椒、金灿灿的玉米棒子、碧绿的红薯秧子;冬季,棚子里吊着切成一条条的猪肉,一只只宰好剥净的鸡鸭。连队人的棚子,折射着岁月的四季变幻,陈列着生活的鸡毛蒜皮。

　　一排排棚子和前面的房子一样,紧紧挨着,一间接着一间。谁家炒的什么菜,做的什么饭,气味穿过薄薄的、透气的隔层,隔壁邻居就知道,这边是辣子炒茄子,那边是韭菜炒鸡蛋;左边蒸的馒头熟了,右边煮的面条煳锅了;于是,东家包了饺子,要端给西家一碗,西家蒸了包子,要送给东家一盘;一排棚子,联系着连队的人家,你来我往,亲密得像一家人。

　　每年过了腊八之后,最隆重的就是祭灶。下午天快要擦黑的时候,母亲领着我们来到棚子,把一个洗干净的盘子放在灶台上,盘子里放两个白面馍馍,母亲双手合住,嘴里念念有词:"灶王爷,你嫑嫌,白面馍馍比蜜甜;到了天宫说好话,保佑一家都团圆。"很多家庭祭灶都是偷偷进行,如果连队领导知道了,会被当作"封资修"进行批判。

　　住房与棚子之间的空地,一大片赤裸平整的地面,被大人、孩子的脚踩得坚硬、光滑。地面中间,铺着几块粗糙的青砖或者碎水泥板,断断续续连接着住房和棚子(免得雨后踩着泥泞)。一根长长的铅灰色粗铁丝,两端固定在住房和棚子的木头椽子上,承担着晾晒衣服、被褥的职责。住房的屋檐伸出墙壁,没有瓦和木质的雨漏(下雨时雨水直接流下来)。屋檐下的地面,雨水溅起了一道深深的沟痕,长了一溜细细的、碧绿的嫩草。屋檐下,是燕子筑的鸟巢,每到夏季,燕子就呢喃着飞来飞去,冬季则空空荡荡。大人们不让孩子们去掏鸟巢,说燕子飞到谁家,谁家就喜庆吉利。

住房外面的墙壁被白灰刷得雪白,用水泥砂浆砌了一个四方框,中间是彩色的毛主席头像,下面是几朵盛开的、金黄色的向日葵图案,再下面是"毛主席语录":"革命不是请客吃饭,不是做文章,不是绘画绣花,不能那样雅致,那样从容不迫,文质彬彬,那样温良恭俭让。革命是暴动,是一个阶级推翻另一个阶级的暴烈的行动。"住房门板松松垮垮,透着缝隙,上方涂着一个红色的"忠"字图案。门框上,挂着一帘芨芨草编织的、遮挡蚊蝇的透气门帘。方框窗户上钉着细密的绿色铁质纱窗,家家户户都一样。

门前的这片空地,立着一个水泥板桌子,摆着几个木质板凳,是一家人晚饭后消磨时间、孩子们玩耍、鸡鸭活动的空间,是一片小小的家庭乐园。

夏日干燥酷热,晚饭后的时光清凉、惬意。端一盆清冽的井水,均匀洒在地面上,可以听见泥土吸水的"嗞嗞"声。邻居们三三两两坐在一起,闲谝着古往今来的趣事,有时候高兴了,有人唱几句豫剧,吼几声秦腔,在苦涩的日子里寻找一点难得的快乐和慰藉。

一年又一年过去了,连队的房子盖了塌,塌了盖,连队的人生老病死,但家家户户门前都保留着棚子,这是连队永恒的建筑,永恒的风景。棚子延续着,连队的生活也延续着。连队的故事,就这样无穷无尽,永远没有结尾。

一个连队的消失

在准噶尔盆地边缘,一个农场连队的消失,与一座沙丘的迁移,一棵榆树的枯死,一间老屋的坍塌一样,显得无章可循,整个过程漫长而令人无法察觉,却又周而复始地在盆地昼夜发生着。

一个连队的消失过程,不像突如其来的一阵狂风,翻天搅地,激情地掠过盆地后立刻消失得无影无踪,一瞬间,只有树林、灌木和沙子留住了风的痕迹和记忆。它的结束和消失,循序渐进,日积月累,过程缓慢得鲜为人知,仿佛地下看不见的丝丝黑碱,悄无声息、不知不觉却日复一日地侵蚀着老屋的根基,功夫老到得犹如滴水穿石,铁杵磨针。终于有一天,一场剧烈的风暴袭击了黄昏的盆地,老屋在风中摇摇欲坠,最后訇然倒地,惊慌失措的人们还以为是风把房子吹倒了。司空见惯的东西有时非常可怕,它影响了人们正常的思维和事物运行的规律。

一个连队的消失,在盆地是一件惊天动地的大事情,事先却毫无征兆,像蓄谋已久的一场兵变,表面风平浪静,水波不兴,暗地里却磨刀霍霍,暗藏杀机。让一个连队消失的罪魁祸首是地层深处翻涌不息的黑碱。这种神奇的、含盐的化学物质,它的分子有着非凡持久的腐蚀力,是一个潜伏很深的阴谋家、政变者,它表面似有若无,时隐时现,暗地里干着颠覆连队的阴险勾当。

在连队空旷无垠的四周,在丛林、灌木、野草覆盖的广阔土壤下,无影无踪的黑碱魑魅魍魉、蠢蠢欲动,像埋藏在地层深处的魔鬼一样,一点一滴、无声无响、一刻不停地渗透翻涌,兴风作浪;不动声色,肆无忌惮地吞噬着作物、树木、土路和庄稼人憔悴的心,它们仿佛一个个黑巾蒙面、武艺高强的冷血杀手,在看不见的战线上,不留痕迹地侵蚀、消灭着地面上连队的一切。

有着毒药一般威力的黑碱攻城略地,得寸进尺,步步为营,沿途所向披靡。它肆虐横行的魔爪所到之处,连队房倒屋塌,林木枯死,庄稼绝收,土路因为大面积泛浆而泥泞不堪,就连坚硬的石头也被啃噬的脱了一层皮。还有自然界助桀为虐的烈日、风雨、沙尘,加快了这场不对称战争的行进速度。最后,洋洋自得的大片大片黑碱,带着侵略者胜利的冷笑,肆意主宰,占领了整个连队,它那象征死亡的黑色旗帜,像一群群骏黑的乌鸦,覆盖了人类赖以生存的家园。

这时候,大自然的威力人类根本无法抗拒。

于是,一个连队开始被迫搬迁了。带着恋恋不舍和无可奈何的复杂心情,人们陆陆续续开始迁徙,离开了世代居住的村庄。

于是,一个从前的连队消失了,一个新的连队在远处诞生了。虽然人们在记忆中永远留下了老连队的音容笑貌,新的连队仍然沿袭过去部队的番号,但在地理位置上,却要永远离开它。

连队在消失过程中,丢盔弃甲,千疮百孔,仿佛遭受了一场史无前例的浩劫,又像经历了一场激烈厮杀的古战场。时间和风雨,用冷漠不屑的神情,一天天让连队重新返回泥土,回归原始洪荒的地貌。

于是,各种野草、植物迅速复活蔓延,占领了失去生气、逐渐荒芜连队的角角落落,它们生性耐旱耐碱,生命力顽强,是盆地原始的土著。紧接着,各类野生动物纷至沓来,曾经生存的家园变成了黄鼠狼、猫头鹰、四角蛇、野兔栖息出没的乐园。

如果连队的创立是一场喜剧,那么无可置疑,它的消失就是一幕悲剧。逐渐消失的连队,四处笼罩着浓郁的悲壮氛围,人们心情沮丧却又无可奈何。大礼堂是连队最高大、最壮观的土木建筑,曾经众星捧月般巍峨耸立在众多低矮的土房子中间。这个典型的苏联式建筑,外观折射出原汁原味的俄罗斯风格,是一个连队政治、军事、经济、文化、娱乐的中心。现在,大厦已倾,四处是断壁残垣,一派破败没落景象。只有代表昔日辉煌的高高门楼,依然高高矗立在废墟上,傲然俯视着空空如也的连队,像一个睿智的老者。门楼上线条凸凹、造型精美、水泥雕铸的五角星图案,紧贴在饱经风霜的墙面上,依然高悬,依然醒目,只是红色的油漆粉饰已经剥落,但仍然固执地保持着原来的底色,显得隽永而沧桑。红色五角星下面,雕刻的是一组阿拉伯数字,字体遒劲,赫然醒目,显示的年代是这个连队组建诞生的日子。这组图案是一个连队的心脏和灵魂,一代军垦拓荒者的梦想和精神家园,曾经接受了众多目光的敬仰和岁月的洗礼,如果它有一个摄像孔,半个多世纪以来,它储藏了连队一代人的集体记忆,留存的经典镜头是千千万万个纯朴的脸庞、深情的目光!现在,岁月变迁了,连队消失了,作为一个时代的象征和一个连队的图腾,这幅图案被连队的人们小心翼翼收藏进记忆,镌刻进脑海,永远在内心深处闪闪发光。

连部是一个生产连队的指挥中心,现在则像一个激战后来不及撤离的作战室,仓皇而凌乱不堪。办公室屋顶支撑广播的杨树三脚架,歪歪扭扭倾斜在地上,一个生锈的破铁皮喇叭,蜷缩在文教宣传室一隅,它大张着干瘪的嘴巴,想急于发出什么声响,但它的使命早已结束,再也发不出任何声音。断墙上遗留的密密麻麻的订书针、锈蚀的图钉、翻卷的浆糊印迹、水泥抹面做成的粗糙黑板,无言地倾诉着往日的农事和岁月的故事。残留的油漆标语、口号痕迹依稀可辨,风风雨雨,年年岁岁,混合着昔日的火热、激情和冲动,浓缩记录了连队那个非凡火红的年代。连部门前宽敞的广场,已是一片片萋萋野草,每一棵野草,都覆盖着一双以往连队集合者匆忙的脚印,早晨、中午或者黄昏。空寂无人的连队广场,竖着两根孤零零的杨树桩子,连接杨树的白色银幕已经不知去向,只剩下杨树桩子孤独地回忆着人头涌动的场景、嘈杂的言语和经典的黑白故事。正对着连部的一棵老榆树上,挂着一个用炮弹壳做成的钢钟,曾经响彻连队的清晨或者黄昏,它那威严的钢铁一般的指令,是连队的时钟和号角,统一着连队的报晓和作息,是那个年代最具兵团连队特色的物品。时过境迁,钢钟早已被铁匠锻打成斧头、镰刀或者铁锹,它洪亮的、震撼人心的声音已经在炽热的烈焰中彻底消失,声音留在了往昔的风里雨里,时辰留给了天上的太阳和星星,只有枝杈上还残留着深深的钢钟坠压过的绳子痕迹,显示它曾经的存在和力量。假如老榆树的每片绿色枝叶,是一片片优质的录音带,记录下钢钟震耳欲聋的洪响,现在打开播放,那是一曲多么铿锵有力、美妙动听的音乐啊!

连队那眼深邃的老井,静静躺在兵营式的居民区中央,没有了蛇一样的井绳和那只锈迹斑斑的大铁桶,高高的木质井架悲怆地射向天空,像现代派画家抽象的造型。水井清澈甘甜的水流,曾经源源不断通向连队食堂的大铁锅和家家户户的灶台、暖壶,滋养了几代盆地人。水井是连队人畜生存的源泉,在盆地像眼睛一样珍贵,它是唯一没有受到黑碱侵蚀的地域,它的水永远的清澈和鲜活,顽强地抵御了外来的侵袭,保持了自己原有的圣洁。而现在,无奈离开连队的人们却无情抛弃了它,无辜的水井最终被一缕缕风沙精卫填海般埋葬,最后谁也说不出它的去向和位置,这到底是水井的不幸还是人类的悲哀?

马厩仿佛一截残缺破败的古城堡,野草弥漫,荒凉冷寂,透迤在连队西头血色夕阳里。一排排马槽空空荡荡,干燥的季风吹过来,又吹过去,围着马槽呼呼嘶鸣。铡刀的残片躺在枯萎的干苜蓿垛上,闪着幽暗冷峻的陈旧光泽,静静咀嚼着锋利、快感的日子。如果这时下一场细细的太阳雨,潮湿的空气里会飘浮着淡淡的马身上散发的气息、马粪腐烂后发出的甜丝丝的植物气味。马厩是一个连队古典的标本,是那个特殊年代的产物,现在的连队没有马厩,更没有一匹马,它的功能早已被大马力拖拉机和各种车辆代替。

马厩的旁边是一棵苍老的榆树,它浓郁的枝叶覆盖下,是一片清凉的土地,原先站着、卧着一匹匹休憩纳凉的伊犁马,它龟裂的树干上,还沾有丝丝缕缕驾辕马长长的鬃毛。这棵榆树在多年前已经干枯,有一年春天,它的铁灰色枝丫突然又缀满了绿色的嫩芽,音符般挂在枝柯上,像一个大器晚成的艺术家,在生命沉默的最后一刻,爆发出了巨大的创造力,让人惊叹不已。

在这个消失的连队的东头,一排苍劲的榆树旁——连队到处都是这种耐旱的树木,是我家的老宅。一大堆半截土块、残砖烂瓦形成的土堆,掩埋了父母半生营造的心血。杂乱不堪、破败零乱的庭院里,杂草丛生,充斥着破碎断裂的坛坛罐罐、锅碗瓢盆。沙枣木做成的饭桌四分五裂,桌面夹缝里残留着剩余的往事和腐烂变质、已经被岁月风干的残羹剩饭,但沙枣树流畅的木纹线条,透过斑驳的枣红色油漆依然清晰可辨。这些曾经坚硬结实的沙枣木板拼成的餐桌,是连队家家户户拥有的家具,时光这个无情的刻刀,使它进入风烛残年后成为一块朽木。父亲使用过多年的一把卷刃的、伤痕累累的破镰刀,抛弃在荒草间,它锋利雪亮的刀刃,割断了无数野草的生命,最终荒草埋葬了它。母亲盐咸菜的瓦缸七零八落,残留着浑浊的雨水躺在地上。压咸菜缸的光滑卵石,生着一层绿色的苔藓,躲藏在破碎的瓦缸碎片里,缩手缩脚,过着安静平稳的日子,像一个突然隐居的暴发户,对自己的发迹秘而不宣。瓷盘散乱的碎片,精美的图案闪着细腻的光泽,蒙着岁月的尘埃和泥土,也许多少年以后,它会成为考古者挖掘的文物。

父亲的一双高腰羊毛毡筒,蜷缩在院子的一隅,沾着几颗苍耳发黄的种子,快要磨透的鞋底,记录着小路的风霜和盆地整个冬季的记忆。一张巨大的蜘蛛网,结在倒塌房屋的一角,稠密的丝网沾满了灰尘,一些苍蝇的尸体支离破碎一只只绿色的蜻蜓,嗡嗡作响,翅膀在阳光下熠熠发亮,精灵般在老宅上空飞舞。

一个曾经鲜活、沸腾的连队,就这样残留着荒芜和伤感,呼啸着在盆地边缘渐渐消失了、湮没了。一个消失的连队,静谧无声,古朴安详,呈现出一种广阔的、令人叹息的废墟之美。这是大地空旷的美,其中蕴含的元素是:毁灭,荒芜,冷峻;背叛,悲壮,至美。它的一草一木,浸染了连队的过去和往事;它的一砖一瓦,铭刻了连队所有家族的秘史;连队曾经发生的一切,对任何一个外乡人守口如瓶,最后沉淀在连队每一个人的心中。关于连队的生活、连队的故事、连队的传说,随着时光的流逝,衍变成盆地一缕粗犷的风、一粒细微的沙、一棵苍老的树,一支飘荡的、古老的乡村歌谣。

　　这就是我童年时代生活过的连队。我曾经千百次诅咒过连队,它的古老、贫瘠和封闭使我深恶痛绝,我发誓长大后一定要走出连队,永远离开它,到那遥不可及的地方,寻找我的梦想。长大后,我千方百计离开了连队,可是我的心灵却从此失去安宁。多少年以后,我在内心不得不承认,故乡的连队是我灵魂栖息的家园。于是,我漂泊的心常常在夜深人静的时候,独自飞回早已消失的连队,在故乡老宅的废墟上无数次徘徊。没有故乡的人是不幸的,失去了连队的人是悲哀的,他的生命死亡后灵魂将无处栖息。在我父母的老家,世世代代流传着这样一个古老的习俗:家族中老人离世后,后代要将他们居住的老宅保存好,不到万不得已不能搬家,否则老人的魂魄在夜里会找不到回家的路。于是,在每一个深沉的夜晚,我在梦中虔诚地默默祈祷,呼唤已经消失的、我的童年的连队复活,祝福我的父母的老宅,在季节交替的某一个夜晚,悄然打开房门,在漆黑如墨的夜幕里,让我离家流浪的父母,凭借熟悉的气味和熟悉的小路,轻轻念叨着我的乳名,回到自己离开多年的家中。

连队,我心中的乡村牧歌

一

我出生、居住、生活的地方,是军垦农业连队,是新疆生产建设兵团建制中最小、最基层的单位。虽然都是从事农业生产,但是连队与地方乡村,多少还是有点差距。

最能反映连队人生存状态的是连队的房子,它的建筑款式与一河之隔的地方乡村迥然不同。乡村是趴趴房,狭小,低矮,没有砖砌的屋檐,雨水向一边流,结构不对称;而连队的房子有高高的屋脊,红砖封沿,雨水向两侧流淌,从外形上看,昂扬,向上,有气势。乡村的房子东一家,西一户,零乱,散漫,休闲;连队的房子集中,整齐,明亮,大气,富有团队精神。初到盆地的外乡人,从房子的建筑外形和院落布局,一眼就能分出兵团和乡村。

连队和乡村还有一个区别是连队道路宽阔、笔直,两侧栽种的白杨树、柳树郁郁葱葱,一片片条田棋盘般整齐,用阿拉伯数字标了地号,土地面积大,一眼望不到边,适合大型农业机械耕作,条田四周种植了高大、整齐的防风林;而乡村道路狭窄、拥挤，土地面积狭小，形状也不规则，一家一户栽种的树木零散分布，只能适应小规模手工耕作。

我居住生活的兵团农七师一二三团十二连，坐落于准噶尔盆地西部边缘。自古以来，这片土地就是原始、荒蛮、偏僻之地，野梧桐、野榆树、沙枣树林立荒原，各类杂草、灌木、荆棘丛生，偶有野猪、野兔、黄羊穿梭其中，匆匆而过后遗下一些颗粒状粪便，罕有人迹，在清风孤月之下，不知沉寂了多少年。这片辽阔的土地没有古迹，没有文物，满眼皆是赤裸裸一望无际的原生态荒野，历史无从考证，只有一具遗弃的车排子，孤零零躺在荒野上，岁月荏苒，地老天荒，繁衍了一个心酸的传说，留下了一个古老的地名，至今让这块土地的人们津津乐道。

连队是一个小小的弹丸之地，四面皆被荒野纵横围剿包围，像躺在广阔荒原上的一颗绿色纽扣。连队的历史，比乡村短暂。从组建之初到现在，连队的历史只有短短的五十多年，却也哺育、养护了三代连队人。

连队远离喧嚣的都市，是一个没有统一方言、没有统一籍贯的村庄，是一锅东西南北的大杂烩，一个真正意义的移民部落：人员来自中国的五湖四海四面八方。一个生产连队，就是一部关于人类的开拓史、安居史、风俗史、社会生态群落史。而来自各地的人，犹如涓涓细流，汇聚在一个小小的连队，带来了各地不同的风土人情，他们彼此排斥、消长、传播、交汇，最终融为一个不可分割的生活群体。连队是天南海北，这一点，从语言、相貌、生活习俗上可以区分。不同地区有不同的方言，河南人语言朴实、精炼，叙述形象生动，一语中的，充满了幽默和风趣；甘肃人口音浓重、厚实，语速较快；四川人语音绵延，韵味十足，节奏缓慢，抑扬顿挫。在连队，仅听口音，不用看人，完全可以分辨出一个人的籍贯。

新疆,这块浩瀚无垠的中亚腹地,因遥远、荒凉而闻名于世,自古以来就是统治者流放囚犯的荒蛮之地。被誉为听到了"马嚼夜草的声音"的新疆著名诗人北野,对此有精确独到的叙述。他在一篇散文中写道:

新疆的辽阔主要不在于它的面积占中国的六分之一,更重要的是,自古以来它就是穷途末路者的投奔之地和获救之地。

它来者不拒地接纳了各类倒霉的人,穷困的人、饥饿的人、逃难的人、没有身份的人、犯了死罪却不愿死去而想寻求苟活与再生的人……新疆给了他们喘息的茶水或悔过的苦酒,就像上天给了罪人以机会和希望。

而另外一些地方,它们貌似辽阔与博大,甚至以开放和兼容自我标榜,但骨子里却是狭小的,势利的。因为它们只接纳:成功的人、有办法的人、聪明的人、漂亮的人和积累了一定的钱财、本领或权势的人,而对于那些支撑、养育和衬托了前者的人,采取了可耻的回避态度……

北野是睿智的。他思想里的新疆,不是漫游者笔下的浮光掠影和走马观花,他的心灵天空般博大,观点深刻犀利、入木三分,思想直入灵魂,准确地表述了这块广阔的土地与众不同的性格、气质和风貌,与我这个兵团连队人不谋而合。

海纳百川,有容乃大。遥想当年,新疆生产建设兵团的一个个基层连队,张开巨大的母亲般的臂膀,吸纳天地灵气,招揽天下英贤,接纳了来自五湖四海的各色人员:退伍军人、知识青年、学生、起义人员、自流人员、流放者、逃犯、囚徒、乞丐……在兵团这个大部队、大熔炉里,他们复杂的人生和坎坷的命运,就像阿·托尔斯泰在《苦难的历程》中描写的旧知识分子思想改造的过程——"在清水里泡三次,在血水里浴三次,在碱水里煮三次"那样,风霜雪雨,大浪淘沙,半个多世纪,他们的人生、命运经过炼狱般的磨难,最终脱胎换骨,从精神到肉体改头换面,涅槃成了一个真正的兵团人。

在众多的边疆建设者当中,有很多人因为媒体的宣传而闻名遐迩,比如十万大军进新疆、八千湘女下天山、上海北京山东等地的大批支边青年、"九·二五"起义的国民党士兵,甚至来自全国各地的"盲流",早已通过早期的报纸、广播和现代的互联网、电视,使得几乎家喻户晓、人人皆知,他们是保卫边疆、建设边疆的主力军,毫无疑问应该得到时代的褒奖和人民的敬仰而载入共和国屯垦史册。而一些被遗忘的边缘人物,因为种种历史和政治的原因,却几乎无人提起,被淹没埋葬在岁月的长河中。那些犯了罪的形形色色的囚徒,从口内千里迢迢押解到这荒蛮之地,姑且不论他们犯下的罪行,单从建设边疆的角度看,他们也确实立下了汗马功劳。修引水渠,挖排碱渠,开山修路,植树造林,繁重的体力劳动,洗涤着他们的肉体和灵魂,使这个特殊的群体在苦涩的汗水中得到新生。他们死了,有的甚至连一口薄棺材都没有(不能与农工埋葬在一块墓地),在戈壁滩随便挖一个坑,掩埋后就草草结束了一生。有的罪犯新生后在连队继续从事着放牧、积肥、淘厕所等一般人不愿意做的工作,很多人终身未娶,与口内的亲人断绝了联系,孤独地走完了一生。没有人记住他们的名字,没有人书写他们的历史,但他们也是实实在在的边疆建设者。我始终认为,这一点无论如何是不能淹没的,历史终归是历史。

再回到本文的主题。我居住的连队以河南人居多。河南人被称为中国的犹太人,为了生存四处漂泊,生命力顽强而执着,正如有人形容的那样,"在中国,哪里有人烟,哪里就有河南人。"当年,连队组建初期,自流来疆的一些河南人,他们发现兵团人少地多,且能填饱肚子,每个月还有较为可观的工资,于是写信唤来了亲朋好友。1956年,曾有五万多名河南籍青壮年,响应党中央号召,千里迢迢迁徙到新疆生产建设兵团,在亘古荒原安家落户。于是,七师的各个团场、连队,就成了河南人的第二故乡。走在连队和大街上,两个素不相识的人,打招呼的第一句话是:"你是哪个县的?"连"河南"两个字都省略了。老乡见老乡,两眼泪汪汪,没说三句话,就成了无话不说的河南老乡。因为人多势众,加之耳濡目染,河南话几乎成了官方语言,时间久了,习惯成自然,其他省份的人也跟着说河南话,连队上,人人一口河南腔,就连与连队人接触交往的、戈壁滩上放羊的哈萨克族人、维吾尔族人,也说一口地道的河南话,随口能吟唱几句豫剧。有一年,团里举行豫剧演唱大赛,一名哈萨克族歌手用纯熟的汉语演唱豫剧,还得了一等奖。

河南人在团场连队占了绝大多数。河南人性格开朗,精明厚道,随遇而安,他们的中原文化、生活方式、风俗习惯影响着连队,左右,主宰着连队,一些中原大地的文化传统从此在连队扎根,并且根深蒂固,代代相传。天长日久,河南人、河南话、河南人的为人处事标准,就成了连队人活动的准则和中心。连队人的礼尚往来、婚丧嫁娶等民间习俗,就有了深深的中原文化烙印。

那个年代的连队,从穿戴上分不出地区差别。无论男女老幼,衣服皆是三种颜色:黄、蓝、灰。因为解放军特别受崇拜,所以以黄颜色为主色,黄军装、黄裤子、黄胶鞋、黄军帽在连队最流行。连队土地多,面积大,农工的劳动强度剧烈,终日劳作使他们骨节粗大健壮,一个个衣衫褴褛;面部和裸露的部位被强烈的紫外线晒得黑不溜秋,如果不仔细分辨,甚至分不出男女。而连队的女人也和男人一样从事着繁重的各类体力劳动,一个个像庄稼棵子一样亲切朴实。那个年代,有人这样形容连队人:远看是要饭的,近看是卖炭的;听口音是河南的,仔细一问是兵团的。

在日常饮食上,各个不同省份的连队人,带来了不同的饮食文化、饮食风格。河南人喜欢面食,一天不吃一顿面条,浑身就无精打采。煮面条要放芝麻叶子,没有芝麻叶子就用小白菜代替,再放几片香菜叶子,一大锅汤汤水水的面条,一家人吃得津津有味。单身职工只有患病了,凭连长批的请假条,才能在食堂吃一顿汤面条。甘肃人、山西人嗜好吃拉面,悠长的拉面在锅里煮好后,筋道柔滑,盛在碗里热气腾腾,浇上浓郁的汤汁,拌上陈醋、辣椒面,红艳艳的一碗,吃得人满头大汗,畅快淋漓。陕西人喜吃羊肉泡馍,把烙饼掰成碎块,与新鲜羊肉在锅里一起煮熬,汤汁的味道煮进去了,浓香扑鼻,是陕西人真正的口腹之乐。四川人、湖南人喜欢大米,一天三顿米饭都不厌倦,白白的米粒、碧绿的菜肴,在碗里一清二白,看着就能勾起人的食欲。不同地区的连队人,代表了不同省份的饮食文化,与之相连接的是不同的气质、性格和心理。

不过连队生活条件艰苦,一家一户的口粮本上只有粗粮和细粮,而且细粮比例很少,最少的时候只有百分之十的比例,吃肉、买豆腐要凭票,连队人的一日三餐,主食就是玉米面馒头、面条、稀饭,副食是萝卜、白菜、土豆。只有到了过年,连队才想方设法改善一下伙食。盆地冬季寒冷,所以连队人喜好饮酒驱寒。每个连队都有一个烧酒坊,酒坊大都在远离连部的偏僻的四角,农工用自己生产的玉米、高粱酿酒,酿制工艺原始、古朴、传统,那是真正的粮食酒,清澈透明,绵柔醇厚,窖香浓郁,喝上一口,令人回味无穷,给那个年代单调的连队生活带来了无限乐趣。

二

连队居住的人口,老老少少不足千人,却也构成了一个五脏俱全的小社会。它的内涵和外延,处处体现着兵团的"四不像":是军队没军费,是政府要纳税,是企业办社会,是农民入工会。这个世界上唯一的、最大的生产建设兵团,唯一拿枪拿镐的生产建设连队,沿袭部队光荣传统,从上至下崇文尚武,一个团场有一个武装值班连,每个连队都有民兵排、民兵班,每个连队都有戒备森严的武器库,储藏着装备一个连制武装的枪支弹药。每一个连队农工,都具有双重身份:既是民,又是兵,春夏忙时生产劳动,秋冬闲暇习武练兵。20世纪70年代,中苏关系紧张时,苏联在中苏边境陈兵百万,浓浓的火药味弥漫了整个连队。兵团一声令下,每个连队全民皆兵积极备战,深挖洞,广积粮,挖的地道四通八达,可以把连队贯通起来,家家户户炕了干粮,用面袋子装好,再用柳条篮子吊在屋梁上,民兵则天天进行实弹射击,做好了随时准备打仗的准备。有人做打油诗,形容连队人:"半个百姓半个兵,半碗黄沙半碗风;多少将士思乡梦,尽在万古荒原中。"

  一个兵团农业连队,就是一个共同战斗、相依为命的武装集体。长期的共同生活、集体学习、班排劳动,高度集中的组织化生活,使连队人从里到外、从性格到气质惊人地相似:经常在野外劳动,脸庞被戈壁粗粝的风吹打,显得黑瘦沧桑,透着结实和刚毅;干燥而蓬松的头发,洋溢着火一样的激情;疲惫的身影,镌刻着辛勤劳作的艰辛;略显木讷的眼睛,流露着满足和平静;劣质的卷烟,抒发着生活的乐趣;众口一致的"普带豫"(普通话与河南腔调)口音,糅合着乡情与第二故乡扯不断的联系;连队人几乎每人胸前都戴着红色的铁质毛主席像章,手腕上戴着国产"上海"牌手表,骑着一辆"飞鸽"或"永久"牌自行车;而家家户户正面墙壁上,挂着伟大领袖毛主席的油画肖像,两边贴着"听毛主席的话,跟着共产党走"的红色对联;每个农工都珍藏有一本毛主席语录,每个人都可以背诵一段经典语录。他们具有兵团人特有的直率和豪迈,乐观和从容,坚毅和豁达。如果他们混杂在各色海一般的人流中,他们独一无二的特征、同根同源的性格、与众不同的精神气质,你只用一眼就能分辨出他们是兵团人!兵团人和兵团精神,已经彻底融解,沉淀在每一个兵团人的血液里,成为他们身体和灵魂的一部分。

他们像农民一样,其实就是地地道道的农民,每月领取微薄工资的农工,手中紧握钢枪的共和国公民。他们面朝黄土背朝天,同样是农民,他们管理的土地面积却要比农民大得多,因此劳动强度就更大,每天顶着星星出,披着月亮归。逢到大忙季节,中午顶着烈日,或者冬季迎着寒风,全连进行"大突击"大会战是很正常的事。那个年代,政治运动多,最高指示多,每逢有什么重大的政治活动,连队都要连夜进行传达,称为"最高指示不能过夜"。每逢开大会,"当、当、当"的钟声响彻了午夜的连队,农工们揉着惺忪的眼睛,拖着疲惫的身躯,向连队大礼堂走去。在礼堂明亮、嘶嘶作响的汽油灯下,连队干部传达最新指示,念的人昏昏欲睡,听的人迷迷糊糊。

社教,忆苦思甜,批林批修,走马灯似地转换。最有意思的是公物还家运动。连队召开大会进行动员,广播里进行宣传,要求农工把平时拿回家的公物交还到连部。到了交公物这一天,有的农工扛着一块水泥板,有的农工抱着几块青砖,有的拉来几根木头,三三两两来到连部,连队统计忙着一一清点、造册登记。运动雷声大,雨点小,在那个物质极度贫乏、管理高度集中的连队里,一个农工能拿回家多少公物呢?

连队延续的是部队的行政体制,连长是最高行政首长,下设排、班、组。连长是威严的,连队的每一个角落,连长无所不在。他的声音,从连队早晨广场的大集合开始,到傍晚连部的广播中结束。每天早晨,太阳刚刚升起,在激越雄壮的进行曲中,农工们来到连部广场,围成一个四方阵,听连长安排农活。一排、二排、机务排干什么,在哪块条田劳动,各项农活安排得井井有条。傍晚,连长对一天的生产劳动情况进行总结,表扬连队的好人好事。

连队一块块巨大的、棋盘般整齐的条田,按比例缩小后,被标注了阿拉伯数字,箭头标明了方向,挂在连部办公室墙上,像一幅简洁清晰的作战地图。劳动的时候,空旷的田野上人头涌动,地头架起了高音喇叭,有时候搞生产大会战、劳动竞赛,地里还插满了鲜亮的红旗,场面沸腾、热烈、激动人心。连队文教稚嫩的声音在条田上空激情飞翔,他大声报告着生产进度、工作质量,表扬着涌现出来的劳动积极分子,他来回穿梭在条田之间,记录着各种生产数据,每天下午,文教都要用连部的手摇电话,向团部生产科报"生产战报"。

文教是连队的文化干事。文教年轻、时尚,梳着小分头,能说会写,无论春夏秋冬,文教的上衣口袋里始终插着一支自来水笔。文教出黑板报,写标语口号,贴大字报,给团部的广播站写通讯稿,文教是连队的活跃人物,是连队众多年轻人崇拜的明星。

在连队干部中,除了连长和指导员,文教是最有权力的连领导,兵团很多师团级干部,他们都有在连队当文教的履历。文教给连队职工送信发报,过春节给一家一户写对联,喜欢卷莫合烟的职工要千方百计和文教搞好关系,目的是向文教讨要《参考消息》报纸,据说其他报纸卷的莫合烟没有《参考消息》卷的味道醇厚。更为重要的是,文教掌管着连队的一部电话机,这部黑色的手摇电话,是连队唯一的通信工具,谁家远方的亲人来了电话,文教要用广播喊,来接电话的人像过年一样高兴,这部用铅灰色铁丝做通信线路的电话,连接着外面遥远的世界。

连队还有卫生所,有健康漂亮、穿着白大褂的女卫生员。她如果在乡村,就会被称为"赤脚医生"。卫生所有一个白色的消毒桶,始终蒸煮着针管针头,于是,卫生所永远弥漫着来苏水好闻的气息。美丽的卫生员肩上挎着一个红十字药包,走家串户给职工打针送药,她态度和蔼,脸上带着甜甜的微笑,身上穿一件水红色的确良衬衫,脚上穿着干净的带扣的方口布鞋和洁白的丝光袜子,浑身洋溢着好闻的雪花膏气味,像一个迷人的天使,她是连队上最受欢迎的人之一。

在文教和卫生员之间,我们更喜欢卫生员。一个没有出过门、没有见过世面的连队孩子,与漂亮的女卫生员接触中,知道了体温计、听诊器、阿司匹林、青霉素和紫药水。感冒的时候,我们都愿意让女卫生员打针,她的声音多么温柔,小手多么温暖,身上的香味弥漫了我们的鼻腔,让我们忘却了屁股上的疼痛。

连队还有商店,水泥柜台上摆着各种颜色的棉布料,货架上陈设着日用百货,"黄金叶"香烟、"绿洲"方块糖、"生产"牌肥皂、"天山"火柴、"百雀羚"雪花膏、"中华"牌牙膏,花花绿绿琳琅满目。大瓦缸里盛着团部加工厂生产的酱油、醋,散发着浓郁而持久的酱香。这是连队人唯一的消费场所,总是人来人往,显得热闹非凡。

最诱人的地方是公共食堂。连队的单身年轻人很多,住在大通间的集体宿舍里,人们叫"大房子"。年轻人每个月发了工资要买饭票、菜票,一日三餐在食堂打饭吃。在食堂做饭的炊事班人员,一个个在连队有头有面,吃得红光满面。食堂油乎乎的墙壁上书写着伟大领袖毛主席的语录:"贪污和浪费是极大的犯罪"。还有"忙时吃干,闲时吃稀,平时半干半稀"。老人家的教导朴实无华,说的却是真理。食堂的白面馒头叫"刀把子",三天才蒸一次。因为每个人的口粮标准只有百分之十的细粮,所以炊事班总是想方设法改善伙食。把细粮和粗粮揉在一起蒸的馒头,白面雪白,玉米金黄,称为"金包银"。食堂杀猪的日子,连队像过年一样高兴,家家户户都要出一个人,拿着搪瓷缸子在食堂排队打肉菜,菜打回来一家人围坐在一起吃,称为"改善伙食"。

那个时候,社会上流传着一句顺口溜,兵团连队有"三大怪":连队姑娘不对外、粗粮吃、细粮卖、十天一个大礼拜。第一句说的是连队姑娘喜爱那些一身戎装,为边疆生产投入火热青春的小伙子。第二句说的是连队人时刻不忘国家,尽量把细粮交售给国家,自己宁愿顿顿吃粗粮。最后一句说的是那个时期的连队,农工劳动生产很紧张,没有星期六星期天,十天才休息一次,连队人称之为"大礼拜"。

小小的一个偏远连队,远离喧嚣的都市,却是藏龙卧虎之地,有一群能人、高人,他们是从连队走出的名人。

那个年代,历次政治运动,都有一些走资派、"右派"被下放到连队,进行艰苦的劳动改造。他们都是一些高级知识分子,连队封闭、人才缺乏,文化生活单调,他们给连队带来了文化和各种文明。

我的语文老师姓郭名亚林,一位瘦瘦的长者,他是兵团早期的一名作家。他的书房的灯光,是连队夜晚最后熄灭的一个。我们有时候悄悄来到他的书房后面,看老师天天晚上在做什么,只见昏暗的马灯下,郭老师聚精会神,趴在一张桌子上伏案疾书,一张宽大的木板床上,堆满了厚厚的书籍。在连队,郭老师写出了长篇小说《姐妹俩》,他的散文《万绿丛中树最高》文字优美,被收入多种文集。落实政策后,郭老师调入兵团《绿洲》文学杂志社当编辑,负责文学函授工作。他废寝忘食地工作,编写了很多文学理论资料,为培养青年文学爱好者做了很多工作。可惜郭老师因病早早离开了这个世界。我曾经到奎屯河岸边去瞻仰他的墓地,那是一个荒凉的小土堆,周围长满了各种青青的野草,没有墓碑,没有墓志铭;只有轻轻的风儿,只有静静的河水,环绕着墓地在低吟。

还有一个戴着眼镜的剧作家廖兆暄,在连队林业班工作。他在连队边劳动边创作了电影剧本《西线风云》。廖老师以前是新疆军区文工团创作组成员,新疆生产建设兵团《绿洲》文学期刊的创刊人之一,早年参军入伍,曾任新疆军区副司令员、新疆生产建设兵团陶峙岳上将的秘书。廖老师1958年与别人合作作词的歌曲《啊,亲爱的伊犁河》,作曲者是著名作曲家田歌。田歌当时在新疆军区文工团,经他谱曲后这首歌很快唱遍全国,与《草原之夜》《边疆处处赛江南》构成他的成名三部曲。今年八十岁的廖兆暄移民美国洛杉矶十七年整,作为作家的他最大的梦想是在美国传播中国文化。身为一个中国文化人,他根据美国经历所写的《远方的白兰花》,上了美国畅销书排行榜。

从十二连出去的一二三团毛泽东思想宣传队编导庄超群,后来成为兵团著名的史学家。连队走出了著名演员、导演王新军,西部作家郭地红,能歌善舞、性格开朗的音乐老师郎亚芳,写得一手好书法、拉手风琴的老师林凡知。

连队让内地很多人神往,为之献身。一大批全国各地的热血青年,千里迢迢来到各个连队,参加那个时代火热的新疆生产建设。有一个十九岁的武汉知青,是家里的独生女,兵团到内地招人,她不顾父母的苦苦劝阻,报名参加了新疆生产建设兵团,一心想穿绿军装,当一名威武的女战士。来到连队后,每天在庄稼地里从事着繁重的体力劳动,她累得筋疲力尽,但她用青春火热的激情,对艰苦的生活无怨无悔。有一年秋天,连队在玉米地里用拖拉机拉玉米秆,这个年轻的知青,主动参加了这项艰苦的劳动,垛了满满一垛玉米秆后,她坐在高高的垛上随机车往连队走。途中,她劳累过度,顺着玉米秆子滑了下来,被碾压在玉米垛下面,活活压死了。这个知青,被埋葬在连队的玉米地旁,至今还有一个小小的、几乎平了的土堆,那就是她的坟墓。

那时候,整个中国物资非常匮乏。连队人家的贵重物品是"三转一响":手表、自行车、缝纫机和收音机。农工每个月的工资是三十元三角和三十八元九角二分,俗称"303""3892"。副食品中,一斤猪肉一块五毛钱,一斤豆腐二角五分钱,一斤葵花籽二角钱,全部按照家庭人口凭票供应。在连队,"三转一响"成了奢侈品,非常紧俏,团部商店要凭票购买。拥有一块"上海"牌手表,一辆"飞鸽"牌自行车,是连队很多青年梦寐以求的理想。连队有一个妇女,她一辈子不会看表,却天天戴着一块上海表,有人问她时间,她就举着手臂让人看。小青年结婚,娘家人要看是否有"三转一响",在新房里查看柜子多少腿,五斗橱、大立柜这些家具是必不可少的。

和农民一样,连队农工一生也是三件事情:给孩子结婚,为老人送终,盖上一间房子。生活焦苦,岁月如梭,这些事情做完了,自己也要退休了,这时黄土已经埋到脖子了,连队人的一生也快要结束了。

一个兵团生产连队,就是一部苍凉、厚重的长篇小说,关于它的故事、它的人物、它的情节,千言万语,万语千言,永远说不完,道不尽。

三

连队最为喜悦、狂欢、沸腾的日子,是看一场电影。

看一场电影,对文化生活极度贫乏的连队人来说,是一个盛大的节日,它的隆重和热烈,丝毫不亚于过年过节。电影,是那个难忘岁月连队人永恒的集体记忆。

那时候,全团有二十多个农业连队,一个连队一个月才能放一次电影。每次放映队还没有来到连队,可是关于电影的各种风声、小道消息,早已传遍了连队的老老少少、角角落落,一大群孩子们早早搬着无以计数的小板凳、小马扎,在连部广场抢占看电影的位置。

看电影,要嗑葵花籽。一般情况下,连队人只有过年才炒葵花籽,但是电影激动着每个人的心,于是,每家每户飘荡着葵花籽炒熟的香味。

在连队人老老少少企盼、渴求的目光里,团部的放映队终于来了。人们争相传递着这个激动人心的消息,孩子们的兴奋更是达到了高潮,天还没有黑透,露天广场就挤满了嘈杂的、黑压压的人头。

放映员不紧不慢,在连长的热情招呼下,来到食堂。炊事班早已准备好了丰盛的晚餐,四菜一汤,白面馒头,放映员吃得津津有味。吃好了,喝足了,在连领导的簇拥下,放映员红光满面来到广场,开始摆弄放映机,准备放电影。

电影放完了,在连队人意犹未尽的赞叹、议论声中,连长要把一些连队生产的土特产送给放映员。夏天的西瓜,各种蔬菜;秋天的红薯,土豆;冬天的猪肉,土鸡,时令土特产堆满了半个车厢。电影放映员是一个令人羡慕、向往的工作,小时候,很多连队上的孩子,他的理想就是长大后当一个电影放映员。

连队放映的电影,除了当时的样板戏和国产电影,我现在印象最深的,就是一些外国电影了。那时进口最多的是这几个国家的电影:朝鲜、越南、阿尔巴尼亚和罗马尼亚。因为当时它们和中国都属社会主义阵营。等连队把所有的国产和国外为数不多的电影看了个遍后,便有一首歌谣总结出了那个时代电影的五个特点,就是:"中国电影新闻简报,朝鲜电影哭哭笑笑,越南电影飞机大炮,阿尔巴尼亚电影没头没脑,罗马尼亚电影搂搂抱抱。"

"中国电影新闻简报",倒不是说中国电影就光是"新闻简报",而是说在当时的连队,放"正片"之前一般都要放一阵《新闻简报》。因为当时没有电视看,国内的大事一般都是拍成电影纪录片随"正片"放映。我记得《新闻简报》看得最多的是毛主席他老人家接见外宾,每当他伟岸的身影在人民大会堂接见厅出现后,全连观众都要热烈鼓掌,有时还大声高呼口号,场面热烈沸腾,激动人心。而我们小孩子心里只巴望快点放"正片",有时好不容易一大堆《新闻简报》放完,放"正片"时,我们却已歪在座位上睡着了。

"朝鲜电影哭哭笑笑",说的是朝鲜影片,不管哪一部,都像是从一个模子里刻出来的:一定是在万恶的旧社会,穷人受尽地主残酷剥削,暗地里抱头痛哭。接着就是解放了,在金日成主席——"慈父般的领袖"的领导下,人民过上幸福的生活,一个个开怀大笑。

"越南电影飞机大炮",当时我国正在支援越南进行抗美卫国战争,每一部影片总少不了越南大炮在怒吼和美国飞机在轰炸,越南大地上,到处是一片火海焦土。

"阿尔巴尼亚电影没头没脑",说的是这个国家的电影常常让人看不懂。不知道是因为两国的文化背景、审美情趣以及地理位置不同的缘故,还是官方在审查影片时删除、剪辑得太厉害,造成上下衔接脱节、前后故事不对,导致观众看起来感觉莫名其妙。

"罗马尼亚电影搂搂抱抱",指的是当时所有外国片中,就数罗马尼亚电影在男女关系上最为大胆暴露——其实充其量也就是敢于让男女主角搂抱在一起。但这在当时中国极端禁欲主义盛行的年代,已经是破天荒,看得连队人眼珠子都要掉出来了。

阿尔巴尼亚的歌曲比较好听。曾有一首《一手拿镐,一首拿枪》在连队流行了一阵子。这些电影中的游击队员见面时都要对暗语,一个说:"消灭法西斯!"另一个说:"自由属于人民!"我们这么大的连队小孩,在当时也能把这几部电影演下来,在演的时候,嘴里还有音乐伴奏。《第八个是铜像》讲了七个游击队员的故事。从名字上看,它应当讲八个人的故事,但电影里没有第八个。第八个是谁呢?第八个是铜像。电影是想用铜像代表千千万万个没有在电影里出现的游击队勇士。

我们最喜欢看国产故事片。《闪闪的红星》《渡江侦察记》《南征北战》《地道战》《地雷战》《平原游击队》这些经典的影片,很多台词现在都能说出来。有时候,一部刚放映的电影,看一遍不过瘾,我们就跟着放映队,挨着连队看,一晚上跑三四个连队也不觉得累,当时那个激动和兴奋哟,是任何语言都无法表达的。

四

我曾经在连队生活了二十多年,喝着连队的玉米粥,啃着连队的苞谷馍,连队的土地供养了我们一切。我出生在连队,长大后在连队上学,工作后在连队承包土地,学会了连队的各种农活。但是,我又恨连队,连队的玉米面窝窝头,吃伤了我的肠胃;含氟的盐碱水,污染了我洁白的牙齿;一口土得掉渣的河南话,常常使我在他人面前无地自容。后来,我千方百计离开了连队,但我的父母兄弟还在连队,我的同学朋友还在连队,我逢年过节就必须回连队,我参加连队人的婚宴和葬礼,吃连队人置办的农家酒席,给连队人办些鸡毛蒜皮的小事,离开的时候,还要带上连队人种植的没有农药化肥污染的蔬菜,我虽然是一个城里人,但和连队却有着千丝万缕的联系,割不断,理还乱,今生今世无法割舍!

我时常一个人悄悄回到连队,站在连队的棉花地旁或者树林里,静静地看着熟悉而又陌生的土地,内心百感交集,思念着逝去的亲人和如烟的往事。我不得不承认,我的心在连队。年少的时候憎恶连队,后来千方百计离开连队,但连队始终萦绕在我内心深处,永远挥之不去。我的心情时而喜悦,时而兴奋,更多的时候是铅一般的沉重。我不知道我要在连队寻觅什么,获取什么,我的灵魂在故乡的上空飘荡。每当这个时候,连队曾经的贫穷与落后,温暖与忧伤,失落与慰藉,背叛与皈依,潮水一样涌上我的心头,乱麻一样缠绕着我的心绪。我的目光空洞而苍茫,静静地站立着,思索着,岁月的风吹拂着我的脸颊,我却茫然不知。直到夕阳西下,浓浓夜色吞没了我孤独的身影。

在我们所经历的年代里,没有哪一个时代像今天这样,如此地繁荣又如此让人不安,让人眼花缭乱,让人骚动不眠。经历过连队,又在城市生活,强烈的反差和对比,我才真正感觉到"农民真穷,农村真苦,农业真危险"这句话的深刻含义。在连队,和我一起上学、工作的同学,一个个面部沧桑,弯腰驼背,手指关节粗大,面相最少比我大十岁,有的则像父亲般苍老!我有时问他们一年的收入,他们脸上堆着木讷的笑容回答:够买面粉吃。听得我耳红心跳,满脸燥热,顿时就有一种负罪感,恨不得找个地缝钻进去。同学中也有小富即安者,他们身上失去了父辈们开拓进取的精神,我也恨他们,恨铁不成钢,恨他们目光短浅、不成大器。每一次回连队,看见我的少年时期的同学,他们佝偻着腰,每天还在为了温饱而忙忙碌碌,我的心里就酸楚楚的。虽然我是一个普通的公务员,手中也没有什么权力,但我是吃皇粮的公家人,工资福利有保障,享受着国民待遇,我的后代是城市户口,可以享受城里的各类教育资源。而我的连队同学,他们的后代如果考不上大学,一辈子只能是连队人。

现在连队上生活最幸福、最安逸的是退休农工。在连队土地上奔波辛苦了一辈子,身体老了,劲使完了,终于退休了,可以每月拿着工资卡到银行领取退休金了。如果家里子女学习争气,大学毕业后在外面有工作有收入,这就是连队上的幸福之家了。如果有子女还在连队承包土地,父母的退休工资还要接济、帮助他们,日子就避免不了磕磕碰碰。每逢月底,团部银行门口就挤满了黑压压领取退休工资的老头、老婆,农贸市场生意这几天也特别活跃。但他们的退休金确实很微薄,在碱土地上劳作了一辈子的农工,每月退休金也就是一千多块钱,只能够日常生活开销,如果生病住院,就要吃老本或者依靠子女接济。我的哥哥嫂嫂,在连队工作了三十多年,退休后每月工资一千多,两个人加起来也没有我一个人的工资多,但他们仍然欢天喜地,非常满足,有滋有味地在连队生活。连队上最不幸的家庭是老人晚年患重病,人吃五谷杂粮,哪有不生病的?一人得病,拖累全家,经济上也渐渐捉襟见肘,医生就说:拉回家吧,老人想吃啥,就让他吃点啥。医生的话等于宣布了死刑,子女们再有孝心,但面对天文数字般的医疗费用,也是无可奈何。

在城市,街道整洁光鲜,绿树成荫——树木由洁净的自来水养着,生长得无忧无虑。连队的倒春寒、下冰雹、作物歉收与城里人丝毫无关,人们优雅地照常生活着,仿佛同连队不在同一个星球,这就是城乡之间巨大的差别和鸿沟。有时候,我站在熙熙攘攘的街头发呆,城市的道路车水马龙,高楼鳞次栉比,充斥着不尽的喧嚣和浮华。这时,我看见衣着光鲜的城里人养了许多漂亮的小狗,人们牵着它、抱着它招摇过市,人和狗神情怡然,我就暗自羡慕这些生长在城市的宠物,它们生活得多么幸福,住在楼房里风雨无忧,还有人伺候着,饿了吃香肠,脏了洗淋浴,生病了还有宠物医院,比一些连队人生活得还安逸舒适。我还看见一些民工满头大汗蹬着三轮车,每天拉着盛得满满的铁桶,里面盛着酒店抛弃的饭菜,来回不停地在城乡道路上穿梭往返,白白的米粒,吃剩的海参、鱿鱼,只动了几筷子的鸡鸭鱼肉,我就想起了还有很多连队人,为了温饱在太阳底下拼命劳作,在风雨中来回奔波,吃的却是粗茶淡饭,我的内心充满了郁闷,像一块沉重的巨石压在心头。

假如我是一只鸟/我也应该用嘶哑的喉咙歌唱/这被暴风雨所打击的土地/这永远汹涌着我们的悲愤的河流/这无止息地吹刮着的激怒的风/和那来自林间的无比温柔的黎明……

——然后我死了/连羽毛也腐烂在土地里面/为什么我的眼里常含泪水/因为我对这土地爱得深沉……

我在心里默默背诵着诗人的名句,眼里却流不出一滴诗人的眼泪。我是个来自连队的作家,作家的良心和强烈使命,使他应当关注社会底层,关注受苦受难的贫苦人,要用笔为他们呐喊说话,我的出身和我的生存环境决定了我的平民地位,我的写作纯粹是民间视角,关注和忧患时下的兵团连队是我这个兵团人的天职!我曾经是一个连队人,我不为他们说话谁为他们说话?我不为他们呐喊,谁为他们呐喊?虽然我的声音非常微弱,虽然我的呐喊少有回音。

在所有的词汇中,我对故乡这个名词情有独钟。故乡是一个人出生的地方,它根植于心灵深处,无论行者无疆,还是浪迹天涯,故乡对每个人心灵的震撼和影响是巨大的,故乡的位置是永恒的,无可替代的。当一个人感到疲惫、失意、焦虑、困惑的时候,故乡的一阵微风就能使他心旷神怡!当他孤独地离开故乡时,对这块养育他的土地是不可遏制的思念。热爱故乡的人,他的心灵会长久地盘旋着一只苍鹰,飞翔着一群小鸟,飘浮着一缕炊烟。即使在梦中,他也会回到故乡,走在熟悉的乡间小路,亲切地与父老乡亲交谈,过去的事情一件件潮水般涌来。恍然醒来,他的泪水已经打湿了厚厚的枕巾!中国传统文化讲究人老后叶落归根,离世后入土为安,这就是中国人深深的故乡情结。我们常说的热爱国家,其实是指热爱以家乡为代表的那块土地,和那块土地上的人们以及那种母胎文化。换句话说,我们热爱连队,热爱家乡,就是热爱我们伟大的共和国。

著名作家红孩对故乡的理解是"我们曾经不断记忆的和以后不断向往的那个地方"。每个成功的作家都有一块属于他所守望的土地,无论他在大地上做多远的漫游,他最终都得回到这块土地上,这是他的精神家园,是他的像邮票那样大小的故乡本土,是接受乡土人情熏陶的温床。就是立足于这样的一块广大、苍凉的土地,使他的创造灵感源源不断,使他不知不觉地拥有了一条通向大作为、大境界的至珍之路。看看我们脚下这块沸腾的土地,著名作家陆天明、韩天航踏着它,走出兵团,走出新疆,走向全国。他们笔下的七师大地,妙笔生花,充满无穷的魅力;还有从七师走出的著名作家董立勃津津乐道的下野地,他们在字里行间诉说的故事,交织着连队的喜怒哀乐,人间的悲欢离合。而对于我,这块土地毫无疑问是车排子大地,这块土地,点燃我的激情和梦想;这块土地,是我心中永不荒芜的精神家园;它们是我生命的根,我生命的源,我永生不变的故乡。

兵团在世界上独一无二。一个兵团的作家,不写兵团的连队农工,不写兵团的军垦大地,恐怕是很难了解兵团的。兵团的连队,是所有兵团人的精神家园。

地域性是一个作者血液里的一种成分,它是那么自然地流露在作者的写作语言里,终身无法改变。虽然我走出连队,成了一个让连队人羡慕的城里人。但是,在我内心深处,在我的骨子里,在我的血液里,我还是一个连队人,我童年沾在裤衩子上的尘土,到现在还没有抖净;就像一个人,一夜之间可以变成城市人,但三代人也出不了一个贵族。我虽然身在城市,我虽然离开了连队,但和连队连着骨头扯着筋,连着血肉连着心。我常常独自一人,走在摩肩接踵的大街上,内心深处却一片孤独。城市的阳光被楼房隔离得支离破碎,城市的街道光怪陆离、熙熙攘攘,但我的思想和思维却在连队的田野、土路徘徊、踟躇,我身在城市心在连队,就像流行歌里唱的:"城市的柏油路太硬,留不下脚印。"我这一辈子除了写连队,除了写农工,我写不出其他题材。我始终固执地认为,一个连队农工寒碜、困顿、忧戚、栉风沐雨的生活,远比那些无病呻吟、虚构的故事情节生动感人,贴近大地的生活,是最美好的生活;贴近大地的作品,才是最好的作品。

  我在思考着连队,思考着连队的出路,思考着父老乡亲、兄弟姐妹未来的命运。值得欣慰的是,我们的决策者头脑清醒,在团场经营困难重重的情况下,釜底抽薪、破釜沉舟,正在摈弃传统、陈旧、落后的观念,积极调整产业结构,一系列惠农政策的逐步出台,让连队农工看到了崭新的希望,精准农业、滴水节灌、采棉机等机械化生产改变着传统农业的经营理念。国家的税费返还政策、兵团的减负政策、危旧住房改造政策,温暖抚慰着连队农工的心,汹涌的城镇化浪潮冲击着连队。在不远的将来,连队农工的各种利费将全部减免,我们的连队正在身负重物,一步一步,艰难地爬坡上坎。

  我们把连队振兴、崛起的希望,寄托在灿烂的明天。

  我写了这篇不疼不痒的文章,终于长长出了一口气,郁闷的心情就轻松了许多。往事如烟,却无法消逝。故乡的连队啊,从此在我心中失去记忆。

  现在,我走在城市洁净、宽敞明亮的街道上,从住宅楼走进办公楼,冬有暖气,夏有空调,环境安逸,条件优越,但连队的影子常常不经意间出现在我眼前,于是,我就觉得自己恍恍惚惚走在连队的土路上,鼻孔里嗅着连队熟悉的气息,故乡带着土腥气的微风,吹拂着我的脸颊。这时,我就心里想,等到退休,我就搬回连队去住,天天拿个小板凳,圪蹴在故乡的老墙根,一边咀嚼往事,一边晒太阳。

连队妇女

她们丰乳肥臀，脸膛黑红，骨架粗壮高大，目光大胆瓷实，说话粗声大气，走路风风火火，像一株株迎风而立的榆树棵子，执着、坚韧、靓丽，倔强地行走在连队的角角落落。她们眯着秀美的眼睛，一年四季头上围着一条灰头巾，上面沾着数不清的尘埃和草叶子，从早到晚不停地在条田里劳作，在厨房里忙碌，在猪圈旁奔波，在水井旁洗涤：她们永不停歇，忙忙碌碌，像一个永远不知疲倦的机器人。

连队妇女，连队的男女老少称她们为老娘们，这是连队结婚成家后女人的称谓。连队组建初期的妇女，还是一群活蹦乱跳、充满了青春气息的少女，她们带着纯真的理想、缤纷的梦境和对未来美好生活的向往，从五湖四海西出阳关，千里迢迢来到了偏远的连队，连队荒凉的现实击碎了她们的憧憬和梦想，她们极度失望眼泪汪汪，内心像戈壁一样荒凉。而连队的男人们争先恐后，用各种方式哄她们，对山东女子用一捆大葱，对甘肃女人用土豆丝，对河南女人用红薯干，无奈中这些女子从此就留在了连队，后来死心塌地跟了这些心地善良的光棍汉，在连队地窝子里繁衍后代，成为荒原上第一代农妇，成为我们亲爱的戈壁母亲。

连队妇女,和姑娘有着质的区别。都是女人,大姑娘文静、羞涩、拘谨,说话像蚊子叫,细声细语。但一夜间,经历了男人暴风骤雨式的洗礼和初夜幸福的阵痛,她们的身份从姑娘变成了媳妇,性格逐渐变得开朗、豪放、粗犷,她们说话毫无顾忌,大大咧咧,有时咄咄逼人。女人做姑娘时心思如云,想法漫无边际,一旦加入到了媳妇这个行列,日子是天天依旧的一日三餐,进门是柴米油盐酱醋茶,出门是一块连着一块的条田,是实实在在的生活和一茬接一茬干不完的农活。她们的角色彻底变了,身份是男人的媳妇,孩子的娘,公公婆婆的儿媳,小姑子小叔子的嫂子,操持一家人吃喝拉撒的女主人。

连队妇女,恶劣的生存环境和艰辛的劳作,少了女人的脂粉味,多了男人的豪爽气。那年,我高中毕业回连队参加工作,和一群连队妇女分在一个班劳动。她们泼辣直爽,言语放肆无忌,常常使我这涉世不深的高中生面红耳赤。有一次劳作后在地头小憩,老班长开玩笑惹恼了她们,她们群起而至,将老班长团团围住撂翻在地,按住四肢脱了裤子,把一团骆驼刺塞进了他的裤裆,扎得老班长龇牙咧嘴,连声喊"姑奶奶饶命,下次再不敢了",她们才哈哈大笑罢手。

连队地多,一块挨一块绿油油的棉花地,连着看不见的防风林。内地的妇女见了连队的棉花地,我的娘呀,一眼望不到边,不要说干活,每天走一趟,也要累个半死。连队妇女,干的是和男人一样重的农活。男人播种、浇水、扛棉花袋,女人定苗、除草、拾棉花。准噶尔盆地无霜期短暂,繁重的农活一样接着一样,一样跟不上,就误了一个季节。农忙的时候,妇女们顶着星星下地,披着月光回家,到家后,男人们抽烟喝茶歇息,女人还要生火做饭,侍候一家老少吃喝,刷锅喂鸡剁猪草,点着油灯洗衣服,在一家老少的鼾声中缝缝补补。她们没有时间哀叹命运的不幸,生活的不公。饿了风卷残云吃饭,渴了咕咕咚咚牛一般饮水,要想生存就下苦力,胡思乱想耽误瞌睡,做起庄稼活来像男人般不要命。

常年在荒野田间劳动,强烈的紫外线照射,干燥的漠风吹拂,凛冽的冬季严寒,妇女们裸露的脸膛像男人般呈现出古铜色,仿佛盛开的向日葵,仿佛熟透的红高粱,皮糙肉实,柔和刚毅,妩媚肃穆,雕塑一样立体,化石一样庄重,那百看不厌、充满鲜红血液与饱满激情的古铜色哟,凝聚着太阳的热烈、荒漠的冷艳、绿洲的绚丽,饱含着生活的酸甜苦辣和人间的风吹雨打。她们的衣着打扮也和男人一样,晴天一身汗,雨天一身泥,如果不是凸凹有致的曲线,很难分辨出她们的性别。她们一辈子就在连队度过,从性格、气质、外表、内心和行为,她们的生命已经和绿洲、连队融为一体,她们永远属于连队,连队也永远属于她们。

准噶尔盆地边缘,北纬46度,温带大陆性气候。地理书上说,如果一个地区气候寒冷、幅员辽阔,无论男女性格必然豪爽奔放。如果一个连队妇女,像弱不禁风的林黛玉,性格腼腆柔软如水,她是无法在连队生存下来的,漂亮的脸蛋长不出棉花苗子,柔弱的身子经不起田间的体力劳动,温顺的性格抵御不了大自然的严酷。连队妇女,特殊的地理环境塑造了她们钢铁一样刚强的性格,女性的温柔软绵,在坚硬漠风吹拂下,耐得住旷野的风霜雪雨,经得起生活的坎坎坷坷,她们承载苦难心胸广阔,拿得起放得下,从不斤斤计较,像男人一样大气,像男人一样硬朗,否则,每年春季的倒春寒,夏季的冰雹干旱,秋季的蠓虫叮咬,会窒息吞噬她们。有时候,看见刚刚出土、娇嫩的棉花叶子被严寒扼杀,她们心疼得哭了,但落下的眼泪还没有掉进土里,就瞬间随风飘逝。弱者的不幸连着死,不幸使不屈者把不幸摆脱,准噶尔盆地不相信眼泪,生活还要继续,她们用冷水抹把脸,带上馒头和水壶,扛着铁锹背着棉种,又和男人一起下地补种去了。残酷的生活教会了她们一切,她们像野草一样顽强生长着、生活着。

在繁琐漫长的农事中,最令人难忘的劳动是秋季拾棉花。这项劳动时间周期长,有时候要延续到第二年春季。如果把她们的拾花场景,凝固成一幅绚丽的油画,色彩应该这样搭配:充满回忆感的、广阔的银灰色大地,浓郁的熟透了、干裂的棉蕾气息,波浪一样翻卷过来,弥漫了整个田野的上空。四周包围着的苍茫的榆树防风林,被秋风染成金子般的黄色。远方逶迤的是老人般沉默的黝黑色山冈。她们挺拔俊美的身姿,融在苍绿色的、海一般辽阔的棉田里。一阵微风徐徐吹过,拂起了她们漆黑的长发,她们有的微微眯着眼睛,抬头看看天,天空蓝得没有一丝云彩,有的专注地摘捡着一朵朵洁白的棉花,姿态婉转优美,胸前是一个鼓鼓囊囊的棉花袋。这幅田园牧歌式的劳动场景,经年累月成为经典,永恒定格在她们的生命中。

连队妇女不但是操持各类田间农活的好手,更是料理家务的行家里手。蒸馒头、炒菜、拉条子色香味俱佳,晾干菜、腌咸菜、变咸蛋样样精通。虽是粗茶淡饭,却也是地地道道的农家风味,实实在在养育了一家人。夏季农闲的时候,女人们天天侍弄菜园子,茄子、辣子、西红柿长势诱人,苹果、梨子、葡萄挂满枝头。蔬菜水果除了满足一家人的需要外,还要骑自行车到团部农贸市场去卖,挣些零碎钱补贴家用。冬季的女人一般足不出户,整日围着火炉,手挥钢针,用棉线纳鞋底做布鞋。一个利索能干的妇女,一个漫长的冬季下来,能做一家人一年穿的鞋子。各种各样的单鞋、棉鞋用棉绳串起来,像优秀的工艺品一样挂在柜子上,挂在墙壁上,一行行密密麻麻的针眼啊,耗费了女人无数个日子和心血。连队人走家串户,一眼看见墙上挂的布鞋,就知道这家媳妇精明能干,是居家过日子的好手。

连队妇女朴实无华,真水无香。她们像一座座山脉,像一条条河流,孕育了富饶的盆地,滋润了美丽的绿洲,繁衍了茁壮的我们,她们是连队的骄傲,丈夫心中的女皇,儿女亲爱的母亲。沙漠中的红柳不会羡慕鲜花。岁月一天天过去,春种秋收,农事更迭,农妇们含辛茹苦,无边的棉花地淹没了她们的青春,无休止的农活累弯了她们的腰身。连队妇女除了下地劳动,回家操持家务,一辈子还要和男人一起做三件事:盖一幢房子,侍候走公婆,给子女成家。这些事情做完后,她们筋疲力尽,像一盏耗尽煤油的灯盏,黄土已经埋到脖子了。她们老了,在连队退休了,不用天天到地里劳动了,可以拿着银行卡领退休金了,可以抱着孙子孙女安度晚年了。

她们的人生,她们的传奇,她们的故事,浓缩成军垦第一犁的群雕,成为艺术家笔下的主角,成为电影电视剧的主人,成为经典的戈壁母亲。在团场,在连队,她们撑起了盆地的半边天,是美的主体。这群令人肃然起敬的英雄群体,融入了中华人民共和国浩瀚巨制的军垦史册。

岁月不饶人。很快,她们到了风烛残年。连队的男人,往往活不过女人,一般都是男人先离世。因为男人年龄大,天天做的又是出大力的活,她们鼻涕一把泪一把地埋葬了朝夕相处的老伴。当然,生活还要继续。

日子如黄昏般一天天过去,连队妇女终于不能动了,连日常吃喝都要儿女在床前侍候。后来,她们死了,被子女埋葬在奎屯河岸边。高高的碱土堆,立着一块块木板,或者一块块水泥板,高高低低参差不齐,天南海北的籍贯写得清清楚楚,这群异地的妇女坟墓群,我们亲爱的戈壁母亲,就这样永远离开了我们和连队,继续和荒野、漠风、流水做伴。

这些连队妇女,从埋葬到以后节日祭奠,按照各自不同的籍贯,遵从各地的风俗,风格迥异。连队属于五湖四海,各种风俗融会贯通,人们习以为常。

但有一点是相同的。连队上,如果父亲先走了,子女们总要在紧挨着的墓地旁留一个位置,待农妇过世后作为埋葬用地。如果农妇先离世,旁边也必然留有一片空地,相依相偎,静静地为老伴预留着。还有一个铁打不动的习俗,非常古老而浪漫,流传了不知多少代人,也不知是哪个省份的人带来的习俗,在最后掩土埋葬时,在老伴与农妇两座坟墓中间,后人在填墓时一定要挖一个洞,贯通双方的墓穴,并且在中间搭一块木板,木板上拴一根红艳艳的丝线,那根缠缠绵绵、光滑灵动的丝线哟,水一样柔软,花一样艳丽,云一样飘逸,在四周深黄色的碱土墓穴里惹人注目。那根长长的、飘动的丝线象征一座桥,一座通向天堂的爱之桥,后代们在寄托无尽的、愁绪般的思念中,祈福他们的父亲母亲能在另一个世界里再次相会相爱。

我常常陷入祖辈这个美丽的憧憬和浪漫的遐想而不能自拔,他们对美好生活追求的极致和非凡的想象,远远超过任何一位优秀的文学家。

温暖的桃子花

终于下了一地酷霜,盆地边缘被若有若无、星星点点的白色覆盖。一望无际的田野顷刻从喧嚣变得悄无声息,秋天的黄肥绿瘦,被这场严厉的霜降扫落得肃杀萧条。仿佛一场激烈厮杀的决战,最后时刻分出了胜负,大自然的威力谁也无法抗拒。

盆地雾蒙蒙的,空气中充满了寒意。离封冻还有一段时间,但几乎所有的农事都已结束。连队上的男人们带着满脸疲惫,刚从秋天的田野上收获回来,无暇算一下地里的收成,甚至来不及喘一口气,就开始匆匆忙忙为越冬做准备。钉棉门帘、修理菜窖、打炉子、糊窗户,这样的活计一样都不能少,再给牛、羊备好过冬的草料,劈一堆引火的柴火,整齐地码放在煤棚子里,然后备足漫长冬季的食物,静静等候冬天的来临。无论年成丰歉,新年、春节和冬天是必须要过的,盆地上的人们就这样过了一年又一年。

在这个短暂的、离真正的冬季还有一点点距离的日子里,盆地的女人们在降过酷霜的棉花地里,捡拾着桃子花。

一块连着一块的棉花地,被苍苍茫茫的防风林护卫着,延伸到看不见的地平线。裹着铁锈般褐色的棉花棵子,在瑟瑟秋风中萧萧而立。桃子花像一个个干瘪的小核桃,因缺乏水分而消失了往日丰润饱满的外形,碧绿的外壳被寒霜染成了深深的紫褐色,孤零零地挂在已经没有几片枯叶的棉花秆上,在满目枯黄的棉花地里,显得毫不起眼。它的前身也许是一朵迟开的花蕾,或许是一只遮掩在茂密棉叶后面的青桃,因少了太阳的光照与爱抚而发育迟缓,最终没有赶上秋季收获时盛开。在枝叶繁盛的生长期,桃子花被遮蔽了,掩映在绿叶和向阳的棉桃后面;在繁忙的拾花季节,人们喜悦的目光盯在朵朵洁白的花絮上,谁也不在意它的存在,只有到了最后的收获时刻,在清地的时候,农工们才会记起地里还有一些遗落在棉秆上的桃子花。但这些三三两两、稀稀拉拉的桃子花,它的存在与整块地里的收成相比,显得无足轻重,再说它的花瓣像核桃仁一样丑陋僵硬,似乎毫无棉花应有的柔软和弹性,就是收获了也没有人收购,所以很多人索性就把桃子花扔在地里,任牛、羊啃吃践踏,最后让拖拉机坚硬的犁铧把它和棉花秆一起翻进深深的地下,沤成肥料再去滋养来年的庄稼。

离冬至还有一段时间。这段连接深秋与初冬的光阴是空闲的,大雪一下,人们就像动物冬眠一样很少出门了。女人们抓紧时间,三五成群,叽叽喳喳,在清冷的早晨、吹着微微寒风的中午开始下地捡拾桃子花。

天空阴沉沉的,秋风嗖嗖,明显地夹带着丝丝寒意,但还没有下雪。桃子花的外壳因失去水分而缩成一团,裹着一层薄薄的白霜,壳子的顶端像铃铛刺一样坚硬,扎得剥桃子的女人们手指星星点点渗出了血迹。剥上一会儿,她们粗糙的双手就冻得通红,像刚从泥土里挖出的红萝卜,把手缩进棉衣袖口里暖和一会儿,或者哈着嘴里的热气给双手加一点温度,又接着专注地剥着桃子,她们的动作灵巧快捷,又带着女人特有的温柔细腻,轻轻触摸着桃子花,就像抚摸着初生婴儿稚嫩的脸颊。

中午,圆圆的太阳从云缝里探出头,深秋的阳光从高远的天空射下来,越过秋天的栅栏,给摘桃子花的女人们镀上了一层灿烂温暖的金光。她们抬头看看太阳,拢拢头发,舒展一下酸痛的腰肢,向远方眺望了一会儿,又弯下身子,一颗一颗地用双手剥着桃子花。整个白昼,她们都在千篇一律地重复着一个动作,把一株棉秆上的桃子花摘下来,再把另一株棉秆上的桃子花摘下来,她们一步步慢慢往前挪动,身后留下一行行空荡荡的棉花秆子。太阳西下的时候,僵硬的桃子花就把她们的尿素袋子撑得满满当当了。

有时候突然夜里下了一场薄雪,第二天棉花地里一派银装素裹,但真正的封冻还没有到来,地上还没有结冰。女人们照例来到棉花地捋桃子花,但人数明显比前些天少了。因为时间已经很紧迫了,严寒马上就要来临,她们不像往日那样一颗颗剥桃子了,而是用双手捋桃子,这样速度快了好几倍,工效也高了许多,一上午光景,快手可以捋三四尿素袋子桃子,要背好几趟才能背完。

女人们把桃子花背回家,剥出来的桃子花放在外面不生火的棚子里,这样含有大量水分的桃子不会因湿热而发霉变质,带壳的桃子花一袋子挨一袋子排列在菜地的栅栏边,农家小院一下子变得拥挤起来,院子里外弥漫着浓重的桃子花潮湿苦涩的气味。

冬天像个步履蹒跚的老太婆,终于如期而至。一场铺天盖地的大雪,把盆地捂得严严实实。这时候,无所事事的男人们开始喝酒打牌玩麻将,消磨漫长的冬季时光。女人们把院子里的桃子花抬到生着煤炉的房子里,围着嗞嗞作响的铁炉子开始一颗颗剥桃子花,这是冬天最惬意的日子。剥累了剥烦了,女人们有的嗑葵花籽,有的纳着布鞋底,窃窃私语,说着只有她们明白的私房话,红红的火炉映衬着她们兴奋的、健康的笑脸,享受着冬季的闲暇和慵懒,漫长寂静的日子就这样被一天天打发了。

剥完了一家的桃子花,再去剥另一家的;李家的剥完了,就去剥张家的,整个连队的桃子花被女人们剥完了,准噶尔盆地漫长乏味的冬季就过去了。

第二年开春,女人们把桃子花从棚子里拖出来,在院子里摊开,让温暖的太阳慢慢晒干。接着,走村串户的浙江老弹花匠如期而至,他一手拿棒槌一手拿碾盘,还带着一个半大的白净徒弟,开始挨家逐户给女人们弹桃子花,都是老顾客,手工钱大家都知道,弹到谁家,谁家的女人就给弹花匠做饭吃。弹花匠弹得很仔细,他歪着头,下颚抵住弓把,左手把弓拉得饱满,右手用棒槌,弓子的节奏起起伏伏,"嚓、嚓、嚓、嚓——蓬!""嚓、嚓、嚓、嚓——蓬!",四个急遽的短音之后,是一个加重的长音,桃子花在这美妙的旋律中被抽得蓬松,成丝成絮,在院子里欢快地飞来飞去。在中午温和散漫的阳光下,弹花匠发出的声音像一曲动听的歌谣,弥漫了春夏之交连队的角角落落。

弹花匠像一个手艺精湛的魔术师,转眼间把一堆毫无生气的桃子花变成了蓬松洁白的棉絮。就这样,桃子花又经过母亲们的精工细做,带着她们的体温,做成了全家人御寒的棉衣棉裤,变成了床上温暖的棉被和柔软的褥子。更有手巧心细的小媳妇,用纺车把桃子花纺成细细的棉线,几股细线合成洁白的棉线绳,成为纳布鞋底的结实原料,于是用桃子花纺成的棉线,又经过女人的千针万线,变成了密密实实的千层底,最后成了丈夫和儿女们脚上穿的农家鞋。像蜜蜂一样辛勤的女人,一个冬天能做出全家人整个夏季穿的鞋子。桃子花就这样和农场连队百姓的生活千丝万缕地连在了一起,他们的日子和生活就这样抠出来、纺出来了,盆地漫长寒冷的冬季因为桃子花而显得温暖无比。

　　桃子花啊,没有艳丽的花朵,没有迷人的芳香,它外形丑陋,不事张扬,普通的像路边的碎砖烂瓦,没有人把它放在眼里。但在我心中,它是天地间最美丽的花,它是世界上最温暖的花。我就是穿着桃子花棉衣棉裤长大的连队少年,桃子花使我温暖地度过了整个少年时代寒冷的冬天。现在,每到秋季,我看见在空荡荡的田野上弯腰捡拾桃子花的女人们,这些和土地一样朴素的盆地母亲和姐妹们,她们的一生没有离开棉花地,也没有走出棉花地。望着这些亲切熟悉的身影,看着微凉的秋风吹起了她们温柔的长发,我的内心充满了感激和温馨,我想起了她们家徒四壁的土坯农舍,她们的鸡窝菜地,她们清淡的一日三餐,她们勤劳厚道的丈夫和背着书包走很远路上学的孩子,我不知道她们生活的是不是幸福,但我知道,准噶尔盆地边缘很多家庭的日子就这样一天天被抠出来了,她们不富足但却很温暖,都市的奢侈浮华与她们无关,简单、朴素的生活像自家地里的各种蔬菜一样,一年四季春夏秋冬,她们平静地过着日子,而这就是生活。

我们长在红旗下
——校园往事之一

在十二连上小学四年级的时候，我光荣地加入了少先队，那时候还叫红小兵。在连队学校操场简陋的主席台上，辅导员老师给我们一起加入红小兵的同学戴上了鲜艳的红领巾，校长很严肃地说：红领巾是五星红旗的一角，是革命烈士用鲜血染红的，你们一定要牢记血泪苦，不忘阶级仇，珍惜今天来之不易的幸福生活。我童年的心灵受到巨大的震撼和鼓舞。从那以后，我一直坚信红领巾的红色是邱少云、黄继光、刘胡兰等无数革命先烈用自己的鲜血染红的，我要继承烈士遗志，好好学习，天天向上，长大了做革命事业接班人。

那时，我们从老师讲课和连部的广播中听到的国内国际形势是：台湾人民生活在水深火热之中，伟大领袖毛主席号召全国人民：我们一定要解放台湾；"文化大革命"如火如荼，连队最偏僻的牧羊点都要早请示，晚汇报，跳"忠"字舞；阶级斗争必须年年讲，月月讲，天天讲；西方资本主义把"和平演变"的希望，寄托在中国第三代、第四代身上，毛泽东告诫全党全国人民：要警惕资产阶级糖衣炮弹的袭击。我们在老师布置的命题作文中写道：长大后，我们要参加英勇的中国人民解放军，把宝岛台湾从国民党反动派手中解放出来，让台湾人民和我们一样，过上幸福的生活;我们要把无产阶级"文化大革命"进行到底,让美帝国主义的预言扔到太平洋去吧;实现共产主义是我们的远大理想,我们是又红又专的革命事业接班人。那个红色年代,我们这些学生,都是清一色的农场第二代人,同样的出身和共同的理想,对未来的憧憬和向往,使我们经常沉浸在美好的红色遐想中。

我们这个班,都是1963年、1964年、1965年出生的农场第二代,也是一二三团十二连学校人数最多的,男男女女有五十多人,教室坐不下,老师就带着我们在连部大礼堂、露天林带里上课,蜜蜂、蜻蜓和苍蝇围着我们飞舞。后来学校决定把班级分成甲、乙两个班。这一天,我们全班同学排队站好后,老师按照身高不同把我们分成两个班,和我一起从老房子上学的赵新建因个头高分在甲班,我则被分在乙班。甲班由张景霞老师任班主任,乙班由钱玉喜老师任班主任。钱老师是武汉知青,她的丈夫曹旺生老师也在学校教数学。上初一时,连队在学校盖了大教室,甲、乙两个班又合在一起,我当时记得很清楚,甲班的同学排着整齐的队形,走路来到乙班教室,我们又在同一个教室上课了,班主任是钱老师。

我家从老房子搬到连队后,住在一排兵营式土坯房子里,前面有几排葱郁的榆树林,紧挨着林带,家家户户都盖了夏天做饭的棚子,棚子旁边是兔子圈、鸡窝和高高的柴火垛。这排土房子,每家都有一个我们班的同学:从北到南分别是栗凤英、庄淑君、王明霞和另一个男同学家;最南边是我家,我家再往南就是连队的5号地了,东边是一个灌木林、沙枣树围着的苹果园。5号地是黏土地,年年播种玉米,我们放学后,放下书包拎着篮子就来到地里,在玉米林里拔勾勾秧和稗子草喂兔子,捋草籽喂鸡。有时候我们穿过5号地到前面的林带、沟渠里挖蒲公英、拾柴火,如果恰逢雨后天晴,在林带草丛里还能捡到鲜嫩可口的白蘑菇。

那个年代,连队的高音喇叭天天播放《将文化大革命进行到底》和《农业学大寨的歌曲》,连领导每天晚上都要组织职工学习《毛泽东选集》和最高指示,连部门前的小广场对面竖着一个砖砌的高大门楼,左边用红油漆写着"可上九天揽月",右边是"可下五洋捉鳖"。大字报把连部的墙壁都贴满了。学校的"贫宣队"(贫下中农宣传队)要求小学生也要学习毛选,我们一排房子的同学就组成了一个学毛选小组,轮流在各家学习。每天吃过晚饭,我们就集合在一起开始学习毛主席著作,先从栗凤英家开始,然后按照顺序每晚逐家轮换,轮到谁家,谁家里人都把吃饭的沙枣木小方桌擦得干干净净,有时候连队停电,就点马灯照明,我们几个男男女女同学围坐在一起学习,王明霞家和庄淑君家房子大,带有一个套间,我们在她们两家学习的次数就多一点。有两次,我们还到隔壁另一排房子的林香花家学习。我们每人都有一本袖珍的红塑料皮毛主席选集,先从"老三篇"开始学,每人都要大声朗读语录,写心得笔记,第二天交给老师批改。

我们住的房子前面是连队的机务排,里面停放着拖拉机和各种农具,被一排泥土夯实的土墙围着。正对着我们房子的一面,是机务排高高的油库,为方便机车加油、送油,油库边用泥土夯筑了一个高高、长长的斜坡,我们叫"高楼"。到了冬天下过一场大雪,这里就是我们幸福的乐园,成群结队的孩子们来到斜坡上,从高处往下滑,很快形成了一个光滑的冰道,有的还带着爬犁子和自己做的冰刀,爬上来滑下去,热闹极了。夜很深了,我们还借着清冷的月色,在"高楼"上不停地滑冰,直到大人大声呵斥,喊我们回去睡觉,我们才恋恋不舍地离开。

连队西头是马号和粮棉场,中间有一个养鸡场,养鸡的是一个无儿无女的孤寡老人,我们都叫他胡大爷。记忆中胡大爷瘦瘦的,个子挺高,胸前飘着一束雪白的胡子,像童话故事里的圣诞老人。有时候下课后,班长带着我们来到胡爷爷的养鸡场,帮他打扫卫生,擦窗户扫地,回去还写一篇作文。到了六一儿童节,胡爷爷早早来到学校,给我们送来了煮熟的鸡蛋,老师就挨个给我们分鸡蛋,一个同学分两个,鸡蛋拿到手里,还温乎乎的。有一次过儿童节,胡爷爷还给我们送来了炒熟的带壳花生,每个同学分了一小手绢。我把分的鸡蛋和花生带回家,和弟弟妹妹分吃了。那个年月,这些稀罕的吃食只有过年的时候才能见到,所以连队上的大人孩子都很尊重胡爷爷。后来,胡爷爷死了,我和很多同学都哭了。

小时候,我和小伙伴们总是想办法逃课,然后到林带里捋榆钱,钩沙枣,或者到马号去掏鸟窝,到5号地旁的果园偷苹果。看果园的王老头,大家都叫他"王聋子",看见我们几个来了,就爬上一棵柳树,从高处监视我们的行动。我们早已看见他在树上,可谁也不敢到果园跟前,害怕"王聋子"认出我们后给父母告状,回家可就挨大人的揍了。有时候头发长了,给老师请假后我们就来到连部旁边的理发室理发。理发室在连部广场前面,紧挨着商店和卫生所。理发员是一个胖胖的职工,慈眉善目,长了一副菩萨相,一天到晚笑眯眯的,他姓杨,连里男女老少都叫他"杨地主",他也不生气。他特别喜欢我们这些男孩子,给我们理完小平头,他每次都用肥胖的手掌在我们后脑勺上猛拍一下,说一声"西瓜熟了",我们的头就理好了,有时我们没带理发票,他就让我们下次带来;下次去的时候,不知是他忘记了,还是不问我们小孩要,他从来不提理发票的事,照例笑眯眯的,照例慢腾腾给我们理发,最后照例是朝我们的头上拍一下。我们给他做个鬼脸,背着书包就跑了。

1976年秋季的一天,当时我十二岁,我在家里柴火垛旁挖菜窖,同学胡培云找我玩,他的爸爸是学校的贫宣队队长,他有一个哥哥叫扎根,也和我们一个班。他站在菜窖上面和我有一句、没一句的闲谝,不知怎么我问了他一句:"福云(胡的小名),你的理想是什么?"少年胡培云不假思索地回答:"我要到北京,去见毛主席。"他当时说话的神态我至今还记得很清晰。我知道这个理想不好实现,但也没有嘲笑他,觉得他的心灵像秋天的阳光一样温暖纯洁。这年"三秋",我们学校的学生全部集中在连队荒3号地拾棉花,中午不回家,就吃自己从家带的馒头和西瓜。九月九号下午,连队的高音喇叭突然传来了巨大的哀乐声,整个地里拾花的学生都惊呆了,直起累得酸痛的腰慌慌张张朝连部方向张望。原来,我们心中的红太阳毛主席逝世了!

每个连队都要开毛主席追悼会。十二连的大礼堂当时是二营区最好的,此刻布置得庄严肃穆,两个民兵手持带着刺刀的步枪站在礼堂门口,我们排着队进入礼堂,向毛主席遗像三鞠躬。当时班长庄淑君喊口令,她站在队伍前面,指挥我们向伟大领袖遗像三鞠躬。默哀三分钟后,我们又排着队出来了,人人脸上带着泪花。

上初一时,我们班接受了几个高年级留级生,男同学有两个身强力壮的,一个叫张桂新,绰号叫"小狗";另一个叫何建辉。两个人都比我们大,人很仗义,我们很快玩在一起。他俩就是学习成绩差,考试就照我们的卷子抄,还经常在班上出洋相,捣乱课堂纪律,老师拿他们也没办法。后来,他们初中没毕业,就报名到连队参加工作了。

学校有一块学农地,紧挨着奎屯河,每个班都划有一小块地,我们就在地里劳动,种植棉花、玉米和向日葵,老师在地里给我们讲简单的生物知识。秋天,庄稼快成熟的时候,我们就分组在地里看守,饿了就掰一个葵花头吃。秋收时收获的作物都交到连队的粮场上。冬天,每个学生都有积肥任务,我们用爬犁子、架子车顶着严寒把农家肥送到地里。

最不能让我们忘记的老师是张老师和钱老师,还有教数学的董尔麟老师、曹旺生老师,教语文的王明香和郭亚林老师。冬季里,下午下课后我们在教室里剥棉花桃子,课桌上堆满了带着冰凌和雪粒的棉花桃,钱老师就在讲台上给我们读童话故事,那些寓言和童话是多么生动有趣!会说话的梅花鹿和勇敢的猎人多么令人心驰神往!我们聚精会神听得如痴如醉,沉浸在美妙的幻想中,少年的心沉醉在无边无际的遐想中,静静的教室里只有火炉的燃烧声、棉花桃子的剥裂声和钱老师悦耳动听的阅读声,棉花桃子剥完了,而我们的思绪还在童话世界里飞翔。我不知道,我的文学梦是不是就在那个时刻开始孕育发芽了。

还有一位教体育的刘老师,那时体育课叫军体课,他让我们排好队,然后跟着他向教室东头的一片桃树林冲去,在林子里捉迷藏、抓特务,有时候还教我们打仗,一节枯燥的军体课,让他上得生动活泼,给我们带来了无限的乐趣。同学们都喜欢上他的课。

有一天上地理课,一向严肃的曹老师神采飞扬地走近教室,声音带着喜悦给我们说:"同学们,美利坚合众国昨天已经和我们国家建立了外交关系。"我们有点莫名其妙,美国不是帝国主义吗?不是反动派吗?我们为什么要和它建立关系?曹老师没有解释,可能他觉得解释我们也不懂,这给少年的我们留下了一个长长的疑问。

但有一位老师我们都不喜欢。她戴着一副近视眼镜,个子不高,表情很严肃,整天吊着一张脸,她一转身在黑板上写字就有人做鬼脸,常常引得全班同学哄堂大笑。有一次,我过生日,妈妈中午给我单另做了一碗捞面条,吃完后我跑到学校,上课钟才刚响过,正好是她的课,她就让我在操场上罚站,还用粉笔在地上划了一个圆圈,不让我离开圆圈,让我站了大约半节课,才准我回教室上课。

我们小时候,是那样顽皮、捣蛋,不知道好好学习,有时还在课堂上恶作剧,惹老师发火。上初中一年级时,英语课是一个年轻的女老师。有一天,贾路长坐在我身边,不停地做小动作。"亮头"在后面戳我的脊梁。英语老师手中的粉笔弹了过来,粉尘像一股白色烟雾,从她手中喷出,在空中划了一个漂亮的抛物线,准确地落在我的头上,又从我的头上落到脚下,摔成几截。"脸比城墙还厚,三炮打不出一个白点",英语老师气呼呼地说,我做了一个鬼脸,引得全班同学哄堂大笑。老师走了过来,把我拉出教室。

我百无聊赖,回家又害怕挨父亲的揍,便掏出一本数学书看起来。正在看复习题,黄艳丽走到我跟前,在我的数学课本上"总复习"前面写了两个字"我爱",于是就成了"我爱总复习",她说反过来读,我念成了"习复总爱我",我还是不解,黄艳丽说:"媳妇,总爱我。"我羞得满脸通红,而她则显得若无其事。

老师说我们学习像蜻蜓点水。下课后我们看见,在春天温暖的阳光下,蜻蜓趴在教室外面的土墙上,排列整齐,像一架架昂首起飞的直升机。长大后,我看到了辞典中对蜻蜓点水的解释:蜻蜓触水,一掠而过。比喻做事浮浅,不认真、不深入。唐代杜甫《曲江》有"穿花蝴蝶深深见,点水蜻蜓款款飞。"后来我又知道,蜻蜓点水,其实就是蜻蜓在水面上产卵,是蜻蜓传宗接代的独特方式。

我的同桌是个女同学,有一个很洋气的名字:霍丽亚。霍丽亚有一块彩色橡皮,外形很漂亮,还带着一股淡淡的香味。其他同学想用她的橡皮,有的还故意写错字,但霍丽亚一口回绝,谁也不让用,却让我用了一次。遥远的后来,她远嫁到西安,从此再也没有见过。还有庄淑君,她的父亲是团部毛泽东思想宣传队的编剧,比我们优越的家庭和良好的环境,使她从小就气质高雅与众不同,在我们班骄傲得像一个公主,穿戴也和我们不一样,显得鹤立鸡群。她离开连队后,我们再也没有联系过。

后来,我们渐渐长大了,后来,我们就在十二连初中毕业了。教我们的老师也陆陆续续离开了十二连,钱老师和曹老师调到十四连学校教书去了,后来又回武汉了。张老师现在在美国的加利福尼亚州,据说身体很不好;王明香老师退休了;郭亚林老师早已离开了这个世界。

我们的同学更是分得很散。栗凤英在郑州一家棉纺厂工作,听说现在下岗了,在一家房地产公司打工;庄淑君在自治区司法厅工作,是一个处的处长;王明霞在五家渠市土地局工作,那是一座新型的城市;胡培云一直在十二连当农工,现在信仰基督教,是一个虔诚的教徒。何建辉同学成家后,得了白血病,撇下妻子和年幼的孩子,年纪轻轻就离开了人间,是我们班第一个离开这个世界的同学;张桂新四处闯荡,最后在西安落脚,最终和我们失去了联系。我们这些生长在连队的孩子,像一棵棵盐碱滩上的野蒿草,风吹雨打,命运多舛,成长的道路是多么泥泞和艰辛!一个人的性格决定他的命运,但还有很多因素主宰着我们幼小的命运和人生,当我们明白这个道理的时候,我们已经长大成人。

1980 青春之恋

1980年夏季,是我一生中难以忘怀的一个季节,那一年,我不满17周岁,正是青春刚刚抽穗的年龄。有一天早晨,我们农七师一二三团十二连几十个男女同学和老师,骑着叮当作响的破自行车,从十二连学校出发,头顶火辣辣的太阳,沿着坑坑洼洼、尘土飞扬的林荫路,来到七八公里外的团部照相馆,拍摄初中毕业合影照。一位年老的、表情严肃、穿着灰色中山装的照相师傅,带着我们一群人来到团部旁边的一条水渠边,以几棵苍劲的大柳树为背景,给我们这群满脸稚气、穿戴土里土气的农场连队中学生拍摄了一张黑白照片。于是在这一天,我们的初中时代宣告结束了。

我们出生在20世纪60年代。这是一个尴尬、动荡的时代,我们的童年和少年时光,正赶上中国史无前例的动乱,毕业后又恰逢国家改革开放,一个时代结束了,另一个时代刚刚露出曙光,我们不幸成为连接两个截然不同时代断层的一代人。"黑夜给了我黑色的眼睛,我却用它寻找光明。""黑夜"——那个十年的中国动乱背景,仿佛一个时代的黑洞,里面潜伏着巨大的恐惧和不安,深刻地影响着我们的思想和人生,但执着而倔强的眼睛,却在乌云的缝隙中寻找光明。于是,顾城的这首中国朦胧诗的代表作,成为我们这一代人追寻梦想的精神画像。

1980年的中国,百废待举一贫如洗,"文革"留下来的废墟千疮百孔,一个民族的精神创伤还在隐隐作痛。这年夏季,准噶尔盆地气候炎热,我们这群兵团农场人的第二代,离开校园即将走向社会的中学生,在无数个早晨或者黄昏,在校园边和连队的乡间小路上踯躅漫行,脸上带着与我们年龄不相称的沉默和忧郁,开始面对现实思考青春和命运。恶劣的环境、封闭的连队、父母艰辛的每日劳作,使年少的我们过早地成熟了,我们在命运的十字路口徘徊抉择。就像路遥小说《人生》里的主人公高加林一样,毕业后回到父母面朝黄土背朝天的碱土地上,用锄头在大地上写下无数绿色的诗行?或者当一个逍遥自在的牧羊人,赶着一群绵羊在戈壁滩上放牧青春和岁月?在那个开拖拉机、当营业员都要走后门的年代,我们老实巴交,在连队只会拼命劳动的父母会给我们安排怎样的人生命运?如果考不上高中,等待我们的只有一条路,那就是像哥哥姐姐一样,一颗红心两手准备,打起背包扛着铁锹,到广阔天地里接受贫下中农再教育。我们的笔记本里,抄着作家柳青的名言:"人生的道路虽然很漫长,但紧要处常常只有几步,特别是当人年轻的时候。没有一个人的生活道路是笔直的,没有岔道的。有些岔道口,譬如政治上的岔道口,事业上的岔道口,个人生活上的岔道口,你走错一步,可以影响人生的一个时期,也可以影响一生。"我们情绪激昂热血沸腾,思索、彷徨、争执不休。我们一遍遍争相传阅翻的破旧的苏联名著改编的《钢铁是怎样炼成的》黑白连环画,年轻的心一边被保尔·柯察金和冬妮亚纯洁的爱情感动着,一边默默地背诵着主人公的名句:"人的一生应该这样度过,当他回首往事的时候,他不会因虚度年华而悔恨……"

1980年,改革的浪潮汹涌地冲击着中国,古老的大地上新生事物层出不穷。连队的高音喇叭天天播送着国内国际的重要新闻,我们年轻的心脏感受着共和国强烈的脉动。我们记住了一位哲人说过的话:"个人的命运和国家的命运是联系在一起的。"是的,位卑未敢忘忧国,在那个令人难忘、燥热不安的夏季,在棉花地边、玉米林旁、沙枣林里,我们几个要好的男同学聚在一起,夜幕很深了也不愿散去,激动地谈论着邓小平、华国锋和农村土地承包、大学招生以及中美建交和苏联的核武器,我们对国家和自己未知的前途、命运,充满种种幻想和忧虑。在那段时间里,在这个遥远、偏僻的军垦农业连队,唯一的文娱活动就是每天早晚听广播、一个月看一次露天电影,无所事事、少年心事重重的我们开始阅读大量的文学作品,在连队只要能找到的文学书籍我们统统找来传阅,《敌后武工队》《青春之歌》《红岩》这些名著就是在那段时间阅读的。《小说月报》《鸭绿江》《收获》《大众电影》这些当时极为畅销的杂志,在连队是限制订阅的,我们千方百计从大人那里借来争先一睹为快,有时为借一本书,我们不惜骑自行车到十几公里以外的连队。各种手抄本、油印本也在男女同学之间悄悄流传。有时候,我们点着煤油灯一晚上就能看完一部十几万字的长篇小说,第二天,互相交换后又继续阅读,我就是这样一夜之间阅读完当时的畅销小说《第二次握手》的。时代注定我们是困惑、思考、求索的一代,大量的文学作品充实着我们苍白的精神世界,我们一知半解、贪婪地吸吮着文学作品里的营养,从解禁的书籍和森林般崛起的各类杂志中感受着时代的变迁,聆听着时代的声音。那时候,我们单纯、幼稚的心灵,常常被书中各类人物的命运和跌宕起伏的故事情节深深感动,晚上翻进教室,把读过的小说名字和作者用粉笔头写在黑板上,并配上肖像插图,用这种方式宣泄、张扬我们的阅读和存在。第二天,老师把黑板擦干净,晚上我们又翻进去写得密密麻麻。1980年,中国文艺界早已冲破禁锢和封锁进入新时期,各种文艺思潮异军突起。文学作品拉近了我们与外面世界的距离,我们稚嫩的目光开始穿越封闭的盆地,从另一个窗口看见了一个伟大时代的变革。1980年的整个夏季,我们都在激动地阅读着、遐想着,内心充满激情地感受着新时期文学的绚丽光芒。

这年秋天,营部学校不招高中生了,高中全部集中到团部。高中门槛的提高意味着将有很多同学彻底告别校园。忐忑不安的等待中,高中录取通知书下来了,我们这个十二连学生最多的班级仅有七个同学考上了高中。我是两位男同学中的一位。其余的男女同学很快被团部劳资科分配工作,有的分到了建筑单位和青年连,更多的同学则留在十二连承包土地,朝夕相处的同学被打散了,卷起行李匆匆各奔东西,开始了各自不同的人生之路。

我们十二连初中班的一位文体委员,嗓音优美,自幼喜爱唱歌,曾经是班级的文娱活动积极分子。他被分配在十二连工作,在奎屯河岸边承包了一块棉花地,兼任连队的团支部书记。他的承包地远离连队,戈壁荒漠纵横交错,奎屯河蜿蜒西去,视野所及少有人烟。在繁重的耕作之余,面对绿油油的田野,他以青春的歌喉和激情放声高歌,欢快的歌声越过棉花地,越过平静的河水,在无边无际的原野上飞翔。他像一只快乐的小鸟,在希望的田野上无忧无虑地劳动着,生活着,他的理想是过上两年能在连队机务排开一辆拖拉机,那可是当时很多连队姑娘羡慕的工作啊。这个时候,我们不足千人的十二连爆出了一条轰动性新闻,和他家一路之隔住着我们班的一个女同学,她有一个哥哥叫王新军,在十二连学校比我们高几届。王新军形象魁梧酷爱文艺,在团部业余宣传队曾主演话剧《风华正茂》

《于无声处》的男主角,巡回演出时风靡团场连队,小小的礼堂常常拥挤得人满为患。他对艺术孜孜以求,顽强拼搏,四处碰壁也决不向命运低头,终于考上了赫赫有名的上海戏剧学院,实现了他的人生梦想。王新军的自传体小说《我从戈壁走来》,真实地记述了这位边疆青年不懈的奋斗史,被《报告文学》《青年文摘》杂志转载后,在全国读者中引起极大反响,他与著名歌唱家关牧村相恋相爱,组成家庭,成为当时轰动演艺界的新闻。王新军这位土生土长、从我们连队走出的艺术家的成功之路,极大地震撼着文体委员的心灵,我们都在一个连队生长生活,他能奋斗成功,我为什么不能?难道我就在棉花地里一辈子蹉跎青春岁月?面对自己的责任田,年轻的团支部书记第一次陷入了深深的思考。王新军从偏僻的十二连到大都市上海,他闯出的人生之路,犹如一个巨大的石子,击碎了连队平静的水面。于是,十二连的清晨或者黄昏,庄稼地旁、林带里,每天都有很多连队的子女在练声唱歌,他们梦想有一天也像王新军一样,离开连队实现自己的人生理想。这年秋季,收获完棉花,我们的文体委员告别了养育他的连队和亲人、同学,背着简单的行囊毅然踏上了外出求学之路。他四处流浪,最后来到古都西安,在都市一边打工,一边到艺术学院拜师学艺,历经挫折和艰辛,有时甚至连吃饭的钱都没有,但他一心追求艺术,历尽磨难痴心不改。他的笔记本里,工工整整抄写着著名诗人雷抒雁的诗句:"为了吃饭,可以有千种万种工作;为了艺术,也许会使你终身挨饿。对有志者,它铺下千级万级台阶;对无志者,它布下失败的诱惑。"漂泊六年后,他终于考上了西安音乐学院,实现了他的人生梦想。一名初中生,连队的农工考上了大学,在小小的十二连再一次成为轰动性新闻。现在,我们的文体委员是新疆一所著名大学音乐系的副教授,整日教书育人,著书传艺,忙得不亦乐乎。

1980年秋季,我骑一辆破旧的自行车到团部上高中,一天往返两趟,学习除语文和政治、历史等文科外,其他课程都一知半解。两年高中毕业后,学业平平、毫无门路的我又回到连队,和已有两年工龄的初中同学一起修理地球,成为一位名副其实的农工。我的十二连的高中同学,有的考上了大学,有的被中专技校录取,没有考上学而家境好的同学,则选择了留校复读,准备来年继续参加高考,十二连只有我一个人又回到了连队。我的一位朝夕相处的女同学也离开了十二连,随父母搬迁到了另外一个遥远的连队,当时同学之间离别流行互相赠送日记簿,这位美丽文静的女同学,她送给我留念的日记簿扉页上题了一首诗:"弱者的不幸连着死,不幸使不屈者把不幸摆脱;沙漠中的红柳不会羡慕鲜花,渴不死,就要活。"我给她的留言是:"刻苦学习,早日成才。"那个年代男女同学交往就是这样朴素大方、纯洁无瑕,双方互相鼓励,希望有所作为。而所谓的成才,我的理解就是早一点离开连队。

在连队,我和初中的同学日出而作,日落而息,拼命劳动,重复着千篇一律的农活。打土块,盖房子,割苇子,修大渠,中午不睡午觉突击锄草。地头的高音喇叭里反复播放着《年轻的朋友来相会》和《边疆的泉水清又纯》等流行歌曲,我们在广阔天地里接受灵魂的洗礼和繁重的劳动,一个月的工资是三十四元零六分(外加六元五角边疆补贴)。连队的文化生活仍然单调乏味,但是连部大礼堂已经有了一台进口彩色电视机,每晚的连续剧《霍元甲》吸引了全连男女老少的目光。劳动闲暇之余,我们穿着喇叭裤和半截袖花格衬衣、港衫,头上戴着一顶解放军的的确良黄军帽(里面垫一个花丝巾),提着手提式录音机,在连队职工不屑和怪异的目光里,躺在林带里一遍遍听邓丽君唱的抒情歌曲。那时,邓丽君的歌曲还被列入靡靡之音,但她的磁带却在众多的年轻人中悄然流传。她那恬美动人的缠绵歌声抚慰着我们年轻骚动的心灵,邓丽君毫无疑问是我们那个时代的青春偶像。

1983年,全国"严打"风暴席卷神州,农场的夜晚不时响起刺耳的警笛,团部大礼堂过不了多久就要开一次宣判会,围得人山人海。我的一位从小一起长大的初中同学生性豪爽,行侠仗义,是我们连队年轻人的头领。但他却因帮朋友打架触犯法律而锒铛入狱,被押往荒凉的乌苏县甘雄布拉劳改农场服刑。我们想去看他却没有路费。为了凑够探监的盘缠,我们几个同学绞尽脑汁,最后决定偷连队的木头,让会木工的同学做床头柜卖,以此筹集路费。这天夜晚,趁着夜色我们来到连队果园一个废弃的猪圈,把喂猪食的料槽扛回家,会做木工的同学连夜动手,锯拉斧劈,很快做了三个床头柜。我们骑上自行车带着油漆一新的床头柜越过奎屯河,到河西牧场出售。但是转了两天也没有卖掉一个,灰心丧气的我们只有把床头柜留给自己用,谁用谁掏二十元钱,我用半个多月的工资买了一个床头柜,这样大家凑足了探监的费用。这个现在看来做工粗糙简陋的家具,仍然摆放在我的地下室,成为那段难忘岁月青春和友谊的见证。只是有时偶然打开,床头柜里仍有一股挥之不去的猪尿臊味。

我们开始分别。有的男同学参军入伍,穿上了令人羡慕的草绿色军装。几个容貌姣好的女同学则选择了嫁人,有的远嫁内地他乡,彻底告别连队成为异乡人。我们初中的一位女同学,被人哄骗到河南农村,嫁给了一个比她大很多岁的光棍汉,生儿育女后再也没有回过故乡。我们班的班长在独山子石油中专毕业后,分配到克拉玛依油田工作;学习委员在团部加工厂当了一名会计;另一名女同学在团部商店做营业员;还有一名男同学在连队开链轨式拖拉机;两名男同学在连队木工班做木匠,他们都找到了当时让很多人羡慕的工作。而大部分没有门路和一技之长的同学则继续待在连队,有的承包土地,有的在浇水排,艰辛的劳作和风吹日晒使他们迅速苍老。我这个连队唯一的高中生,始终扎根连队,一直在大田一线参加农业生产,因为表现积极,被团委评为"新长征突击手",几经磨难,在师里组织的一次招干考试中被幸运录取,成为一名警察,也终于离开了连队。

转眼二十多年过去了,岁月匆匆消逝,青春的列车轰隆隆驶向远方,我们已人到中年。现在,歌舞升平莺歌燕舞,我们的80年代一去不复返了。在这个被物质淹没的多元年代,一种价值汹涌地冲击着其他价值,理想被很多人当作虚假的庄严,如果我们现在和年轻人谈论雨果先生的"没有理想,就没有人的生活"这句深刻哲言,可能显得与这个时代不太和谐。我们这群20世纪60年代出生的人,自认为经历了一些风雨和苦难,但终究是一片匍匐的小草,无法成长为参天大树,更不能成为社会的栋梁。这个喧嚣的时代扑朔迷离眼花缭乱,到处充斥着物质和脂粉,荧屏终日被丑角和无聊的肥皂剧占据,街头摆放的书籍、杂志,更是公然兜售着色情和凶杀,我们那个时代的理想、精神和思想都要变成金钱和物质吗?难道现在的人们穷得只剩下口袋里的钞票了吗?我们的下一代就这样喝着纯净水,吃着麦当劳,看着卡通画养尊处优地去振兴我们的国家和民族?我们心中曾经崇拜的英雄和父辈的创业史只能陈列在纪念馆?我们感叹世风日下,我们无可奈何而随波逐流,我想起了哲人说过的一句话:"在没有英雄的年代,我们只做一个人。"

只是有一次我回到离开很久的连队,看见十二连昔日的校园,现在变成一片荒芜的废墟,四周的树木因干旱缺水而枯死,仅存的几间教室已破烂不堪摇摇欲坠,早已被牧人当作羊圈。田野上,我们二十多年前耕种的棉花地,现在依然生长着棉花;连队被众多的操持着各地方言的陌生面孔覆盖。站在废墟上,我的思绪又回到本文的主题,我联想到这块土地上曾经的欢声笑语、风华正茂,想起那个有点遥远但依然清晰如昨的1980年,我们人生历程中那段燃烧着理想和激情的青春岁月,心中充满无法排遣的惆怅。我们这一代人生在新社会,长在红旗下,历经动乱和社会变迁,是共和国承上启下的一代,历史曾赋予我们重任,是否对当今社会和时代的堕落负有不可推卸的责任?只是这种崇高悲壮的想法连我也觉得幼稚可笑,自己确实有些杞人忧天、痴人说梦了。

我们的八十年代

我们这个庞大的群体,在兵团军垦农场是第二代人。20世纪80年代初,清一色十八九岁的年龄,正值骚动不安的青春期,激情澎湃,热血涌动,被媒体称为"八十年代的新一辈"。这首先源于一首唱遍全国的《年轻的朋友来相会》歌曲。那时,在我们简陋的校园里,团部和连部的高音喇叭里,每天早晨、中午,或者傍晚,都要反复播送这首歌曲,那激越、动人、优美的旋律,曾经风靡一时,并成为经久不衰的经典,覆盖了我们整个青春澎湃的80年代。

"年轻的朋友们,今天来相会。荡起小船儿,暖风轻轻吹。花儿香,鸟儿鸣,春光惹人醉。欢歌笑语绕着彩云飞。啊,亲爱的朋友们,美妙的春光属于谁,属于我,属于你,属于我们八十年代的新一辈。再过二十年,我们重相会……"

对于我们这一些20世纪60年代出生的中学生,青春如歌,风华正茂,我们内心深处是骄傲自豪的。我们是80年代,80年代就是我们。那是一个激动人心、催人奋进的时代,中国刚刚开始改革开放,百端待举,大潮涌动,一切事物新鲜而陌生,给我们的青春涂抹了靓丽、厚重的底色。对于我们这一代人,80年代就是炽热的青春,就是梦幻般的激情,就是朦胧的爱情,还有青春期淡淡的忧伤和对未来的一点未知的恐慌。如果说需要合并一下,那么,我们80年代的四个关键词,鲜活生动,激情飞扬,青春荡漾,它们是:青春,激情,爱情,忧伤。

一

1980年秋季,骑着一辆叮当作响的破自行车,我开始从十二连到一二三团团部去上高中。那一年,营部不办高中了,连队的学生全部集中到团部上高中,我要在团校度过两年的高中学习生活。

十二连距离团部7公里。团部是我们许多连队孩子心中的向往的地方。但1980年的团部,显得陈旧、杂乱、幽暗,像一部冗长的黑白电影的长镜头。街道上铺的是碎石子,路面坑坑洼洼,尘土飞扬。团机关是一座苏联式的矮建筑,正面高高的墙壁上,有一个凸出的五角星图案,前面是一个很大的果园,春天海棠果开花,满园芬芳,花香迷人;秋季则果实累累。露天电影院摆满了密密麻麻的水泥长条凳子,商店是一座破旧的、镶嵌着巨大窗户的土木建筑,但却经常挤满了人。

来到团校报名后,才知道我们这一届招录的学生太多,每个班级都坐得满满的。我所在的班学生大部分来自农业连队,团部的同学就显得趾高气扬,他们中有的户口是城镇户口,穿戴洋气,看不起连队来的、说着一口河南话的同学,上课和平时,他们故意说着当时流行的调皮话,很少理睬我们。

学校分了尖子班和普通班,从十二连出去的一个男同学和女同学分在尖子班,我的学习成绩毫无疑问分在普通班。两个班的授课老师也不一样,学校来了复习资料,也是先给尖子班的学生使用,轮到普通班就剩下几本,谁的功课考在前面,谁就可以得到复习资料,每次,我都能分到一本语文复习书,这让我稍稍感到欣慰。

团校的很多老师,都是拨乱反正后从连队、"牛棚"中解放出来的。教语文的周老师,矮矮的个子,说话带着一点四川腔调,他曾经在自治区教委组织的语文考试中获得第一名,古汉语知识渊博,每次阅读课文,他的声音极富磁性,抑扬顿挫,平静中蕴含着一种说不出的激情。教数学的刘老师,在黑板上画几何图像,不用教具就能画得惟妙惟肖,看得我们目瞪口呆。

我们穿着四个口袋的涤卡中山装,灰色或者蓝色,把风纪扣扣得严严实实。三七分的发型,戴着一顶解放军的黄军帽,一个个表情严肃,显得少年老成。班里很多同学戴着电子表,穿着皮鞋,只有少数连队同学还穿着手工做的布鞋。

1980年,国家形势莺歌燕舞。邓小平阐述八十年代的任务;我国试行联产承包责任制;我国发射第一枚运载火箭;我国正式设立经济特区;华国锋辞去中央领导职务;林彪、江青反革命集团受到特别法庭公审。振奋人心的消息一个接着一个。时事政治课上,老师讲得最多的是20世纪末中国实现"四个现代化",我们一个个如饥似渴,睁着燃烧着火焰、理想和激情的眼睛,认真听着老师讲课,憧憬着国家和我们美好的未来,写的作文里,结尾都要有一句"做社会主义现代化建设的接班人"。

我们正处在耽于梦幻的年龄,身体内的荷尔蒙也处在骚动的青春期,朦朦胧胧的感觉不经意间涌上心头,投向女同学的目光大胆而羞涩。夜晚的露天电影院,电影《被爱情遗忘的角落》《小街》,我们看得如痴如醉,香港电视连续剧《上海滩》更是让我们迷恋。想当年,许文强头戴礼帽,西装革履,白纱巾一抹鼻翼的派头,不知倾倒多少纯情男女。我们钟情的明星是张瑜、陈冲、刘晓庆,她们的形象占据了所有杂志的封面。1980

年,我们班的男生和女生还是比较封建的,彼此见面顶多打个招呼,有的则低头匆匆而过。但也有一些男女同学相互偷偷递纸条,倾诉着朦朦胧胧的恋情;夜色下的校园里,他们躲在树林里窃窃私语。但是苦涩的青果没有成熟,留下的只有青春的遗憾和深深的惆怅。

80年代,如果没有校园民谣,我们的青春就是一种缺憾。校园的广播,是我们青春耳朵美丽的向往。《校园的早晨》《我多想唱》《外婆的澎湖湾》脍炙人口,我们的大合唱,更是把青春的激情推向了极致。飞扬的音符、天籁般的歌唱,唱出了青春的寂寞、浪漫、纯洁,唱出了青春的幻想、伤感、叹息,吉他、电子琴、摇滚、缠绵的乐曲,富有蛊惑力的节奏,记录了我们的梦想与心灵路程,留下了无悔青春的印记。在秋冬季节的傍晚,天已经很凉,校园高高的喇叭里传来了一首首亲切动人的校园歌曲,在夜色弥漫的团部上空传得很远很远,少年的我走在回家的路上,望着远方苍茫的灯火,内心一半是苍凉,一半是温暖。

课余生活,我们争相传阅《读者文摘》《青年文摘》,女同学喜欢各类明星的贴纸,翁美玲、周润发、小虎队贴满了她们的笔记本。几乎每个同学都拥有一个摘抄本,席慕蓉的朦胧诗,惠特曼的《草叶集》,《马雅科夫斯基诗选》,名人的哲理和名言,优美、动人、青春的语句在本子里奔涌,我们读着、朗诵着,自己把自己感动得热泪盈眶。

二

伴随着时间的钟声,我们青春的脚步迈进了1981年。

1981年,十一届六中全会通过若干历史问题的决议;邓小平首次提出"一国两制";葛洲坝大江截流工程合拢;中国乒乓球囊括世乒赛金牌;中国女排首次获世界冠军;国家名誉主席宋庆龄病逝。这些往事回忆起来,我历历在目,记忆犹新,因为在所有的功课中,我的语文和政治成绩最好。

1981年的团部,已经有了微妙的变化。人们聚在一起,谈论着层出不穷的新生事物,卖服装、卖小吃、卖菜的个体户已经在街头悄然出现,进口的彩色电视机开始进入一些富裕的家庭。团部的十字街头,有一个患了小儿麻痹症的河南小伙子摆了一个补鞋摊,那时候皮鞋还不多,买了皮鞋的人往往在鞋底上钉铁掌子,走在石子路上铿锵作响。

上到高中二年级,学校给我们分了文、理科,我当然选择了文科。因为班级人多,同学又来自四面八方,还没熟悉又分开了,所以记忆里有深刻印象的没有几个。

但是,邓建立算是一个。

奎屯河在中下游拐了一个扇形的大湾,河道曲里拐弯十八湾,平静的水面长满了碧绿的野苇子,于是,在粗犷、浑黄的戈壁滩上,这个绿色的植物长城就成了一道风景,逶迤着一直流向遥远的甘家湖。

这个巨大的弯道,把一二三团的五个连队连在了一起,沿着河岸依次是九连、八连、十二连和六连、四连,这五个连队都属于二营区。

1980年夏天,我在十二连初中毕业后,预备考高中。当时八连是二营区营部,营部学校设有高中。我们附近几个连队学生都到八连补课。在这里,我认识了九连的邓建立。

1980年的秋季,在团校的林带里,邓建立一瘸一拐向我走来。

邓建立面庞黑瘦,个头和我差不多,人很精神,穿一件当时很流行的白的确良衬衣,一条土布黄军裤,可能是小时候小儿麻痹症留下的后遗症,他的一条腿跛了,走路一颠一跛的。

因为上高中前就认识,所以我很快和他熟了起来,其实也没有很深的交往,只是见面多说几句话而已。

我的伙伴还有九连的王飞、加工厂的霍振东。他们几个学习都很刻苦,成绩也比我好,那时候,我们唯一的出路和理想,就是刻苦学习,高中毕业后考大学,这样才能离开团场,到我们向往的外部世界。

一到秋季,棉花收获的季节,我们都要带上行李卷,住在连队的大房子里,帮助连队农工拾棉花。

这一天,火热的太阳高高悬在天际,我浑身燥热,拾花的速度慢了下来,我渐渐落在全班同学后面。

正当我焦急的时候,我意外地发现,有一个女同学进了我的棉花行子,帮我拾落在后面行子的棉花。

我们没有说一句话。她长得很美,她是城市户口,她的脸上淌着细密的汗珠,她拾花的动作很优雅。至今想起来,我在心里还非常感激她。

记忆里印象最深刻的,是1982年的五四青年节。

1982年的"五四"青年节,是我在校园中度过的最后一个青年节。这一天,学校要求我们每个学生准备一捆柴火。我们提前放学,在林带里捡拾柴火,集中堆放在校园。傍晚,123团团部的校园中心堆起了一座高高的柴火垛。夜幕降临后,同学们点燃了这堆堆积起来的篝火。柴火垛开始燃烧,噼里啪啦,后来火焰越烧越高,红通通燃烧了半边天,映得同学们的身影红扑扑的。这是我们80年代一个最富有激情的盛宴,一个昂扬、激越、热烈、奔放的旋律,成为我们青春难忘岁月永恒的记忆。我们每个班级排列整齐,围绕在巨大的燃烧的篝火旁,火光映红了我们年轻纯真的脸庞。队伍开始有节奏地跑步,我和王飞是领队,高举着象征青春和热血、激情的火炬,跑在队伍最前面。

多少年过去了,多少往事淹没在岁月的河里,而那堆熊熊燃烧、照亮了整个校园的篝火,那象征着青春、友谊、热血奔涌的红色火焰,却在我内心深处永远燃烧着,永远不会熄灭。

1982年夏季,我们离开了学校。曲终人散,我们班匆匆毕业了,同学们匆匆告别,连一张黑白毕业合影都没有留下。

告别1982年,告别稚嫩的青春,我仍然骑着那辆叮当作响的破自行车,后座上捆着一个破旧简单的行李卷,带着一把生锈的铁锹,走出连队,走向社会,开始了我的打工生涯。

三

1982年,我们那一届学生,很多考取了大学。当年没有考上大学的同学,很多留在学校重读,准备第二年再冲刺。

1983年,一二三团没有给我们分配工作,这让我感到在连队做一名农工都很难。我像一个流浪汉一样,开始四处揽活。我始终带着上学时的书包,里面装着一些文学书籍和我遥远的梦想。这年秋天,我收到了《绿洲》杂志社的第一笔稿费:两元钱。在工休的时候,我骑车来到团部邮局,取出稿费后订阅了一份我钟情许久的《散文》杂志,

1984年秋季,我终于在连队当了一名农工。当时想报名去当兵,看在部队能不能混出点名堂。我的同学说,听说霍振东也要去当兵,你最好别去,言之意下我在学习等各方面竞争不过他,不要白白耽误三年时间。最终我没有去参军。

霍振东果然在部队表现出色,入伍没多久,就给我写信,寄来了一身戎装的照片,他已脱离了学生的稚气,显得英姿勃

发,让我羡慕不已。后来他在部队入党,转业后当了一名警察。

同学王飞后来考上了中国人民警官大学,当时我已经在车排子派出所工作,王飞到派出所办理户口迁移手续,我的所长说:"你看你的同学都考上大学了。"说得我无地自容。王飞现在在首府乌鲁木齐的一个公安分局当局长。

记不得哪一年,我在团部农贸市场买菜,意外地遇见了高中同学邓建立。他还是那个样子,脸膛黑瘦,有点沧桑,只是身体比当学生时结实了许多。交谈中得知,他在十七连承包土地,种了三十多亩棉花,农闲时间生点黄豆芽,带到街上销售后补贴家用。我还知道他成了家,有一个可爱的小女儿。

望着他,我长时间不语。想象他拖着残疾的身体,如何在棉花地里从事繁重的体力劳动。我甚至不敢多想,这么多年,他是如何熬过来的,就是身体健壮也不容易,我的同学啊!

后来我就和他经常在市场联系。邓建立让我在团部帮他买两间房子,他做生意方便。正好我们局里有位同事有两间空房子,他看了以后很满意,就买了下来。

这样,邓建立夏天在连队种地,冬季就搬到团部,做豆芽生意。他很能吃苦,每天起早贪黑,虽然没有挣到大钱,但一家人衣食无忧,他生活得很快乐。

每年秋收结束后,邓建立就扛着一袋子葵花籽来到我家,送给我,让我尝鲜。他说,这些葵花籽是他亲手栽种收获的,望着他那一瘸一拐的身影,我常常感动得要掉泪。

然而,一场无情的大火,却彻底结束了邓建立的幸福生活。

邓建立挣了一点小钱,就想慢慢改变家庭生活。这年秋天,他买了一套液化气炉灶,准备用它来烧饭。

炉灶买回家,他兴致勃勃地在客厅里试验。他打开了液化气罐,然后去打炉灶开关,一下没有打着,他在检查原因,却浑然不知,可怕的液化气正蜂拥而出,后来打着了,只听"轰"的一声,整个房子顷刻间燃烧起来。

邓建立被烧得面目全非,两只胳膊也被截肢了。后来他的妻子带着女儿,离开了他。

命运啊,残酷的命运,你为什么这样不停地折腾一个苦命的人?

我们高中班的一位女班干部,当年没有考上大学,后来又重读了两年,仍然没有考取,只好自费上了一个成人学校,毕业后工作却一直没有着落,看着同学工作的工作,成家的成家,她彻底绝望了,后来割腕自杀了。

蓦然回首,从毕业到现在,一个世纪的四分之一时间过去了。我们这些当年被称为80年代的新一辈,流逝的岁月记录着我们的焦灼、眼泪、幸福和欢笑,我们的个人命运和国家命运一样,经历了整整一个改革开放波澜壮阔的全过程,我们是这个伟大时代的见证者、亲历者,我们的心历路程,就是共和国前进车轮的一个缩影,我们每一个人身上,镌刻着那个伟大时代深深的烙印。

大浪淘沙,岁月无情地涤荡着我们的人生。我们的高中同学,有的漂洋过海出国了;有的位居重要的岗位;有的经商下海,腰缠万贯;有的大学毕业现在却下岗了;还有的在连队承包土地。就在昨天,我听说一个高中同学,从事屠宰的一个个体户,晚上睡觉还好好的,第二天就没有起来。

往事如烟啊!

现在,我们早已跨越了那个梦幻般的年代,80年代被远远抛在身后,落尽繁华,成为逝去的记忆。我们早就不年轻了,心如止水,华发早生,青春难以万岁。据说一位欧洲的大作家严厉批判了"青春",他认为青春太容易被煽情,被利用,被极端化。也可能,但是,谁又能对澎湃的青春无动于衷呢?

青春本身没有错误。青春的脚步是飞驰的。青春,轰轰烈烈,激情飞扬,任何人都不能否定自己的青春岁月。

三十年过去了,我们即将步入人生的中年。如今的一二三团团部,马路宽广,楼房林立,俨然一个崛起的新城。我们的八十年代,成为一段苍茫的历史,逐渐淹没在岁月的长河里。当年脍炙人口、唱起来使人热血沸腾的《年轻的朋友来相会》,早已在波涛汹涌的流行歌曲里沉没。而我们眼睛里曾经的清纯和激情,早已荡然无存,留下的是市场经济冲击后的茫然和空洞。当今时代,物质越来越丰富,人的欲望永无止境,而幸福感却越来越低,一些传统的价值观土崩瓦解,所有的一切都标注了价码,包括良心、道德、真理和青春。遥想80年代,我们虽然物质清贫却充满激情和理想,现在回想起来,依然心潮澎湃、热血沸腾。与80年代相比,我们身边的很多青年人,他们不关心政治,他们只关心股市行情和基金涨幅;校园歌曲也早已销声匿迹,喧嚣浮躁的现代流行音乐背后,是语言的贫乏枯燥,白朗宁的"艺术应当担负起哺育思想的责任"被一些人嘲笑,被当作另类,他们没有理想和追求,心中是一片荒凉的沙漠。现在,连幼儿园的孩子都在唱《纤夫的爱》,校园里中学生谈情说爱比比皆是,毫无审美价值的书籍泛滥成灾。这个时代,我们失去了自己的声音,我们沉默寡言,我们无可奈何,我们随波逐流。

德国作家萨缪埃尔·沃尔曼在《青春赋》中写道:"人不是因岁月的流逝而老朽,当理想之火泯灭的时候,人生的'暮年'就开始了。岁月的流逝会在皮肤上刻下皱纹,而热情的消失则在人心灵上留下痕迹。谁能够从自然界、人类社会或神灵那里领悟到美丽、喜悦、勇气、高尚、力量……谁就富有青春的活力。"阅读着这些闪耀着哲理的、深邃的句子,我的心中充满惆怅,一片苍凉。

　　回首往事,只是青春如水,只有岁月如歌。

石振斌与一九五六年

能唱出我们的沉默的,才是伟大的歌唱家。

——纪伯伦《沙与沫》

历史有时浮光掠影,显得漫不经心,忽略了很多细节。它像一列长长的、负重的列车,在时间和人生的隧道里缓缓前行。历史川流不息,大浪淘沙,只记载了这辆踽踽行驶的列车,而忽视了车厢里的人群。但恰恰相反,正是这些众多的人物命运,改变了列车前进的方向。

中国,公元1956年。这一年,伟大领袖毛泽东63岁;中华人民共和国刚刚成立第七年;抗美援朝的硝烟消逝已经三年;中国的社会主义改造、公私合营如火如荼。

而此时,在中国西部遥远、荒凉的一隅,在浩瀚的准噶尔盆地腹地,一群灰头土脸的男男女女正在疲惫地长途跋涉。后来,他们在这亘古荒原安营扎寨,掘地为穴,铸剑为犁,开始了艰难的拓荒岁月。再后来,一块块绿洲出现了,一座座城市崛起了,而他们陆陆续续被岁月埋葬在这块含碱的干旱土地上。他们奇特的人生、命运和创造,构成了新疆生产建设兵团屯垦戍边伟大历史不可或缺的一部分。

共和国的档案这样记载:1956年,刚刚诞生不久的新疆生产建设兵团,计划在未来十二年内开垦荒地六千万亩,将粮食总产量提高五倍。为保证这一战略目标的实现,兵团的人力需要不断补充。为解决兵团农场规模扩大后农田缺人耕种的状况，中共中央深思熟虑后决定：从全国几个主要的人口大省——河南、四川、江苏、山东等省调集青壮年劳力来支援新疆生产建设兵团。

在这场人类历史上罕见的人口大迁徙中，人多地少的河南省成为中央移民的重点。当时，河南省委成立了以副省长为主任的移民委员会，主抓全省的移民工作，省委制订了《关于在1956年夏季动员青壮年去新疆地区参加军垦的工作方案》，要求河南省地市县三级政府群策群力，完成这项浩大的人口迁移工程。

于是，在辽阔的中原大地，一场轰轰烈烈的移民工程如火如荼地展开了。五月的乡村，正是麦黄季节，田野、乡村弥漫着成熟麦子浓郁的清香。来自全省各地的五万多名青壮年劳动力响应党的号召，义无反顾地放弃田地里已经收割的庄稼，告别祖祖辈辈生活的热土和亲人，踏上了改变他们一生命运的旅途，奔赴一片他们完全陌生而又遥远的土地。在郑州火车站，浩浩荡荡的46辆专列拉运支边青年西征，一刻不停拉了整整40天。

少年石振斌就是这个群体中的一个。他的家乡在河南省上蔡县崇礼公社后店大队石庄村，是一个世世代代以务农为生的乡村。石振斌家境贫寒，七岁时他就开始帮助父母干农活，拾过粪、讨过饭，中华人民共和国成立后上了四年小学。他聪明好学，机警灵活，后来在乡里担任治安员、文教主任，是同龄人中比较活跃的一个人物。1956年夏季，石振斌二十岁，正值风华正茂、青春年少的年龄。这年元旦，石振斌刚刚结婚，沉浸在新婚甜蜜中的石振斌被选入县城举办的支援新疆积极分子培训班，三天的学习结束后，石振斌回到大队进行宣传动员。

这时的石振斌,血气方刚,一腔激情,对远方的生活充满了憧憬和向往,他与新婚妻子康翠兰双双报名,要求到新疆生产建设兵团参加生产建设。于是,年轻的石振斌夫妇告别故乡刚刚建立的爱巢,加入到五万多人的庞大群体,从千里之外的中原大地来到西北边陲,在荒原上建立了自己的第二故乡,共同谱写了一曲惊天动地的人生交响。

号声如咽天未晓,五万青年赴天山。

"谁言大漠不荒凉,地窝房,没门窗;一日三餐,玉米间高粱;一阵号声天未晓,寻火种,去烧荒。最难夜夜梦家乡,想爹娘,泪汪汪,遥向天山,默默祝安康。既是此身许塞外,宜红柳,似白杨。"

这位中原无名词人,用生动形象的诗词描绘了一群流淌着热血的支边青年,在大西北的疾风烈日下的劳动生活场面,在河南籍支边青年中广为流传。创业艰难百战多,那时的新疆生产建设兵团,没有"楼上楼下,电灯电话",有的只是贫瘠和荒凉,等待他们的是地窝子、窝窝头,劳动工具是坎土曼、十字镐,石振斌和1956年的支边青年,以浩瀚、苍茫、贫瘠的大荒原为人生背景,演绎出一个又一个悲欢离合的人生故事,也演绎着他们的理想与追求,光荣与梦想。

石振斌一生中最不能忘记的,是他离家时与母亲告别。五十多年过去了,时光如梭,岁月沧桑,石振斌如今已儿孙绕膝,但那个场景仍然深深雕刻在他的记忆里:临离家时,老母亲泪流满面,紧紧抓住他的手不让他走。外面乡亲们欢送的锣鼓声震耳欲聋,少年石振斌决心已定,他的思绪已经越过小小的村庄,飞向那遥远的地方。趁母亲不备,他一个箭步要跨出屋门,而母亲也敏捷地从后面一下子抱住他的腰,死活不松手。这时,公社、大队领导上来把母亲的手掰开,石振斌才跑出家门追上队伍一起出发。现在早已当了爷爷的石振斌,每当想起这段往事,心中充满了激动和惆怅,历尽沧桑的眼睛总是饱含泪花。

石振斌身材中等,目光睿智,思维敏捷,口才犀利,虽然离开家乡已经半个世纪,但他的言谈中还夹杂着浓浓的乡音,是一个热情开朗、厚道精明的河南人。来到新疆生产建设兵团以后,他当过农工、文教、统计员、保管员、托儿所所长、拖拉机农具员、机务站统计员、成本会计、劳资科科长、建筑公司经理,后来在七师工会工作。他性格豁达,积极进取,对人生充满乐观,无论做什么工作,都脚踏实地,勤勤恳恳,多次被评为先进生产者和优秀党员,退休后仍在七师老年体协发挥余热,参加各种体育活动和比赛。石振斌在新疆生了五男一女,子女全部都在新疆成家立业,是一个庞大的家庭。他和他的子女们,成了彻彻底底的兵团人。"那时候真艰苦,开荒累极了,就用坎土曼把子支撑着下巴休息一会儿",提起往事,石振斌总是感慨万分。

兵团是一个来自中国五湖四海的混合群体,在这个庞大的群体里,全国各地、三教九流的人一应俱全,地缘、人员结构非常复杂。解放军指战员、国民党起义人员、知识分子、支边青年、自流人员、囚犯、妓女、新生员等,混合成兵团这个浩瀚的海洋。海纳百川,有容乃大。半个多世纪过去了,时间的风风雨雨,岁月的春夏秋冬,将他们和他们的后代洗心革面、脱胎换骨,在兵团这个大熔炉里,冶炼、锻造了同一个辉煌不朽的名称:兵团人。悲壮、崇高、激越、壮美,他们用青春和热血,在天山南北谱写了一曲英雄主义的史诗;他们用劳动和创造,在戈壁绿洲铸就了一首气壮山河的交响曲,在中国和世界,新疆生产建设兵团是唯一的特殊建制,肩负着神圣的历史使命。这个用军队番号命名的部队,他的师团连队遍布天山南北,布满了占全国陆地面积六分之一的边疆大地。

兵团著名作家丰收在《镇边将军张仲翰》一书中深情地写道:"兵团人,都有两个故乡,一个是老根绵延不绝的地方,一个是为之奉献了一切的新疆。"是的,绿洲生机盎然,城市日新月异,岁月不饶人,石振斌和他的乡亲们老了,他们满头白发,步履蹒跚,都当了爷爷和奶奶。石振斌与同来的支边青年1996年在农七师一二三团聚会时,还有八百多人;十年以后的2006年,仅剩四百多人,很多人再无消息。除了部分亲人,很少有人知道他们去了哪里。他们好像早已神秘地消失了;或者说,飞逝的时光已将他们的踪迹完全抹去。还有很多人永远埋葬在这块土地,包括当年与石振斌一起来新疆的他的妻子康翠兰。他们的灵魂与天山同在,与绿洲同在,永恒地守望着这片辽阔的疆域。

人类的迁徙活动与人类存在的历史一样源远流长。人类历史上,每个国家都有大规模民众迁徙的历史。石振斌和1956年的支边青年,他们不是新疆拓荒史上的第一代,也不是最后一代,他们承先启后,继往开来,或许不够惊天动地,或许不够辉煌磅礴,但每一个人都以自己的方式,诠释着生命的意义。正是这些普普通通的人群,形成了一个伟大的群体,在共和国的拓荒史上写下了浓墨重彩的绚丽篇章。因为缘于真实,所以现在每当看到他们白发苍苍、皱纹如雕刻般的面容,他们因为过度劳动而变形的双手,我就满怀感激之情,遐想如果时光能够倒流,他们就是当年那些年轻的、热血澎湃的支边青年吗?他们当年那颗滚烫的心脏、沸腾的血液和刚刚离开眼窝的热泪,在我的心中,永远都是热的、沸腾的。

很多人只是听到了关于他们的传说。有口皆碑,传说其实就是历史。是的,本该成为历史的,但当历史没有记录,它就以传说的方式保留下来,根植于民众的内心,进入民间的灵魂。

它不粉饰,不篡改,不抹杀,它保留了原有的汁液和鲜活,保存了本身的酸甜苦辣、悲欢离合……我想,也正是这些精神和物质给予人类以源源不断的力量,滋养着人类世世代代繁衍不息。

他们的故事,悬念迭生,大起大落,充满了传奇色彩。但迄今为止,没有人为他们记录只言片语,他们像一阵铺天盖地的风暴,充满激情地掠过中国西部这块荒凉的盆地,最后消逝在远方的地平线。

整整半个世纪过去了。他们开创了这块土地的一个时代,而在当时,他们几乎被岁月的风沙湮没或被人们忽视和遗忘。同在一块天地,上海支边青年、八千湘女、转业军人、九二五起义人员,他们上了电影电视,出版成著作;他们的苦难和创造世人皆知,他们的人生历程,被诗化、雕塑得高大挺拔。而唯独石振斌和1956年的支边青年悄无声息,他们像土地一样默默无闻,像天山一样沉默不语。

弹指一挥间,整整半个世纪过去了。五十年对于漫长的历史,是一个瞬间,但对一个人和一代人来说,最美好的青春年华过去了。斗转星移,物是人非,现在要寻找1956年的痕迹已经非常困难,那个激情燃烧的岁月已经逐渐消逝在时间的长河里。石振斌只依稀记得曾经工作过的一二七团五连和十三连,还保留着一排1956年进疆之初他们盖的土房子,作为一种精神和象征矗立在五十年前的地基上,如今已是断垣残壁,摇摇欲坠。1956年的一二七团,当时叫苏兴滩农场,当年的小麦产量达到万亩万石大丰收,获得上级一辆苏联嘎斯69小汽车的奖励。现在一二七团的番号已经被取消,土地被并入邻近的一二三团(后来又恢复)。走进连队,四处依然充满着操着中原口音的乡亲,而他们的淘金目的与1956年的热血激情已迥然不同,很多土生土长的第二代、第三代农场人永远离开了这块父辈们流过血、淌过汗的土地,朝着当年与他们相反的路线一去不回头,在连队土地上奔波忙碌的是一些操持着各地方言的外乡人,这使每月享受着退休金的石振斌和1956年的老一辈人忧心忡忡,后代们陆陆续续离开了这块养育他们的土地,走向外面的世界,这意味着什么?永远地离开是否意味着一种精神的终结?一种对故乡的抛弃和叛逆?在这个开放的、倡导多元的社会里,忘记苦难和历史是否是一种背叛?

这是一个庄严的哲学命题。

石振斌和1956年,代表了共和国一个艰辛、辉煌的拓荒时代。现在,一个世纪结束了,另一个崭新的世纪已经拉开帷幕。对于这块盆地,对于这片绿洲,共和国应当为石振斌和1956年的拓荒者,不,应该为这块土地的昨天、今天和明天流过血、淌过汗的所有开拓者,竖立一座高高的大理石丰碑,让它和森林般崛起的防护林一起,和生机盎然的绿洲、巍巍耸立的天山一起,去见证这块伟大土地辉煌的过去、崛起的现在和灿烂的未来。

那夜,水一样皎洁的月光

记得那个月光如水的夜晚,我17岁。

这天,连队派人给我们初中班新盖的教室做黑板。所谓的黑板,就是在教室正面墙上,用瓦刀抹一层长方形水泥砂浆,然后刷两遍黑漆,老师就可以在上面板书了。白天用水泥砂浆做成的板面,为了凝固,师傅要求我们每隔半个小时,用喷壶把水洒在水泥墙面上,保养一天一夜。

班干部主动承担了这个任务,白天一个组,晚上一个组,轮流值班,保养水泥黑板。

当数学课代表值完班后,夜色已经悄悄降临,暮霭笼罩了整个连队。她的家在离连部两公里多远的一个牧羊点,没有大路,只有一条蜿蜒曲折的土路,还要经过几块条田,白天都感觉荒凉偏僻,夜晚就更显得阴森。我和物理课代表主动提出,去送她回家。

于是,我们三人,一个男同学,两个女同学,行走在朦朦胧胧的夏季夜色里。

把数学课代表送回家,夜色更深了。我和物理课代表,一前一后顺着原路,返回连队。

原野上,各类植物散发的芳香弥漫在微风中,空气清新、湿润而温馨。我和她,隔着一步的距离,有一句、没一句地说着话,一步一步向前走着。

她是我们班里最漂亮的女同学,皮肤白净,性格文静,各科学习成绩都很好。在教室里,她坐在我前面,她的一头如瀑布般秀丽的黑发,用一束素雅的手绢扎着蝴蝶结,蝴蝶结在她头上微微晃动着,仿佛随时要振翅欲飞。

上课的时候,我常常望着她头上的蝴蝶结发呆,想象着她的长发在风中飘逸的模样。蝴蝶结微微晃动着,一颗少年的心也随着微微晃动。

不知什么时候,少年的我,开始在心中暗暗爱慕着她。

这个仲夏的夜晚,清风飘荡,月明星稀,整个天空清澈无比,蓝莹莹的,仿佛水洗过一般。我的心里,对黑夜的来临有一种隐隐的快感,我期待着天边飞来一层厚厚的云彩,将明净的月亮围住,给大地留下一些黑暗。我甚至想,如果这时荒野上突然窜出一只狼或者其他一只野兽,我就会挺身而出,奋力保护她,就是自己受伤也在所不惜。

可惜,这个宁静、美丽的夜晚,只有如水的月光,洒满了长长的荒野小路;四周野草丛中一些不知名的小昆虫,一起合奏着微弱、悦耳的夜曲。

一轮银色的月亮,高高悬挂在墨绿色的天空,显得高远而圣洁。它的皎洁的光芒,洒在丛林、庄稼、野草上,像一层晶莹、透明的雪,朦胧而神秘。

如水的月光,虚无缥缈,一望无际。天与地之间,仿佛是一个虚幻的、童话般的梦乡。

前面是一大片玉米地。玉米的秆子长到齐腰深,齐刷刷的碧绿的叶子,晃动着星星点点的月光,森林般浩荡的玉米林,银光荡漾,景色朦胧迷人。我们走进玉米地,黑乎乎的玉米棵子使周围显得有点阴森,我走在前面,叶子"哗啦、哗啦"响着,她可能有点害怕,紧紧跟在我后面,一步不落。我原本天生胆小,但这时有个纯洁的姑娘在我身旁,我的少年的豪气充满了全身,顿觉胆大了许多,勇敢地向前走着。

一只野兔子,突然从草丛中窜了出来,她吓了一跳,"哎呀"一声,往我身边靠了一下,慌乱中我抓住了她的手。等那只野兔子跑远了,她才长长松了一口气。

玉米林恢复了刚才的平静。不知何时,我松开了她的手。

月亮在高高的天上,望着我们,银色的月光,雕塑着两个单纯的身影。少年的我心如鹿撞,有点魂不守舍。但看着她那纯洁无邪的面庞,我的心慢慢恢复了平静。这个美丽如水的夜晚,不允许我有半点非分的冲动和不洁的想法。

我们一声不响地走着。月亮跟着我们,我们踏着月光,但是月亮不知我的心事。我的前后左右、浑身上下,全都弥漫着银色的月光,就连地上淡淡的影子,也被迷离的月光笼罩着。

那个月色明亮的夜晚,仿佛天地之间,只有我,她,月光。我和她,仿佛置身于一个银色的梦幻中。少年的我呀,希望小路没有尽头,我和她,就这样沐浴着圣洁的月光,顺着长长的、蜿蜒的小路,一直走着,走着,前方是什么,我不知道,也不想知道。

这个如水的夜晚,使我终生难忘,它成为我骚动的青春期一个美好浪漫的回忆。

可能我读文学作品比较多,比同龄人有点早熟,感情也丰富细腻。在初三快毕业的时候,我鼓足勇气,给她写了一封信。但我却没有勇气当面交给她,想来想去,我把信交给一个叫"九五"的男同学,求他把信放在她的书包里。

"九五"和她是同桌。"九五"真幸福,和班里最漂亮的女孩子坐在一起,我很羡慕他。但"九五"经常欺负她,在桌子中间画了一道红线,不允许她越雷池半步。可是考试的时候,"九五"却要偷看她的答案。

我度日如年,怀着忐忑不安的心情等待。而她,却对我一如往常,每天照例给我一个微笑,仿佛什么事情也没有发生。

望着她秀发上微微晃动的蝴蝶结,我如坐针毡,心乱如麻。

但很快,紧张而忙碌的高中复习考试,使我无暇顾及这份感情,我迅速调整了情绪,投入到繁忙的学习中,准备迎接高中考试。

可惜的是,在临近考试的时候,她突然得了一场大病。她的父母带她到石河子医学院看病,错过了当年考高中。病好后,她的目光短浅的父母给她报名,在连队参加了工作,她成了一名拿工资的农工。

她曾经抗争过,绝过食,苦苦央求父母让她回校重读,第二年再考高中,但终究没有改变她父母固执的决定,最后只有听天由命。连队上很多女孩子,都是这样的命运。

后来,我到团部上了高中。后来,我千方百计离开了连队。再后来,我就没有了她的音讯。

多年以后,我们一个连队的初中同学在一起聚会,在众多熟悉而又陌生的面孔中,我却没有见到她。打听她的下落,同学三言两语,说她在连队生活得很艰辛,可能因为自卑,不愿意参加同学聚会。

我的心中,充满了说不出的惆怅。

酒酣耳热之际,"九五"摇摇晃晃端着酒杯,醉醺醺地过来安慰我:"别想她了。还记得你当年写的那封信吗?"

这是我人生中一段值得珍藏的秘密和记忆,怎能会忘记?

我问"九五":"怎么了?""九五"和我碰了一下酒杯,一饮而尽后嬉笑着说:"你当年写的情书,我抄了一遍,写上我的名字,放在她书包里了。你不愧是才子,情书写得好感人啊!"

我怔住了,哭笑不得。那一年,我的信被他调包了。

一场少年时期的阴谋,不明不白地葬送了我的初恋。

多少年过去了,我们早已成为父亲或者母亲,人海茫茫中,我们再也没有消息,音讯全无。那个月光如水的夜晚,已经成为一个美好的青春期回忆,我把它放进记忆深处,深深镌刻在脑海里。我在笔记本里记下了作家张洁在《爱是不能忘记的》中写的句子:"不管过了多少年,只要蓝天上一朵白云追逐着一朵白云,大地上一棵青草傍依着一棵青草,大海里一朵浪花拍打着一朵浪花,我深信,那一定就是他们!"我用这几句充满深情的话语,纪念、祝福青春期纯洁的感情。

有一次,在奎屯一家小面店,我要了一碗汤面,坐在油乎乎的饭桌旁等待。服务员给我端来一杯茶,我一抬头,竟然是她!一瞬间,她也认出了我,显得很不好意思,简单的交谈中,得知她这几年在连队承包土地连年亏损,无奈之中和丈夫来到小城,开了一家小面店,生意却很冷清,只能勉强维持一家人日常的开销。上饭的时候,她给我端了满满一大碗手工面,并坚决不收我的饭钱,我吃得满头大汗,逃也似的离开了小店。

从此再也没有她的消息。

又是许多年以后。有一年秋天,我途经独克公路63公里路口,看见路旁摆了很多卖苹果的摊子,红艳艳的苹果勾起了我的故乡情。我让司机把车停在路旁,下了车,准备购买一些家乡的苹果,回去送给同事和朋友。

这时候,我意外地看见了她。虽然很多年没有见面,虽然她已人到中年,时光已经使她满脸沧桑,但少年时期根深蒂固的记忆,还是让我一眼认出了她。她站在尘土飞扬的国道旁,摆了一个水果摊子卖苹果。她大声地和买主讨价还价,一边急切地称赞着自己的产品,一边殷勤地拿起一个苹果,在自己肮脏的衣袖上擦了一下,让买主尝尝味道。

她穿了一条分不清颜色的脏兮兮的裤子,上衣是一件廉价的暗格子衬衣,隐约透出里面粉红色的胸罩。季风吹动着她那干枯的、发黄的头发,乱蓬蓬的像一个鸡窝。

她显然看见我在远方注视她。但她根本不会认出,站在她前面的这个衣着光鲜、体型发福的城里人,许多年前的一个月夜,和她共同走过一段难忘的路程。

她粗声大气地向我招徕生意,显示着连队妇女的泼辣和直率,满脸的皱纹,堆满了让我心痛的笑意。

我在心里诅咒着一个名词:岁月。无情的岁月。我不动声色,转过身,把司机拉到一旁,轻声告诉他:去把那个中年妇女的苹果全部买下来,钱由我来付。

我不顾司机满脸的诧异,上了车,并迅速摇起了车窗玻璃。

我怀念一双琥珀色的眼睛

准噶尔盆地的冬季,冷酷而漫长,野狼一般呼啸的西北风,终日在旷野、戈壁、连队呜咽肆虐,以摧枯拉朽之势,横冲直撞。连队上的人们像冬眠的动物,把炉火烧得通红,棉门帘捂得严严实实,一个个蜷缩在黑乎乎、热烘烘的土房子里,一步也不愿意出门。

但是老孙叔是一个例外。老孙叔是我的小伙伴纽子的父亲,他有一只土造的火药散弹猎枪,枪管长长的,泛着黑幽幽的金属光泽。一年四季的闲暇时光,扛着猎枪,在林带、荒野、戈壁滩上逍遥自在,寻觅猎物,是孙叔的一大嗜好。

猎枪,对少年的我,是一种无言的诱惑。我到纽子家玩,看见猎枪挂在墙壁上,心里总是很痒痒。有时候,纽子父亲拿着猎枪出去打猎,就把我们两个带上。

春、夏两季,打猎要早早起来,赶在太阳出来之前,来到麦子、玉米地旁的林带里,老孙叔把猎枪架在树枝上,静静等待在地里捡拾粮食吃的斑鸠。

斑鸠是盆地边缘最为常见的鸟类。它的上体羽毛以褐色为主,头颈灰褐,染以葡萄酒色;尾的端部呈蓝灰色,下体为红褐色,色彩斑斓,形状可爱,像家里饲养的鸽子,是一种非常漂亮的鸟类。

清晨的树林间,一缕缕朝霞的玫瑰色光晕,淡淡地抹在树梢上,清凉的柔风,徐徐吹来,显得静谧、安详。野斑鸠三五成群,肚子吃得圆鼓鼓,呼啦啦从麦子地里飞起,落在树枝上,它们呼朋引类,"咕咕"欢快鸣叫着,丝毫没有察觉死亡正在一步步逼近。

"轰"的一声枪响,一股辐射状,混合着火药、铁粒的子弹射向斑鸠。随着枪声,几只斑鸠惨叫着扑棱棱落下来,其余的受到突如其来的惊吓,迅速收腹振翅,贴着树梢急急逃走。

我和纽子跑过去,捡拾落在地上的斑鸠。斑鸠们浑身伤痕累累,伤口向外渗着鲜血;有的还在挣扎,但动了几下,就伸着爪子,慢慢断气了。

到了漫长的冬季里,老孙叔则扛上猎枪,到戈壁滩打野兔子。

在戈壁滩上打兔子,是一次体力和耐力的较量。厚厚的积雪,几乎淹没了膝盖,要走整整一天,早晨出去,晚上才能回来。

狩猎的日子选在下雪后。一场铺天盖地的大雪后,原野、戈壁一片银装素裹,大雪掩盖了所有的足迹,野兔子出来寻草觅食,顺着它在雪地上留下的足迹,很容易捕获到。

小时候,老孙叔从来不带我们出去到戈壁滩打兔子。可能因为路途遥远艰辛,也可能带着我们他还要操心,影响他狩猎。

有一个休息日,天空阴霾,寒风飘荡,快下雪的样子。我到孙叔家玩,孙叔很高兴,炒了一盘子野兔子肉招待我。乘着酒兴,我提出要和他一块打兔子,孙叔爽快地答应了。

那时,我已经成为一名警察,工作时拥有一把崭新的五四式手枪。

第二天起床,果然看见地上铺了一层厚厚的积雪。孙叔扛着猎枪,我俩一前一后走出了连队。

戈壁滩,白茫茫的世界。越过冰封的奎屯河,我和孙叔深一脚、浅一脚地行走在雪原上。

天空阴沉,枯草摇曳,雪原灰茫寂静。有时候突然发现一只野兔子。它藏匿在低矮的蓬蓬野草丛中,我们的脚步声惊动了它,它惊恐万状,突然"嗖"地一下窜出草丛,箭一般向前跑去。等我们回过神来去追,却早已不见了踪影。

好在雪地上留下了它的蹄印。我们顺着细碎的梅花状蹄印,开始一路跟踪追击。

远远地,看见野兔子灰色的身影在白色的雪原上跳跃,像起伏飘逸的抛物线。它好像在远方挑逗着我们,我们追得紧,它就跑得快;我们停下来,它也停下脚步;有时还回头立起身子张望着,距离却始终在猎枪射程以外。

有的兔子跑起来像百米赛跑。它的一个跳跃,可以窜出三五米远,如果兔子跑到一个高坡,借助惯性和倾斜的坡度,它的一个飞跃,可以跳出七八米远,我们望尘莫及。

老孙叔说,野兔子现在越来越狡猾了。

有时候,兔子和我们玩起了捉迷藏。追了一大圈,绕了一个圈子,兔子又跑回原地,累得我们气喘吁吁却一无所获。

几次下来,我已经两腿发酸,浑身无力,坐在雪地上不想动弹。

孙叔是一个富有经验的猎手,他让我守在原地,不要动,等待野兔子跑过来的时候进行突然袭击。

这是狩猎中的"守株待兔"。

孙叔在前面开始追击,我则按照他的吩咐,静静等待野兔子进入圈套。

孙叔不愧是个好猎手,几个回合下来,一只野兔子远远朝我守候的方向,慌慌张张跑了过来。

这只兔子浑身的毛蓬松舒展着,长长的耳朵忽闪着,像一个灰色的精灵,在白皑皑的雪原上,它一步一个跳跃,动作敏捷、迅速。最后,野兔子在我前面的一丛野草中停顿下来。

据说,自然界很多动物具有奇异的本领,它们灵敏的嗅觉,可以嗅到几公里以外的异味,尤其是人类的体味。

可能这只野兔子由于疲于奔命,慌不择路,最后进入我预设的伏击圈。

看来,再聪明的兔子,也没有人类狡诈。

我望着这个距离我三四米远的兔子。它蹲在一丛干枯的骆驼刺丛里,可能由于剧烈的运动,蹄子和下半身几乎陷在厚厚的雪里。它的毛皮颜色,几乎和野草的颜色一样,灰褐色,点缀着星星点点的青色,如果不仔细看,根本发现不了这只藏在野草中的兔子。

我第一次和一只野兔子近距离凝望对视。一只灰色的野兔子,它的身子微微颤抖,不知是寒冷还是内心的恐惧。突然看见站在前面的我,它的一双圆圆的、漂亮的琥珀色眼睛,惊恐地望着我,目光里含着忧郁、惊悸和不安。

它的身子不停颤栗,目光游移,飘忽不定。也许它已经精疲力竭,再也跑不动一步;也许它想到我这个陌生人不会伤害它,或者我没有武器去伤害它。这是一只心地善良的兔子,它没有想到人类的野蛮和残忍。

我没有丝毫犹豫;此刻,我的心脏坚硬如铁。这只可爱的、美丽的野兔子,在我眼里,是一盘散发着美味、香气四溢的佳肴。我手中闪着寒光的猎枪,一粒纯金属子弹,早已经上膛,随时等待击发。

我压抑住内心的狂喜,屏住呼吸,慢慢举起自制猎枪。我闭上一只眼睛,冰冷的瞄准器、笔直的准星、黑洞洞的枪口,三点成一线,锁定了野兔子的头颅。我清晰地看见,野兔子的眼睛,这时由于极度惊恐而突然睁大,身子瑟瑟发抖,但很快又变得镇静、安详,它蹲在草丛中,一动不动,仿佛听天由命,凛然面对着冷冰冰的枪口。

我的右手食指,扣动了扳机。金灿灿的弹丸嘶鸣着,从枪膛呼啸而出,挟带着巨大的冲击力,射向一只毫无抵抗力的野兔子。

一团浓烈、刺鼻的硝烟中,野兔子微微晃动了一下身子,但仍然石头般,挺坐在野草丛中,一动不动,仿佛在藐视我的手枪,又仿佛在藐视整个人类。它的渐渐失去光泽的琥珀色眼睛,慢慢闭上了,一股股殷红的鲜血,汩汩流出,洇染了身旁的白雪。

我也一动不动。我惊诧自己娴熟的枪法,它优雅而残忍。我站在原地,审视,欣赏着自己创造的杰作。

野兔子定格般立在野草丛中,仿佛睡着了一样。凛冽的寒风,吹动着它的皮毛。它的体温慢慢变冷,血液渐渐凝固在白雪里,变成了一团刺目的黑褐色。

……

直到有一天,原野、戈壁滩上的野兔子越来越少,最后全部消失了,整个浩瀚的盆地,再也看不见一只野兔子。

我们的后代会问:野兔子是什么样子?

我们只能指着一具野兔子的标本,说:这就是从前的野兔子。这只经过人工和药物处理的野兔子,虽然制作得惟妙惟肖,但它的眼睛是苍白呆滞的,失去了琥珀色的温柔光泽;它的造型是呆板做作的,缺乏生气和活力,它是一具没有灵魂的空壳,它是僵硬和死亡的。

孩子问:"爸爸,这只野兔子怎么不跑呀?"

面对孩子天真无邪的眼睛,我们无言以对。

那一刻,我们人性悲悯的心绪,从灵魂深处,开始慢慢复苏。

我是11月份出生的,属兔,冬天里的一只兔子。妈妈说,你在冬天出生,是一只没有草吃的兔子。这似乎暗示了我未来的命运充满了奔波。我是一只忙碌的兔子。

可是,我曾经亲手射杀了一只无辜的野兔子,我们人类的伙伴。我与它同命相连,而我却同室操戈。

我常常遐想,这只可怜的野兔子,可能是一个母亲,在风雪交加的时候出来,为它的儿女寻觅一束填饱肚子的野草;它可能是一位父亲,为了自己的责任,为一个家庭忙忙碌碌,却不幸惨死在我的枪口下。

多年以后,当我意识到这一点的时候,那个射杀野兔子的悲惨场景,从此成为我永恒的梦魇,无休止地折磨着我的灵魂。

那只野兔子,经常在夜深人静的时候,不经意地出现在我的脑海中。它跳跃着向我跑来,扑棱着两只美丽的大耳朵,一双琥珀色的眼睛,透着天真和善意,不停向我眨着。我微笑着,迎着它向前走去,大地一片洁白。突然,一声刺耳的枪响,野兔子倒在血泊中,身体不停挣扎着。我从梦中骤然惊醒,大睁着惊悸的眼睛,无声地望着黑洞洞的天花板,心中满是惆怅。

一种对万物生灵的悲悯情怀,是人类心灵必需的品质。我为此感到深深的羞耻。

我苦口婆心说服了老孙叔,把他那只形影不离的猎枪,交到了派出所。

按照哈萨克牧人的说法,这只死去的野兔子灵魂,升到了高高的天堂。

我的灵魂稍稍得到慰藉,但愿天堂里没有刺耳的枪声。

于是,我的灵魂开始为一只野兔子赎罪,我心情沉重,默默忏悔,我为所有的野生动物——我们人类共同的朋友祈祷。

于是,在每一个下雪的冬季,我怀念一双琥珀色的眼睛。

一床棉被

刚过秋分,准噶尔盆地的天气就凉爽了,像高远碧蓝的天空,泼了一盆冰凉的雪水,一下子把盆地热腾腾的暑气压住了。这天下午,徐建军在连部接到总场农业技术推广站的电话,说总场要派他去南京农业大学学习地膜植棉技术。

徐建军是连队农业技术员。刚结婚十天,蜜月还没过完,他晚上回家给妻子莲子说了。

莲子听了满脸不高兴,小两口新婚燕尔,还没亲热够就要分别,而且学习的地点这么远,时间还这么长,总场这么多技术员,为啥非要派建军去学习?但莲子转念一想,学习是一件好事,总场这么多技术员,单单派建军去,说明建军优秀,上级领导高看建军呢。

夜里上了床,两人亲热的时候,莲子说:"你走这么久,想不想我?"建军正在兴头上,嬉皮笑脸地说:"想,想,不想你想谁?"莲子听建军说话有点心不在焉,带有敷衍的口气,心里就有点不高兴,头歪过去不让建军亲,建军立刻感觉到了,忙说:"我去了就给你打电话,你放心吧,就三个月时间,学习结束我就马上回来。"莲子脸色这才阴转晴。

建军说,电话里通知他三天后到乌鲁木齐火车站集中,和其他总场的技术员一起坐火车到南京。这个季节,正是棉花采摘期,莲子承包的棉花地,一颗颗花蕾成熟绽放,一朵朵盛开的棉花,汇成一片银色的辽阔的海,一直通向远方苍茫的榆树林。地里的棉花才拾了一小半,十一之前要拾回一半,否则秋夜里下了酷霜,寒霜打过的棉花颜色发黄,就卖不上好价钱了。

一年劳动辛辛苦苦,付出的心血在棉花地,收成也在棉花地,拾花时间很紧,天天和老天爷赛跑抢时间。但是莲子决定抽出半天时间,给建军准备出差的物品。

建军和莲子从小青梅竹马,小学、初中、高中都是一个班,参加工作后又分配在一个连队,建军聪明好学,遇事爱琢磨,在同龄人中出类拔萃,很快当了连队的农业技术员。莲子承包了四十亩棉花,建军隔三岔五到莲子地里,指导莲子科学种地,同样的棉花地,莲子秋天收获的棉花就要比其他人多,天长日久自然成了一对。从小到大,二十多年了,两人还没有分离过这么久。

第二天一早,莲子起了床,吃过饭,开始给建军准备出差学习物品。三个月时间,要在南方过冬,冬季御寒的衣服必须带全带够。莲子把羽绒服、毛衣、毛裤装进旅行箱,内衣准备了两套,短裤准备了三个,感冒药和拉肚子药、外出生活必用品,能想到的,她都仔仔细细打成小包,放进小塑料袋,整整齐齐装进旅行箱。

三天一晃就过去了。到了出发的日子,上午临走的时候,建军给莲子说:"我给看电话的沈排长说好了,过几天下午你到连部接我的电话。"

建军走了,莲子的心一下子觉得空了,像一大片空荡荡的旷野,吹过一缕惆怅的晚风,吹得她心里凉洼洼的,这是从来没有的感觉。过了好一会儿,莲子才缓过神来,骑上自行车,来到自己的承包地拾花。

这两天心思都在建军身上,没有注意棉花地。莲子站在地头看见,地里的棉花又开了很多,白花花的花朵结满了棉花秆子,一望无际的棉花地白白净净,像覆盖了一张洁白的地毯。一阵微风吹过,一株株棉花轻轻晃动着,孩子般簇拥着莲子,亲切地抚摸着她的裤脚。

天空晴朗,瓦蓝瓦蓝的,没有一丝云彩。满地的棉花让莲子的心情舒畅了许多,她戴上花兜,开始拾花。

过了几天,莲子估摸着建军快到南京了,这天傍晚,她早早来到棉场,过秤交了棉花,回家吃过饭,来到连部等建军电话。

连部在连队正中间,三四间土房子,是连长指导员和会计业务办公的地方。连部前面是一个小广场,左右两侧分别是礼堂、卫生室和商店,是连队的中心。

莲子来到连部,礼堂门口已经聚了一些人,叽叽喳喳说着话,在等着看电视。连里就一台彩色电视机,被警卫沈排长锁在柜子里,不到播放时间不开放。

警卫室木门开着,里面空荡荡的,没有人,只有靠窗户的一面放着一个木头三抽桌,三个抽屉都挂着铁锁。桌面上有一个麦克风,连接着房顶上的高音喇叭。还有一部黑色电话,静静躺在桌面上。

莲子站在门口,探头看见桌子上的电话,她的心莫名其妙地紧张了一下,回头看没有一个人,再回头看电话,电话还是一声不吭,静静躺在桌面上。

莲子在连部外面徘徊。沈排长从卫生室走了过来,看见莲子,莲子的脸有点发红,沈排长问:"莲子,接建军电话来了?"莲子没有吭声,脸红红地对着沈排长笑了笑,沈排长接着说:"你回去吧,莲子,建军来电话了,我从广播里喊你。"说完,沈排长就去开电视柜。

沈排长是连队机务排长,开了一辈子拖拉机,快退休了,连里照顾他年纪大,安排他当警卫。沈排长心眼好,热心,谁家口内来了长途电话,他都在广播里吆喝,接电话的人,一路小跑着来到连部,欢天喜地像过年一样高兴。

莲子想自己接电话,不想让沈叔在广播上喊她。沈叔嗓门大,每次喊人接电话,高音喇叭的声音传遍了连队的角角落落,一家来了电话,全连的人都知道了,莲子害怕她的小姐妹拿她开心逗乐。

天色已经很晚了。礼堂门前围了一大群人,伸着头看电视。莲子有点失望,这么晚了,建军肯定不会来电话了,这里和南京有两个小时的时差呢。

第二天下午,莲子照旧早早过秤,吃过晚饭来到连部,她有预感,觉得今天建军肯定要打来电话。

连部警卫室仍然开着门,没有人,黑色电话静静躺在桌面上,一声不吭。莲子觉得电话响一下就好了,就是不是建军打来的,也比这样一声不吭好。

天色慢慢黑了下来,很多小家的灯亮了,从窗户里透出昏黄的灯光,地里拾花归来的人忙碌着做晚饭,晚风中弥漫着饭菜好闻的味道。莲子站在连部屋檐下,心里有点埋怨建军。结婚前,母亲私下里给莲子说,建军聪明勤快,对老人也孝顺,以后是个过日子的料。看建军的面相,他的嘴特别大,男人嘴大吃四方,以后你可要看紧点。母亲似乎在暗示莲子,婚后一定要看管好建军,保护好自己的婚姻。而莲子却对母亲的话不置可否,两人两小无猜自由恋爱,她对他们的婚姻充满了自信。这会儿苦苦等待建军的电话,莲子脑海里又想起了母亲婚前说过的话,她和建军走的时候说得好好的,一出去就忘乎所以了,一点也不知道她此刻的心情。

正想着,电话突然"丁零零"响了起来,莲子惊喜地往门口走,又觉得声音不像是从警卫室传出,她敛声屏气,凝神细听,一阵嘈杂声从礼堂方向传来,原来是电视机里传来的电话声!

莲子有点恼建军了,这个马大哈,可能不会想到她一个人焦急等待的心情。不等了,爱打不打,早点回去睡觉,明天还要早起拾花!想到这,莲子抬腿就走。刚走了两步,电话铃声又响了,这一次真真切切,是警卫室传来的电话声!

莲子三步并作两步,几乎是跌跌撞撞进了警卫室,一把抓起电话话筒,使出全身力气"喂"了一声!

建军的声音仿佛隔了千山万水,飘飘忽忽传了过来,莲子听了几乎要流泪了!

建军的声音有点飘,话筒里有刺刺啦啦的杂音,但还可以听清楚。建军说他昨天晚上到学校,安排好住宿已经很晚了。今天学习班开班,学习很紧张,下午上课结束他就找电话,结果转了一大圈,才在一个小巷子商店找到一部电话,人很多,排了半个多小时的队,才轮到他打电话。

听见建军的声音,莲子的气一下子消了。

建军说他和南疆的一个小伙子住一个房间,南方的天气很潮湿,整天雾气腾腾不见太阳,空气阴凉阴凉的,昨天洗的袜子今天还湿乎乎的;学校宿舍没有厚被子,都是薄薄的毯子,晚上睡觉要加一床;吃饭还比较适应,每顿饭都有鱼;学的课程很多,下了课还要整理笔记,以后没什么事就不打电话了。

建军絮絮叨叨说了一大堆,莲子只有听的份,警卫室静悄悄的,莲子沉浸在建军描述的南方生活情景中,建军什么时间挂的电话,她也不知道。过了好一会儿,话筒里传出嘟嘟的声音,她才依依不舍放下话筒,呆呆地站在电话桌前,心中充满无法言说的欣喜,拾花一天,身体腰酸腿痛,现在也突然变得通畅轻松了。

天彻底黑透了。莲子回到家,已经快12点了,洗漱后上床,翻来覆去却睡不着觉,她一遍遍回忆着建军打电话的情景,仔细过滤着他说的每一句话。莲子知道,建军肠胃不好,不能吃凉饭。他睡觉不老实,晚上经常蹬被子,被子蹬下去就要着凉,在家里都是她给他盖被子,在学校可就没人晚上给他盖毯子了,毯子蹬下去建军就要着凉,着凉就要咳嗽,咳嗽就要吃汤饭,每次着凉后莲子都给他做手擀汤面,汤汤水水,热热乎乎,吃得他浑身舒舒坦坦,他现在出门在外,享受不上这个待遇了。

莲子有一个远方姑姑在南方,上小学的时候,有一年父亲带着她去过一次,这次旅行莲子没有什么记忆,唯独南方的阴冷让少年的她刻骨铭心,那个渗入骨头的冷啊,让她一辈子都不会忘记。

北方的冬季,虽然很冷,出门哈口气都能冻在嘴巴、鼻子上,结出冰珠,但北方的冷,光明磊落,坦坦荡荡,冷得大气,冷得彻骨。而南方的冷,是阴冷,一点一滴,不紧不慢,冷气从皮肤里慢慢渗透,不知不觉,最后弥漫全身,直至冷到骨髓里。

关键是,北方再冷,进了屋子有火炉,楼房有暖气;外面冰天雪地,房子里面暖意融融。而南方没有火炉,更没有暖气,房子里面和外面一个温度,有太阳的时候,房子还比外面冷。那一次探亲住在姑姑家,被窝里凉凉的,莲子几个晚上都没有伸腿,她蜷缩在被窝里一动不动,睡觉时盖在身上的被子,起床后还是原来的形状,那一次,莲子发誓冬季再也不到南方过冬。

想象建军蜷缩着像一个蜗牛,躲在毯子里一动不动,莲子就心疼了,感觉自己也浑身冰凉。这时,一个念头浮上莲子心头,她决定给建军寄一床棉被。

她为自己的这个想法兴奋不已,激动得在床上翻来覆去。夜已经很深了,她强迫自己赶快进入梦乡。

莲子开始着手给建军做棉被。场部军用品商店卖棉被的很多,厚的、薄的都有;家里也有现成的棉被,但那是婆婆做的;还有陪嫁的,那是母亲做的,莲子决定自己亲手做一床棉被给建军寄去。

下地拾花的时候,莲子就开始准备棉花。她手里拿了一个白布袋子,看见花朵洁白的大朵棉花,她就轻轻摘下来,放进袋子里。棉花地离家很远,中午莲子不回去,在树荫下就着咸菜吃一点饼子,喝点水,一顿饭就解决了。拾花大忙季节,连队人都是自带简单的午餐,晚上回去一家人再好好做一顿饭。

一天下来,到了收工的时候,莲子就把白布袋子捡满了。回到家,莲子下了一碗捞面条,炒了一盘西红柿辣子鸡蛋,吃完饭,刷完锅,莲子用清水和香皂慢慢把手洗干净,开始剥棉花籽。

莲子在客厅中间铺了一块白布,把袋子里的棉花倒出来。棉花软软的,絮絮的,带着太阳的味道和植物的芳香,轻盈,柔软,温暖,像一团团白色的鲜花簇拥着莲子,莲子仿佛坐在一团洁白飘逸的云彩上,俊俏的脸庞镀上了一层温润祥和的光,幸福安逸而又神圣。

莲子开始剥绵籽,一个棉花瓣里有好几个棉籽,莲子一瓣一瓣地揪,一朵一朵地剥。剥掉籽的棉花瓣,蓬松,开放,像一朵朵绽放的花蕊,又像一张张微笑的脸庞,它们拥挤在一起,簇拥着莲子,莲子几乎陶醉在这温暖的怀抱里,眩晕了,迷醉了,脸上泛起了一朵红晕,像一个娇羞的新娘。莲子忘情地拥抱着棉花,棉花紧贴着她柔软的肌肤,丝丝缕缕,温暖着她的身子。

不知剥了多长时间,莲子困了,打了一个哈欠,站起来,慢慢走出房子。月光像一盆晶莹的凉水,洒了一院子,明晃晃的,清爽极了。在树木、各类蔬菜虚虚实实的褶皱里,光的影子重合跳跃,描绘了一幅秋夜丹青水墨画。蛙声和不知名虫子合奏的小夜曲,使连队的夜寂静而安详。

手工一朵一朵剥棉籽,很慢,很费时。棉花剥籽可以让机器轧,每个网套店里都有轧花机,付点钱不到两分钟就轧好了,但莲子就这样一朵一朵地剥,一瓣一瓣地揪,她觉得自己亲手做才能表达她的心意。在莲子眼中,这一朵朵棉花,像她养育的孩子一样,从选种、播种、定苗、打尖、打岔、施肥、中耕、打药,她不知用手抚摸了多少遍!一株株棉花,寄托了她的全部情感,倒春寒、干热、冰雹、干旱,这些自然灾害时刻威胁着棉花,棉花生长的日日夜夜,她的心也和它们一起生长,一起期待着收获的时刻。

剥的时间长了,有时候眼睛困了,莲子就抱着棉花打个盹。一朵朵棉花簇拥着她,柔柔的,软软的,充满了暖意,她迷迷糊糊拥着棉花睡着了。她恍恍惚惚梦见了建军,建军像电影里演的那样,跑过来拥抱着她,亲吻着她,和她亲热地说着话。后来,建军走了,一闪就不见了,她急得大声喊他的名字,却发不出声音,她想追建军,却迈不开腿,她的胸口发闷,她努力睁开眼睛,屋子里漆黑一片,夜已经很深了。

莲子沉浸在梦境中,坐了很长时间。刚才梦见建军,建军好像说他想早点回家,学校宿舍晚上太凉了,还是自家的小土屋暖和。莲子决定加快速度,要赶在酷霜来临之前把缝棉被的棉花准备好,下了酷霜,棉花壳子就沾了一层淡淡的黄绣,棉花就没有下霜前白了,她要捡最好的棉花给建军做棉被。

有一天晚上,莲子的同学秀花过来串门。秋收大忙季节,连队人很少有时间串门,一天到晚都在地里忙碌,晚上回来吃过饭就匆忙上床睡觉了。秀花看见莲子剥棉籽,就要过来帮莲子剥。

"你别动!"莲子慌忙拦住秀花,急切地说。

"你陪我说话就行了,桌子上有葵花籽,你自己拿。"莲子看见秀花脸色有点诧异,急忙说。

秀花抓起盘子里的葵花籽嗑了起来,边嗑边说:"莲子,建军才走几天,你就像丢了魂一样。"

"葵花籽还堵不住你的嘴!"莲子笑着嗔怪道。

莲子没有洁癖,但做这些事的时候,她不想让别人动手,好像别人动的不是棉花,而是建军的身子。

秀花知道莲子剥棉籽是给建军做棉被,就说:"莲子,你费这么大的劲,根本不划算,让建军在南京掏钱买一个棉被不就行了?路途这么远,你邮寄的费用就可以买一床棉被。"

莲子没有接话。她开始听建军说晚上冷,也想让他买一床棉被,但她想起电视上说内地的棉被很多用的是黑心棉,棉花是用旧网套弹出来翻新的,有的还是医院扔掉的病人用过的药棉。听着就恶心,别说盖在身子上了。

整整一个星期,莲子白天在地里拾花,晚上剥棉籽,给建军做棉被的棉花终于准备好了。

这天夜里下了一场雨,第二天天晴了,但下雨后地里潮湿,拾不成棉花,要晒上一天才能下地拾花。一场秋雨一场寒,莲子天天思虑的就是让建军早点盖上棉被。她约上秀花,两人骑自行车到场部去弹棉花做网套。

连队离场部十几公里,不到中午,两人就赶到了,在场部加工厂找到一家弹花店。

弹花店打网套的人很多,很多内地拾花工返回的时候,除了带新疆的葡萄干、哈密瓜干外,还要带几床网套回去,新疆的棉花好,弹出来的网套自然好,像雪一样洁白,云一样绵软,透气性好,盖着暖和,再冷的冬天也能过去。

店主是一个浙江人,高高的,瘦瘦的,身上背着一个用竹竿做的长弓,他每拉一次弓弹一次花,长弓就有节奏地"蓬、蓬、蓬"响几下,像是在演奏乐曲中的打击乐。

弹好棉花,用磨子把棉花慢慢压平,里里外外罩上一层细细的棉线,做棉被的网套就打好了。莲子和秀花回到连队,天已经擦黑了。

剩下的事情,就是用被面子和被里子把网套缝起来,一床棉被就做好了。

打好网套的第二天,莲子从柜子里翻出结婚时别人送的绸缎被面,一件件摆在床上。她左看右看,挑选出一床光滑柔软的丝绸被面,被面是水红色,红艳艳的,绣了一幅鸳鸯戏水的图案,各类彩色丝线相互穿插,做工细致,绣得惟妙惟肖。她来到母亲家,让母亲给她裁了一块白线细布,母亲问她做什么,她笑笑不说。回家后她把白布用缝纫机缝好,平平展展铺在大床上,再把网套铺在白布上,上面覆盖了丝绸被面。缝被子莲子用的是红丝线,上次到场部弹棉花她就在商店买好了。一切准备就绪后,莲子全神贯注,一针一线,密密麻麻,缝了整整一天,连午饭都没有做。

莲子在缝棉被的时候,在棉被四角缝了四种食品。莲子是个心思细密的人,她用这些普通的食品,寄托了她的心思和想法。这个做法,是她在家里当姑娘时听母亲说的,不过她又把它的内容扩展了。第一个被角莲子缝的是花生,花生是带壳的,才从院子菜地里挖出来,莲子仔细挑了四个体型大、外壳饱满的花生,她用做饭后的余灰慢慢煨熟,用毛巾把一颗颗花生壳擦干净,然后缝进被子角,她给建军表达的意思是早生贵子。两人结婚前就商量要女孩还是要男孩。莲子觉得最好生个姑娘,建军哥哥生的是儿子,儿子调皮不好管,姑娘是父母的小棉袄,长大了知道心疼父母。第二个被角,莲子包了一个核桃,核桃是莲子通过秀花从她婆婆家要来的,那是秀华婆婆回甘肃老家带来的。莲子的意思是她和建军的爱情像核桃一样,坚韧无比,两个人和和美美过一辈子。第三个被角,莲子包的是红枣,共有九个红枣,红枣是莲子偷偷从母亲厨房柜子里拿的,莲子的意思是提醒建军九九归一,学习结束后早点回家。她还有一种暗示,要求自家的男人走多远都不要忘了这个家,外面再好,也不如家里好,不是说金窝银窝不如自家的土窝吗。第四个被角,莲子包的是两个红艳艳的苹果,苹果是红富士苹果,自家菜园子苹果树上结的,一点农药都没打,苹果闪着晶莹的光泽,散发着淡淡的芳香,莲子保佑建军在外平平安安,顺顺利利,毕竟南京离这里几千里路呢。棉被收藏了莲子这么多隐秘的心思,怎么能让别人动手呢?秀花也是一个马大哈,整天嘻嘻哈哈,一点心思都没有。想到这里,莲子"扑哧"笑了,还笑出了声音,一张俏脸红扑扑的,像涂了釉彩,浑身也暖烘烘的。

把这些食品仔细缝好,莲子把棉被叠起来。棉被大大方方,像一件艳丽夺目的艺术品,光彩照人,洋溢着喜庆动人的光芒。她想象着建军收到被子时的兴奋情景,和他同房的人可能要笑话他了,管他呢,只要自己的丈夫晚上不受冻,身子暖暖和和的,她才不管别人怎么说呢。

棉被缝好的那一天晚上,莲子是依偎着厚厚的棉被睡的。拉了灯,夜色水一样包围了莲子,房子里安静极了,能听到自己轻微的呼吸。莲子丰腴的身体靠着棉被,暄腾腾的棉被散发着好闻的、新鲜的陌生气味,温柔地温暖着莲子,莲子周身热乎乎暖洋洋的。此时,夜深人静,莲子却毫无睡意,她的内心无比甜蜜,沉浸在自己营造的幸福里。她觉得,棉被里有太阳的味道,月光的柔美,辛勤的劳作,隐秘的心思,混合着她的体温和身体的气息,而这些气息很快就会覆盖在亲爱的建军身上,温暖幸福着远方的他。这天晚上,莲子仿佛刚入洞房的新娘,依偎着软乎乎的棉被心满意足,沉沉而睡,她睡得很香,睡得很踏实,没有做梦,也没有起夜,是建军走后睡的最安稳的一夜,第二天清晨公鸡打鸣她才醒来。

到场部邮局寄走棉被的第七天,莲子早晨推开门,菜园子下了一地白花花的酷霜,茄子、辣子、西红柿全部打蔫了,碧绿的叶子一晚上黄了枯了,杨树叶子也落了满满一地,上面覆盖了一层薄薄的白霜。

这天傍晚,莲子刚从地里拾花回到家,还没做饭,就听到沈排长在广播里喊:"莲子!莲子!快到连部接电话,是建军打来的长途。"沈叔嗓门洪亮,震的高音喇叭嗡嗡响。莲子来不及多想,骑上自行车匆匆忙忙来到连部,上气不接下气接了建军的电话。建军先问了莲子天气、拾花等家里情况,接着说很多北方学员受不了南方的阴冷,身上起了冻疮,有人脚冻肿了走不成路,学校担心学员过不了冬,决定精简课程,培训班要提前结束。棉被他今天已经收到了,从邮局拿回来,也没有打开包裹,他直接送给培训班老师了,路途这么远不好带回去,还不如送给老师做个纪念。

莲子拿着话筒,一下子愣住了,脑子一片空白。建军在那边不停地说着,絮絮叨叨,她一句话也没说,一句话也没听进去,眼泪却不知不觉流了下来。

三十亩地

一

和许许多多兵团连队第二代一样,我们的主人公叫王建军,这源于他们父辈浓厚的、融于血液而无法割舍的军垦情结。偏僻的、小小的农业连队上,取名建疆、建设、建国的孩子比比皆是,一抓一大把,如果他们的父母不叫出生时起的乳名,仅仅喊他们写在户口簿上的名字,可能会引来一堆同名不同姓的孩子。

单说王建军。刚过了四十岁生日,中等个头,壮壮实实,面部粗糙却棱角分明,黑中透着铁红,眉宇间褶皱里隐藏着一丝人到中年的沧桑,像秋后田野里一棵历经风雨的红高粱。他经常穿着一身皱巴巴的、褪色的的确良草绿色迷彩服,干活时戴着一顶没有帽徽、耷拉着帽檐的黄军帽,这曾经是兵团人男男女女、老老少少经典的装束,显示着与众不同的身份,象征着往昔的荣耀和辉煌。历史如烟,时过境迁,现在很多地方都变得眼花缭乱目不暇接,而唯独对黄军装的喜好却一代代传承了下来,历尽岁月而经久不衰,这也许是兵团连队与一河之隔的地方乡村迥然不同的地方。

王建军土生土长在准噶尔盆地西北边缘一个种植棉花的连队,一个遥远荒僻兔子不拉屎的地方。他的父母是1956年从河南支边来疆的连队老职工。高中毕业后没有考上大学,王建军回连队参加劳动,后来离开连队到城市打工,掐指算来,他离开养育他的故乡已经十多年了。

十多年来,整个社会发生了翻天覆地的变化。这个20世纪60年代出生的兵团连队后生,从最初的困惑、迷茫、慌乱,在人生和生活的海洋里苦苦挣扎煎熬,到逐渐麻木适应,最后饱经风霜,心灵随波逐流,除了身上时常穿的一套沾着汗渍油污的迷彩服,还有一点兵团军垦人的影子,他几乎彻底脱离了那个遥远而贫瘠的连队。每天从早晨到黄昏,他蹬着一辆吱吱作响的破三轮车走街串巷,看见城市一天天在扩张,高楼密集,车辆如流,街上永远是匆匆不息的人群。当年与他一同走出连队闯世界的同龄人,大浪淘沙,时世变迁,有的死了,有的发了,有的混不下去落魄了,又重新回到连队。光阴如梭,人生无常,他经历的太多太多。十多年来,他像一棵坚韧耐旱的骆驼刺,硬是在这座举目无亲的边陲小城站稳了脚跟,勉勉强强生活了过来。他在城乡接合部的盲流村租了房子,从连队接来了妻子儿子,买了旧货市场上的电视机、洗衣机、微波炉,腰里别了一部从地摊上淘来的廉价二手手机。他天天起得比鸡早,睡得比狗晚,为了一家人的生计,在这个陌生的城市四处奔波。

他几乎很少回原来的连队。虽然他打工的小城离连队也就是几个小时的路程。父母健在的时候,他每年春节必须要回去陪老人过年。在连队的日子,无非是千篇一律地喝酒、叙旧、打麻将。现在父母已经离去,姐姐远嫁在河南老家,连队只有哥哥一家人,有时候他一年也不回去一趟。这一次,他的父母过世三周年,按照老家的习俗,全家人要隆重祭拜一下父母,当然姐姐隔着千山万水回不来,哥哥早早给他打了电话让他回去。在城市待久了,他也想回连队住上一段时间,这才把生意交给妻子,在客运站买了汽车票,搭班车一路颠簸回到连队。

秋天的连队悄无声息,和十几年前他离开时没什么两样。苍苍的榆树林,墙壁斑驳的连部,矗立的高音喇叭,低矮的陈年草垛,秋雨过后泥泞的小路,像一幅幽静淡雅的水墨画。家家户户依旧是土坯房、篱笆墙院子,门前零乱堆放着柴火、收获的秋菜和各种生锈的农具,只是显得更加破败不堪。屋顶上厚厚的房泥,裸露出了枯白、凌乱的陈旧麦秸,房檐上封沿的红砖因岁月而暗淡松散,旁边长着奄奄一息蔫了叶子的野草,只有宅基地周围的杨树、榆树长得高高大大,苍劲的枝丫犹如钢丝,乱蓬蓬伸向灰蒙蒙的天空。

在路口下了班车回到连队,王建军一头扎进哥哥家中,懒得出去转悠。从前刚离开连队的时候,他孤身一人在异乡,朝思暮想、魂牵梦绕的是连队,回来后呼吸着故乡混合着各类植物香味的清新空气,看着熟悉的乡野风景,他觉得五脏六腑都舒坦极了,外面的艰辛、郁闷的心情随之一扫而光。现在人到中年,也许是生活的波折和磨砺,或者是司空见惯熟视无睹,他目光茫然,心灵麻木,早已失去了那份闲情逸致和内心狂野的激情。看着哥哥家徒四壁的两间土坯房,布满灰尘蜘蛛网的墙面、旧报纸糊的发黄的顶棚、凸凹不平的红砖地坪,几件破旧的结婚时做的笨重的沙枣木家具,餐桌上清淡的没有荤腥的粗茶淡饭,在外面见过一点世面的他内心一片凄凉苦闷。晚饭后坐在嘎嘎作响的破木椅子里,嘴里嗑着自家炒的葵花籽,围着一台老旧的黑白电视机,看着雪花飞舞影影绰绰的屏幕,热心肠的嫂子给他唠叨着连队上发生的陈谷子烂芝麻琐事。他的一个初中同学患白血病死去,三个月后妻子带着儿子抛下多病的婆婆,改嫁远走他乡;看连队棉场的"朱大耳朵"二儿子在西安贩毒,被警察抓住后判了死刑,枪毙后连尸体都没有人收;老崔的小女儿被人以介绍对象的名义骗到河南,被人贩子卖了五千元;隔壁邻居老李的两个儿子整日游手好闲,拿着父亲的退休工资酗酒赌博,母亲患病躺在床上却无钱住院;承包大户"陈算盘"今年包地亏损了,借的高利贷无法偿还,下酷霜的头一天,带着老婆孩子连夜从连队失踪了。

　　漫不经心的他听到最后一句,心里"咯噔"了一下,往事模模糊糊在眼前浮现。这个"陈算盘"叫陈建军,在连队比他早工作两年。高高的瘦削的个子,梳着油亮的分头,一双精明的小眼睛滴溜溜转,因为头脑活络、能说会道、精于算计,被连队人称为"陈算盘"。当年,团场实行联产承包的时候,陈建军看到了难得的机遇,在别人还在犹豫徘徊的时候,一家人组合在一起成立了一个家庭农场,承包了一百亩土地种植棉花。几年下来,善于经营的他在土里掘到了第一桶金。后来他的种植面积越来越大,成了闻名团场的种植大户,上了师里的报纸电视。怎么现在会突然败走麦城,流落他乡?

　　在房子里闷坐了几天,一日三餐无所事事,他索然无味。沉默寡言的哥哥没有说话,倒是心直口快的嫂子劝他出去换换空气。经不住嫂子的一番好意,这天黄昏,他一个人走出房门,信步在连队周围转悠。

暮秋的田野,寂静无声,空气清冷,笼罩着一层苍灰色的缥缈的雾霭。庄稼早已收割完,留下一行行整齐坚硬的茬根子。空旷无垠的棉花地里,三三两两的牛羊啃吃着光溜溜的棉秆,枯黄的芨芨草、骆驼刺、芦苇在秋风中摇曳。他沿着光秃秃的沙枣树林带,独自漫步来到奎屯河边。

这条蜿蜒的戈壁河留下了他太多的美好记忆。童年的时候,他和小伙伴在河里洗澡、捉鱼,越过清清的水流徒步去对岸的乡村拔草砍柴。工作后,他和姐姐承包的棉花地紧挨着奎屯河,夏日里劳作之余,他在河里洗去一天的疲劳和困顿。这条故乡的小河,陪伴了他少年和青年许多美好的时光。

他默默站立在河岸上。河水还是原先的样子,静静地流着,不起一丝涟漪,只是灰暗混浊,不见了青青的水草,微微散发着一股难闻的气味。他抬头远眺,看见一河之隔的地方乡村厂房林立,那是雨后春笋般崛起的轧花厂,高大的吸花器吐着白花花的籽棉,像一条条涌动翻滚的白色瀑布,轧好打成捆的棉花包排列的像一排排长城,红砖砌的围墙几乎包围了连队的条田。远远的乡村公路上,一辆辆满载雪白棉花的汽车、拖拉机、小四轮,吐着浓浓黑烟,源源不断地驶进轧花厂。

他愣愣地看着远方的棉垛、厂房和灰茫茫的地平线,看着铅灰色的天空一群麻雀在自由飞翔,一会儿掠过高高的树梢,一会儿又贴着阴郁的原野,无拘无束洋洋洒洒。他的目光追逐着飞翔的麻雀群,思绪毫无目的地旋转着。

一阵"咩、咩"的羊叫声,把他从梦幻般的沉思中唤醒。他抬起头,一群欢叫着的绵羊已经围拢了过来,争相啃吃着地下的沙枣树叶。牧羊人跟在羊群后面,慢腾腾走了过来,到跟前一看,竟是老同学赵建国。

恍惚间,他仿佛打开了一坛岁月的陈年老酒。

当年他和赵建国是非常要好的伙伴。下课后,两人常常在一起拔兔子草,打柴火,下军棋。打柴时,身强力壮的建国身手敏捷,总是一溜烟爬到高高的柳树上,用斧头将枯树枝砍下来,建军在树下一根根整理成捆,两人配合默契,有时一天不见就好像缺了什么似的。那时的赵建国,身材挺拔匀称,浑身肌肉发达,整天穿着一双白色回力鞋,精神得像夏天的一株小白杨!在学校篮球场上,他矫健灵活的投球身姿,吸引了众多女同学爱慕的目光。

建军努力回到眼前的现实中来。站在面前的赵建国胡子拉碴,两眼呆滞,表情木讷,穿着一身破旧肮脏的迷彩服,腰里胡乱系着一根粗麻绳,苍老得像一截黝黑的榆树桩。见了他,好一会儿眼里才闪出一丝惊喜。

寒暄了几句,建国在渠埂上扯了一把干苦豆子草,垫在林带边一个土坡上,两人挤挨着坐下去,一边看着羊群吃草,一边东一句、西一句闲谝起来。

毕竟是一个连队的老同学,儿时的好伙伴,几句话下来就热乎亲近起来。不知不觉话题扯到了连队。赵建国长长叹了一口气,对建军说:"你在外面混,连队现在越来越不好待,土地上缴的费用年年变化,一个职工承包一个定额,累死累活的,年成不好还要亏损倒挂。"

"一个定额现在是多少?"他插问道。

"三十亩地。"建国答。

"唉,现在什么东西都在涨价,种子、化肥、农药一年一个价,噌噌往上涨,种出来的棉花却在掉价,今年就是把棉花秆子割下来当棉花卖,很多人也要亏本。唉,日子难呀!"建国接连唉声叹气。

建军又随口问了几个在连队承包土地的同学。建国说,都种了30亩地棉花,一个个要死不活的,一年辛苦劳作下来,有的刚够买面粉吃饭,有的还要在会计账上倒挂,年底靠连队救济过日子。连队上的很多年轻人,宁肯游手好闲吃父母的退休工资,也不愿意去种地。职工越来越少,有些田地都荒弃了,很多人只有一个想法,稀里糊涂混到退休年龄,就可以领养老金了。

也许整天赶着一群不会说话的绵羊,在原野、荒滩流浪闲逛,没有人与他搭话,建国开始絮絮叨叨。棉花好不容易丰收了,棉花垛像山一样堆积在场院。但棉花价格却像春天的倒春寒一样低迷。现在一公斤籽棉才卖四元五角钱,整整比高峰期跌落了三元!一亩地收二百五十公斤棉花,与往年比就少收入七百五十元,三十亩地就是两万多元!看着满地棉花职工欲哭无泪。起早贪黑、撅着屁股在地里干了一年,盼着秋天丰产丰收了,市场上却卖不了好价钱,吃面粉买油要钱,孩子上学要钱,老人生病要交住院费,家里老老少少、琐琐碎碎所有的开支都要从棉花地里出,一个个愁得整夜整夜睡不着觉。

说话间,两辆蓝白警车沿着沙枣林旁边的土路,一前一后,"呜呜"响着刺耳的警笛,一路嘶鸣着冲了过来,卷起一股白茫茫的烟尘。看着警车沿着奎屯河岸疾驰而去,他还以为发生了什么案子,忙问建国怎么回事?建国若无其事地答:这是派出所联防队巡逻的,防止有人把棉花倒卖到河西地方乡村去,你没看见河那边的轧花厂?都是这几年才建的,那里的棉花收购价格比团场高。派出所天天在巡逻检查,但就是这样,每天晚上都有人偷偷蹚过奎屯河,把一袋袋棉花扛到河西去,再卖给当地农民或者地方轧花厂,管他欠账还是倒挂,先把钞票装进自己兜里。当然,这样做风险很大,如果让派出所巡逻的人抓住,棉花就要被没收,一年就算白干了,弄不好还要被团里开除职工队伍。都是没办法,河西的轧花厂一手交货,一手付钱,也不降级压价,对农工吸引力很大。这年头是撑死胆大的,饿死胆小的!

望着消失在丛林中的警车和土路上渐渐消散的尘埃,他忧心忡忡,久久没有说话。

夕阳掉进了苍黛的地平线。天色慢慢黑了,无边的夜色水一样弥漫了清冷荒寂的原野,一群接一群的沙枣鸟、麻雀扑扑棱棱叽叽喳喳,哗啦啦落在树枝上,抖落一地枯树叶。建军打断了不停絮叨的建国,让他赶快收拢羊群回家,有时间两人再接着叙谈。

看着建国吆喝着羊群,消失在愈来愈浓的夜色里,他内心的愁绪愈发铅一般沉重。望着远方灯火通明的轧花厂,他仿佛看见,这些饱含着农工汗水、泪水和体温的一朵朵棉花,被一排排轰鸣的机器撕裂、剥离、挤压,最后轧成巨大的长方形棉包,一辆辆列车又把它们拉向口岸海关,运往世界各地的棉纺厂、针织厂,而他的父老乡亲、兄弟姐妹一年辛苦到头,面朝黄土背朝天,汗珠子掉在地下摔成八瓣,却舍不得买一件纯棉内衣!

接连两天,王建军在连队转悠,遇到熟人闲谝几句,人们一个个衣衫褴褛,面色灰暗唉声叹气,像酷霜打过的庄稼一样提不起精神。而棉花不断跌价的消息,像一团团灰色的阴云,笼罩着秋日里萧条、肃杀、寂寞的连队。连部、食堂、卫生所、商店,人们见了面,互相交流、闲谝着不知从何而来的小道消息,据说籽棉价格已经跌到3.8元!而且还要往下跌!马上要过年了,开春借的贷款要还,连队赊欠的种子、化肥、水费要偿还,拾花费已经早早结算了,让千里迢迢赶来的内地拾花工心满意足离去。在会计那里算完账,连队上很多承包户,一年到头却入不敷出两手空空!可是收成再不好,年关总是要过的,最起码要给老婆孩子做套新衣服,买几斤猪肉包饺子,然后再买二斤水果糖、几串鞭炮、一副对联,把年节对付过去。就这几个钱,也难倒了这些连队庄稼汉子,一个个捉襟见肘愁眉不展。说着谝着,他也相跟着唉声叹气愁眉不展,听说美国人种的棉花进口到了中国港口,价格还比这里的便宜,他便恨死了美国佬,他想放一把火,烧了这一垛垛棉花!

节气已经到了小雪,但还没有下雪。这天中午,他又出去转悠了一圈,连队里冷冷清清,很少遇见人,有些人遇见了他也不认识,这些陌生的面孔说着浓重的方言,他们是来自内地省份的连队打工者,和他的身份一样。再说,连队也实在没有什么新鲜事,说来道去无非是三十亩地、棉花;棉花、三十亩地。还有令人心痛的棉花价格,针一样刺着每一个庄稼人近乎麻木滴血的心。他来到从前和他父母经常走动的几家农户,却见这家院门未锁,看门的狗浑身跳着长毛,"汪、汪"叫了两声,便躲进柴火垛边的狗圈里。他走进院子,敲房门没有人答应,推门进去,屋子里悄无声息,冷锅凉灶,不见一个人花花。出门又来到一家,同样还是门开着没人。他来到第三家,这家有人,进去后屋子里黑咕隆咚,好一会儿他的眼睛才适应过来。屋子里破烂东西堆放得乱七八糟,像个杂货铺,连下脚的地方都没有。几个人穿着臃肿的棉衣,袖着手围着火炉子闲谝,见他进去都不吱声,定定望着这个不速之客。主人倒认出了他,和他打了招呼,让他进去坐在床沿上。他坐在铺着尿素袋子缝制的床单上,上下打量着屋子。陈旧的屋梁上挂着烟灰吊子,墙壁熏得乌麻黑,像涂了一层油亮的黑漆。两只芦花母鸡在屋子地中央,争相叼着白菜叶片,一只黄猫蜷缩在火墙旁边,一动不动在睡眠。沙枣木饭桌上放着一盘腌制的红辣子酱,一个掉了白瓷的铁碗里,盛着几个比红枣大不了多少的土豆,水煮熟的,还有一个铁碗里有半碗玉米粥,可能是早饭吃剩下的。屋子里弥漫着一种混合的、热烘烘的难闻气味。他询问前面两家人,主人说出去了,冬季没有事做,起得晚睡得早,一天吃两顿饭,这会不在商店就在别人家,这样家里就不用烧炉子了,可以省点煤。晚上回来做一顿饭,趁着有点热气就早早钻进被窝里睡觉,连队上很多人家都是这样。他问出去连门都不锁,主人说反正家里也没有什么值钱的东西,贼也不会去偷。坐了一会儿,他百无聊赖,便告别主人出门,一个人从连部后面的小路往哥哥家走。

小路凸凹不平疙疙瘩瘩。一堆乱草,几棵瘦榆树斜在路的两旁,七八只麻雀在枝丫间啁啾。一个中年妇女大大咧咧坐在林带渠埂子上。她衣着破旧,面色憔悴,头发蓬乱得像个鸡窝,毫无顾忌敞着怀,裸露着两个鼓胀的乳房,旁若无人地给怀里的孩子喂奶,旁边还站着一个流鼻涕的八九岁女孩。他无意中扫了一眼,一个既陌生又熟悉的面孔出现在他眼前。他赶忙掉过头,装作不认识的样子,快步匆匆离去。

这个妇女当年和他是同学,在学校第一批加入红小兵组织,是班里的学习委员,他现在隐约记得她姓名最后一个字叫"芳"。当年她眉清目秀,文静秀气,留着一条长长的辫子,整天晃来晃去,活泼可爱。她的学习成绩很好,也很有上进心,在班里心高气傲,一天到晚头昂得像个公主!但一次无情的车祸夺去了她父亲的生命,家里的顶梁柱倒了,目光短浅的母亲没有让她考高中,而是让她早早在连队参加了工作。连队农活重,修大渠、挖排碱渠、中午突击大会战,家里没有帮手,弟妹又小,细皮嫩肉、身体羸弱的她苦不堪言,无奈之中她选择了嫁人,很多连队女孩子就是这样的命运。后来她陷入了婚姻的怪圈,在连队匆匆嫁人,又匆匆离婚,又匆匆改嫁,折腾来折腾去,连队女人能有几年好时光呢?无边的棉花地淹没了她们的青春,繁重无休止的农活累弯了她们的腰身,何况她又离过婚!最后她被折腾成一个标准的连队老妇女。

她包了三十亩地,丈夫也包了三十亩地,在连里拉了一屁股烂账,家里穷得连买盐都要在商店赊账!但她那个从河南来打工的丈夫,却一心想要个儿子!生了一个丫头后,已经四十岁的她又生了第二胎,日子越发过得凄惶。

当然她现在的这一切,都是这几天嫂子闲谝告诉他的。

他咬着牙默默地诅咒着脚下的土地。三十亩地,三十亩地,整个连队的人一辈子都围着三十亩地转!春夏秋冬像伺候爷爷奶奶一样精心侍弄着三十亩棉花地!而土地的回报却让这些实诚的庄稼人欲哭无泪,他们无奈无助、贫困潦倒,除了三十亩地,他们别无所求一无所有,三十亩地啊,血和泪交织、汗水浇灌的三十亩地,生长着爱恋和心酸的三十亩地,这是他们人生和生活的全部!现在地种成这个样子,连队人可怎么活呀。他想起了那天建国给他说的一个比喻:地里一株盛开的棉花棵子,上面开的最好的一朵是团场的,中间的一朵是上交连队的,最下面的一颗水桃子才是农工自己的。如果不幸遭遇自然灾荒,那颗水桃子迟开或者不开,农工一年就白白辛苦了!

想到这里,他长长出了一口气。他现在甚至有点暗自庆幸,当初自己千方百计离开连队是多么地睿智。

回到哥哥家,嫂子已经做好午饭,却不见哥哥。他问嫂子,嫂子说你哥到连部算账去了。他想起了什么,又问嫂子,你们平常冬天是不是吃两顿饭,嫂子说问这个干啥?他说是不是我来了你们才做三顿饭?嫂子红着脸没有回答。

等了一会儿,哥哥垂头丧气地回来,进门给嫂子说了一句"以后打死也不种棉花了",就再也不吭声了,和衣倒头躺在床上,连午饭都没有吃。这个老实巴交的庄稼人,一个种棉花的好手,平常不吭声,只知道下力气干活,生气了说一句话能噎死牛。可是不种棉花又种什么呢?电视里说这里是北纬44度,属北温带大陆性干旱荒漠气候,是次宜植棉区。连队上也有人不种棉花,在承包地里种了甜菜、辣椒、西红柿。到了秋天收获时,红艳艳的辣子堆在公路上晾晒,却没有客户收购;一车车甜菜在糖厂排起了长龙,价格低得保不住本;西红柿倒是酱厂收购了,但过了春节还拿不到现金。春季什么紧俏种什么,到了秋天却收获什么亏什么,一窝蜂上去,秋后又一窝蜂垮下来。

这天是星期六,他的侄女从师高级中学放假回来。再过一年就要高考了,侄女学习很紧张,一个月才回来一次。侄女面黄肌瘦,明显地营养不良。眼睛也近视了,各科成绩却很优秀。听嫂子说,老师说她文科特别好,尤其是语文,继续保持下去可以上重点本科。

侄女和他亲热地打了招呼,他赶忙从自己带的包里拿出一个MP3,这是他临来连队时在市电子商场买的,他知道很多城市的中学生喜欢这个能播放英语单词和歌曲的东西,他内心非常喜爱这个早早就懂事、学习用功的姑娘。侄女看着他,两眼闪着感激的泪花双手接下了。

他心里知道,连队上的农家孩子只有刻苦学习考上大学,才能彻底脱离连队,脱离棉花地,跳出苦海!这是他们唯一的出路。很多连队上的父母训斥不听话的孩子,就用包地说事:"不好好学习,将来考不上大学,回连队包地累死你,穷死你!"

他更清楚,哥哥家里经济拮据,侄女在学校的日子过得很清苦,一个月回来一次,每次走的时候都要带走几大瓶子嫂子腌制的咸菜,在学校食堂买两个馒头就着咸菜就是一顿饭。连队上的孩子,可怜啊!

高中课程多,老师布置的作业也多。洗了一把脸,侄女就趴在饭桌上,一声不吭写作业。他随手拿起一个作业本,漫不经心地翻看起来。

这是侄女的作文簿。她的钢笔字文静娟秀,俊逸洒脱,书写得很漂亮。最后一次作文,她写了一首诗,题目是《我的母亲来到城市》,这首诗吸引了他的目光。

在棉花地里
劳作了一年的母亲
秋后来到城市看我
发现农场的棉花降价了
而城市的楼房却在暴涨
自己种的三十亩棉花
买不走开发商的三个平方
一季大棚蔬菜
不够一件时装的标价
母亲的一篮子秋菠菜
卖了五块钱
从农贸市场到学校
刚好在的士里坐了三分钟
母亲茫然走在
陌生的校园里
路旁一棵从农场移来的榆树
认出了她
这不是棉花地的女主人吗
她来城里干啥

  读着这些辛酸凄凉的诗句,想着这几天在连队的所见所闻,他内心五味杂陈酸楚楚的,惆怅的眼泪快要掉下来。害怕侄女看见,他赶忙掩饰地掉过头,走出了房子。

二

在这个小城的西北角,远离市区繁华喧闹地段,有一大片低矮、零乱、破败的平房区。水泥电线杆不规则地东一个,西一个。居民散住的房子,有的是红砖水泥砌的,有的是土块泥巴垒的,还有一些是破旧的帆布篷扎的。小巷曲曲弯弯不见首尾,显得参差不齐杂乱无章。到处是肮脏发臭的污水坑,四处觅食叫唤的鸡鸭,夹着尾巴乱窜的野狗,一条条凌乱的电线横七竖八拉着,像一团团扯不清的乱麻。仿佛这个城市生了一个难看的疮。

居住的人就更杂了,河南人、四川人、青海人,但主要是陕西、甘肃、宁夏省份来的农民、打工者,有的单身一人,有的拖家带口,有的则三世同堂。从事的职业更是五花八门,收废品,贩卖蔬菜,做卤制品,开洗发屋,但青壮劳力主要在建筑工地打工,时间长了,这里就有了"陕甘宁边区"的称号,正规的街道名称却被人渐渐遗忘。

王建军租住的住所是两间土坯房,前面带一个小院子,房子有上水无下水,冬季自己买煤烧炉子。像一只无头苍蝇,他在城市颠簸流浪了几年,什么活都干过,什么苦都吃过。初来乍到,衣食无着,他在建筑工地当小工,无非是和浆运砖卸水泥,每天天蒙蒙亮就被工头吆喝着起床,夜色降临了才拖着疲乏的身子回到四面透风的工房,中午在工地吃露天大锅饭。打工实在苦,劳动时间长,做的活计重,工头吆五喝六,把他们一个个当牛使唤!而且常常拿不到工钱。有一年秋季,他打工的工地老板与甲方结账后,连夜带着他们的血汗钱伙同二奶跑得无影无踪。第二天,他和工友们看着空荡荡的老板办公室,一个个摩拳擦掌,群情激奋却又欲哭无泪,无可奈何。

从偏远的连队来到陌生的城市,他只有出苦力才能养活自己,打碎牙齿也只好往自己肚里咽。在这个充满了竞争和物质化的年代,他一无技术,二无文凭,三无关系,赤手空拳,举目无亲,在城市生存立足谈何容易!

好在他是连队人,身体皮实,肯下力气能吃苦,总能挣一些辛苦钱。他当过空调安装工。夏季里,天气最热的时候,却是生意最好的时刻。电视上说地球在变暖,他的身体确确实实感觉到了。这一家的空调还没安装好,老板的电话已经风一样追了过来,叮嘱他完了以后立即赶到某某小区某某家。吊在楼房的半空中,身上的汗珠溪水般不停往下流,他心急火燎,手脚却不敢有半点马虎懈怠。他曾经眼睁睁看着和他一块搭活的帮手,一个脸庞白净、刚刚过了十八岁生日的四川小伙子,中午实在疲乏困顿坚持不住,一迷糊松手从四楼掉了下去,幸亏坠落在自行车雨棚上,摔断了四根肋骨,在医院躺了整整一个月,最后老板支付了医疗费就什么也不管了。

实在找不到工作的时候,他到火车站货场当过装卸工。这个活太苦太累,没有一副好身板实在吃不消,但可以每天拿到工钱。从早到晚,他肩膀上扛着装满粮食的麻袋,沉重的棉花包,一袋袋水泥、化肥,像一个充足了电的机器人,一趟趟往返于库房和车厢之间,一天劳作下来,他四肢僵硬麻木,两眼发黑,浑身被抽了筋骨般疲软不堪。晚上和一群工友在油乎乎脏兮兮的小饭馆里要几个小菜,几瓶劣质白酒,猜拳行令一顿海吃胡喝,然后晕晕乎乎回到租住的房子,一头扎到床上,死猪般昏睡过去,直到第二天早晨,再爬起来打起精神去上班,重复千篇一律的装装卸卸,卸卸装装。

这个时代毫无疑问,人人生活得都不容易,特别像他这种底层人。有时候闲暇下来,他脑海里常常像过电影一样回忆着自己在城市的经历:工地上,他发着高烧爬上高高的脚手架,迷迷糊糊机械干着活,工头还时常无理克扣、拖欠工资。夏日里,他顶着烈日壁虎般附在发烫的楼房墙上,一个夏季要晒脱几层皮!有一次,他扛着一个沉重的棉包走上摇摇晃晃的货架,突然一阵眩晕,感觉天旋地转,他差一点一头栽下去,下面是乱七八糟横躺着的水泥预制块!事后想象着自己摔得头破血流的样子,他的脊梁骨就不停地冒冷汗!逛超市时被服务员贼一样盯着;公交车上城里人投来厌恶的目光;在餐馆吃饭,人们离他远远的,因为他衣服肮脏,身上有浓浓的汗臭味!在出租屋有时候到后半夜,夜深人静,他睡意正酣,房门无缘无故被敲得山响,仿佛地震一般,他迷迷糊糊,一骨碌从床上坐起,慌得心惊肉跳。几个警察不问青红皂白闯了进来,强光手电刺得他看不清东西,黑暗中他哆哆嗦嗦从衣服口袋里摸出暂住证,裸露着上身,双手举得高高的让警察看,脸上硬挤出比哭还难看的笑容。他想象着自己滑稽丑陋的模样,连他自己都感到可怜、可笑!这个时刻他觉得自己生活得像一只卑微的蚂蚁,任何人都可以踩死他!警察走了,他却一夜无眠,眼睁睁看着破破烂烂的屋顶,一直到天亮。

人在世上活一遭的确不易,特别是这年头。但各有各的活法。他所在的这个小城没有资源,工业落后,为数不多的几个工厂也快倒闭了。可是小城餐饮、服务业活跃发达,以"三多"

闻名周边地区:小姐多,办假证的多,收破烂的多。

小姐拉动了小城的经济。现在地球人都知道,小姐,这个以前尊贵的称呼,现在早已变了味道,是妓女的专用词。小姐浓妆艳抹,搔首弄姿,混迹于舞厅、洗头屋、按摩店、旅店,她们要租房,要化妆,要买衣服,要坐出租车,还要吃夜宵,她们的消费变相活跃了小城的经济。有人说:小姐不上床,市政府工资就发不下来。

在这个城市的大街小巷,只要目至所及,到处是五花八门的办假证广告,洁白的墙壁,名人的广告,灯箱、栅栏、电话亭、电线杆,甚至公共厕所,只要路人的视力所及,都留有办假证者见缝插针、招摇过市的业务广告。毕业证、结婚证、执照、印章,各类假证应有尽有,制假者明目张胆为所欲为,显示着他们经营的地下作坊生意火爆。

还有众多的拾荒者。老的少的、男的女的,河南的、甘肃的、四川的,他们无一例外蓬头垢面,拉着破旧的架子车,推着生锈的自行车,或者背着肮脏的破麻袋、尿素袋,从早到晚幽灵般游荡在城市的角角落落,各种方言的吆喝声在大街小巷此起彼伏,是这个小城的一大景观。

从偏远的连队来到开放的城市,巨大的城乡差别,活生生的、甚至残酷的现实社会,丰富、污染着连队人王建军单纯、苍白的精神世界。他惊奇地发现,在这个弱肉强食、激烈竞争的世界上,红尘滚滚,物欲横流,有的人良心没被狗吃,有的人良心被狗吃了,有的人良心连狗都不吃!

而城市仿佛一个巨大的无底黑洞,几乎掏光、消耗了这个连队后生全部的精力、智慧和时间,他满怀理想抱负而来,却像一个斗败的公牛颓然出场;又仿佛一个有棱有角的石头,经过苦难生活和无情社会的磨砺,慢慢磨去了锋芒棱角,终于变得圆滑而世故,心灵苍凉麻木。他的心渐渐硬了,最后变得像石头一样坚硬。到后来他心如止水,把一切都看得很淡很轻,只有拼命劳动,拼命做着各种活计,拼命挣钱养家。再后来,他渐渐站稳了脚跟,把妻子、儿子从连队上接了过来,在"陕甘宁边区"开了一个废品收购站,勉强维持一家人生计。后来儿子没有考上高中,他东凑西拼,花高价托人跑关系,把儿子送到了远离小城的另一个城市读高中。

在"陕甘宁边区",废品收购站几乎一家挨着一家,这个行当也充满了激烈的竞争。刚开始,王建军的生意很清淡,一天也做不了几单生意,他只好让妻子在家守着收购站,他蹬着三轮车,走家串户去收废品。

破旧、简陋的三轮车吱吱作响,仿佛快要散架,这是他收购的废品。正是炎热的夏季,烈日高悬,白晃晃得像个巨大的火球,没有一丝风,街上的树木耷拉着炙烤的蔫蔫的叶子,一动不动。他汗流浃背,蹬着三轮车在楼与楼之间转悠,无精打采地吆喝着。不一会儿,他渴得嗓子冒烟了,舍不得买一瓶矿泉水,他来到楼房前面的草坪,嘴对着浇花的喷头,牛饮般喝了一肚子凉水,立刻从头到脚凉爽到肺腑。他脑海里想着初中课本上《卖炭翁》的句子"心忧炭贱愿天寒",抬头看天,期盼着老天爷不要阴下来,天阴了喝水的人少,空瓶子就少,他现在的心思和白居易不谋而合。歇了一口气,用湿毛巾擦了一把汗,他看见前面一个人拿着一瓶饮料喝着,他的眼睛立刻变得亮晶晶,紧紧盯着拿饮料人的手。那人喝完后,却没有扔掉空瓶子,而是手里拿着瓶子,边走边悠闲地把玩,他缓慢地蹬着三轮车,上了人行道跟着那人。前面路口是个拐弯,那人漫不经心一甩手,把瓶子扔在马路边。一个白花花的抛物线,在空中划了一个漂亮的圆弧,在阳光下闪着刺目的光,落在地上咕噜噜向前滚着。他紧急刹车,没等车停稳,他就跟跄着跳了下来,一个箭步追着瓶子冲了过去,手快要挨着瓶子了,一声刺耳的刹车声,几乎在他耳边响起,他甚至闻到了橡胶车轮与发烫的柏油路面急遽摩擦的焦煳味,顾不上回头看,他飞快地拣起空瓶子,跑过来骑上三轮车就跑,后面司机恶毒的骂声疾风一样刮了过来,充斥着他的耳膜和神经,他毫不理会,仿佛没有听见,一溜烟上了人行道,继续去拾他的废品。

小城拾荒的人太多,一拨一拨的,前面走,后面来。一个小小的垃圾池,一天有十几拨人在翻来覆去地捡拾,比环卫工人打扫得都干净。华灯初上,夜色降临了,还有人打着昏暗的手电筒在楼房前的垃圾池不停地翻捡。

他像一只秋天饥饿的老鼠,一刻不停地在荒原上寻觅食物,然后拖回黑暗的洞穴储藏。人到中年,上有老(那时父母还在),下有小,中间还有"阿庆嫂"(妻子),生活的重担像山一样压在他肩上,他不干怎么办?连歇一会儿喘口气都不敢!

有一次,他蹬着三轮车来到师机关,看见机关宽阔的广场上站满了黑压压的一群人,他们满脸黄苍苍的菜色,目光茫然,神情疲惫,穿着各色杂乱不一的服装,三三两两扎堆在一起,乱糟糟的,却很少有人大声喧哗。这些人打着一个皱巴巴的红色横幅,有气无力地举着,上面歪歪斜斜粘贴着"我们要吃饭"几个毛笔字,黑黑的墨汁在纸上似乎还未干透,一个个显得手足无措。正是早晨上班的高峰期,他们一群人吸引了众多的目光,但没有人理睬他们,机关的公务员一个个衣着光鲜,旁若无人地从他们旁边匆匆而过。这几年,王建军在广场上见得太多太多,各式各样的人汇拢聚集在广场,无非是为了生存。企业一家家破产了,一拨拨工人要求安置工作,解决再就业;小区土地被开发商征用,居民嫌补偿太少;物价飞涨,下岗失业人员要求增加生活费……师部门前的广场是社会的晴雨表,天天上演着内容几乎雷同的生活剧。剧目如此单调、乏味,缺少创意和想象,他已经视觉疲劳熟视无睹,假如有一天广场上空空荡荡,他可能觉得还挺诧异。而每到这个时候,他的生意也有了,人多天热要喝水,他就天天来广场捡空塑料瓶子,每天满载而归。

这一天,他照例早早来到广场,比他还早的是那群上访者,他坐在三轮车座椅上,漫不经心地看着这个场面,等待着自己的生意。现在还不到时候,中午时分天气慢慢燥热起来,他才会有收获。他看着广场,像往常一样猜度着他们的身份以及来这里的缘由。很快,从他们举着的横幅和窃窃私语的交谈中,他明白了七八分,原来这是一群来自连队的农工,今年种的棉花遭遇了罕见的冰雹,很多农工承包的棉花被砸成了光杆杆,就连麻雀都不能幸免,一只只惨死在冰雹的淫威下。今年又白白辛苦了,地里肯定是颗粒无收,劳力就算了,还要搭进去种子、机力和化肥,而现在补种已经过了季节,他们要求师里解决生活费,减免上交费用和生产成本。

在熙熙攘攘的人群中,他突然看见了一幅奇怪、生硬的画面,他几乎不相信自己的眼睛,站起来揉揉眼,再仔细看,确确实实、真真切切,天呀,他看到了一株株光杆的、带着绿桃子的棉花棵子!

这一株株棉花当然已经离开了土地,失去了绿莹莹的叶片,带着长长的枯萎的根须,光秃秃的茎秆,僵硬的生涩桃子。它们死气沉沉毫无生机,却一株株排列得整整齐齐,堆放在进入机关大门的水泥台阶下,像这群土里土气的连队人一样,显得无助无奈,可怜巴巴。

看着这一幕,他悠闲的心情立刻变得沉重无比。他的思绪一下子飞越嘈杂的广场,回到了久违的故乡连队。他仿佛看到绿油油的棉花地一望无际,他鼻孔里嗅到了棉花花蕾绽放时特有的丝丝芳香。茂密的防风林,清澈的石板渠,笔直的公路,浓得化不开的土地和植物的气味,蓝得没有一丝云彩的天空,他的父老乡亲,还有兄弟姐妹,他们累死累活种植的30亩土地,雪白晶莹的一株株棉花,场院里高高的棉花垛,轧花厂山一样堆积的棉包,连队人愁苦的一张张脸,一幅幅与棉花有关的劳动生活场景,蒙太奇画面般在他眼前旋转变幻。而此刻,他和他们是如此接近!

脑海里只是一瞬间,他又回到了城市的广场。广场上几乎无声沉默的人群,隐藏着内心的愤懑和虚张的声势,一个个畏畏缩缩提心吊胆,却又不肯离去,不知下一步如何收场。四处弥漫着浓烈的、棉花根茎断裂散发出的生腥植物味道,与广场上精美的雕塑、华丽的建筑格格不入,显得极不协调。那是不成熟的、苦涩的来自连队的气味,他的鼻腔、肺腑受到了强烈的刺激。他愣愣地站在广场上,两眼木然,大脑一片白茫茫。

突然,远处传来一阵急促的脚步声,广场一片骚动和喧哗,人群显得极度不安和紧张。他看见一群警察跑步赶了过来,他们训练有素有条不紊,来到广场后,立刻分散了队形,有的拿着高音喇叭喊话,要求他们3分钟之内离开广场,有诉求派代表来师信访办解决。警察的声音低沉而威严,蕴含着不可抗拒的气势。有的警察在奋力驱赶分散人群,警告说再不离开广场,就以扰乱正常办公秩序对他们进行拘留!另外几个警察径直来到机关门前台阶下,呼啦啦三下五除二,把摆放的棉花桃子扔进了一辆警车,然后一溜烟开走了。

广场上的人群开始分散,有的见势头不妙,已作鸟兽散,一个个神色慌张,快步离开了广场。打横幅的几个人,扔掉举横幅的杆子,惊慌着四散跑了。

一个高个子警察,朝他站的方向走了过来。王建军赶紧蹬着三轮车,离开了广场。

三

时间过得飞快。眨眼一晃,王建军拖家带口进城已经一年了。

一年来,他们的生活还是有点变化。妻子和他是一个连队的,上学时比他低一个年级。从来没有做过生意,但一回生,二回熟,凭着连队人的实诚,她童叟无欺,无论生意大小,或进或出,都是一杆秤。慢慢地,他们经营的收购站,在"陕甘宁边区"诸多同行中就有了点小名声,上门送废品的渐渐多了起来。这年头,穷人多,富人消费多,废品就多,以捡拾废品为生的人也越来越多,他的生意竟一天天好起来。王建军也不用整天蹬着破三轮车走街串巷了,而是忙着用手机联系一些小生意。渐渐的,在这个行当里他有了一些朋友,平时互相通报一下行情,相互帮衬合伙做个生意。比如某厂破产了,要处理一批库存的破铜烂铁,他资金不够,和朋友联合起来,生意就做成了,双方皆大欢喜。这样,除去一家人的日常开支,日积月累,王建军口袋里渐渐有了些积蓄。

妻子也已经适应了这里的生活。都是从连队出来的,今天打拼的这一切,虽然比上不足,但比在连队种地强多了,他们觉得很满足。有时候夏秋两季的傍晚,空气凉爽湿润,吃过晚饭无所事事,他们锁了门,也和城里人一样,在灯光明亮的街道上散步,偶尔看到没人,也会依偎在一起手拉手,像一对幸福的伉俪,日子过得平常却很惬意。晚上躺在床上,两人扳着指头算着一天的收入,计划一下未来,盘算着儿子如果考上大学,砸锅卖铁想方设法也要把他供出来,然后再按揭买套楼房,把户口迁到城里,下半辈子就是城里人了。

现在,他们最头疼的还是他们的儿子。前面说了,儿子在另外一个小城读高中。学校规定学生一个学期才回家一次。班主任老师经常给他打电话,说他这个儿子学习时好时坏,性格古怪捉摸不定,要求家长配合学校做好对儿子的教育。

和很多望子成龙的父母相比,王建军和妻子对儿子没有太大的奢望。在儿子刚刚五岁的时候,他就离开连队外出闯荡,妻子一个人承包土地,回家还要照顾老人,特别是秋季棉花收获时,她一整天都在棉花地里忙活,很少有精力再去仔细过问孩子的学习。因为从小离开的缘故,儿子始终对他有点生分,见了面也不是十分的亲热。他对儿子内心也深怀歉疚,有时父子相遇,他常常会觉得很窘迫,有一句没一句地搭着话,仿佛不是亲生的,不像和他母亲那样口若悬河,什么都说,亲近得很。

烂眼子肯招灰,头疼的事情不期而至。这天中午,王建军正在外面联系生意,儿子的班主任老师又打来电话,大声嚷嚷说他儿子出事了,让他赶快赶到学校。他急得手足无措,头一下子大了,等想起来问老师出了什么事,对方已经挂断了通话。

来不及给妻子说,他心急火燎赶到客车站,买了张车票,坐上车就往儿子读书的城市赶。

一路心事重重来到学校,王建军找到班主任的办公室。原来,儿子这个星期天给老师请假,说去到市里书店买复习资料,结果却和学校几个辍学少年偷超市东西,被监控录像监视到,被店员扭送派出所关了起来。派出所民警调查清楚后,因他儿子是在校学生,初次违法,又是盗窃未遂,一顿训诫教育后,通知学校把他儿子领回。班主任领回来后仔细询问,儿子说偷东西是准备变卖后去网吧玩游戏。

班主任板着脸,严厉地给他讲了一堆道理。他小心翼翼唯唯诺诺,连声给老师陪着不是,说着好话,仿佛偷东西的不是儿子而是他。最后班主任说这件事其他人不知道,为了儿子以后的学习成长,你今天就不要见他了,以后再慢慢说这件事。他心里一块石头落了地。

离开学校,他像一棵酷霜打过的茄子,搭了一辆末班车,一路想着沉沉心事,怏怏返回小城。儿子上的是私立学校,每年的学费就是一笔不菲的开支,那是他和妻子辛辛苦苦收废品,一点一滴积攒的呀。有时候,心情突然不好,他给妻子发牢骚,挣的钱都让他花了,考不上大学就回来收破烂。但现在的孩子有几个做事的?如果他将来真的能够收破烂,也算是自食其力了。

祸不单行。人走背运,放屁要砸脚后跟,喝凉水都要塞牙缝。王建军回到小城,已是华灯初上,下了班车他急急忙忙往家走。还没到家,远远看见一辆警车停在自家收购站,警灯在苍白的路灯下闪着微弱的红光。他如五雷轰顶一般,呆呆站住了。他心里清楚,做废品收购这个行当,最忌讳警察找上门,不是收购赃物,就是和案子有牵连,反正没好事,罚款拘留倒是小事,如果严重,赃物没收不说,人还要蹲班房。是福不是祸,是祸躲不过。他定了定神咬咬牙,硬着头皮,迈着沉重的双腿向家里走去。

两个年轻的警察正在给妻子做笔录。妻子一脸惊慌,急切地表白着,见他回来,连忙站起来,仿佛见了救星。询问的警察让他先出去,等一会儿他们还要找他调查。

他站在小院里,心里埋怨妻子也不给他事先说一声,让他思想提前有个准备。他像热锅上的蚂蚁,失神落魄地在院子里转,猛然想起离开小城时自己将手机关闭,到现在也没有开机,掏出手机,果然是关机。事情乱麻一样一起来了,他脑子已经快急糊涂了。

警察做完了笔录,招呼他进去。从和妻子的谈话中,知道他们在侦办一起系列盗窃电力设备案,有嫌疑人交代说有部分变压器零件卖给了他开的收购站,警察查证情况基本属实,但他妻子不知道是赃物,收购登记簿记录得也很清楚,就不处罚了,让他们以后一定要小心谨慎,发现可疑物品要立即报告派出所;但这次收购的赃物却要没收,说是案子的物证。

虽然白白损失了几百块钱,但化险为夷,他心里又一块石头落了地。夫妻俩千恩万谢,帮助两个警察把一件件赃物搬上车,看着警车开走,回到家里瘫痪般坐在床上,妻子问他为什么关机,他仿佛没有听到,恍恍惚惚一言不发,愣在那里泥塑一般。

四

日子历经风雨,波折过后依旧是平常。太阳每天仍然照耀着"陕甘宁边区",生活还是一天天照旧。连队人王建军经营的废品收购站,还是一天天照常不误开着门。现在,他从来没有像如今这样充满信心。夫妻一条心,黄土变成金;一分耕耘就有一份收获。他觉得只要坚持,什么事情都会有转机,人生没有永远的低谷,也没有永远的高潮,他和妻子合力拉着家庭这只小船,一步一步,在生活的海洋里挣扎着向前走。

一年四季春夏秋冬,"陕甘宁边区"是鲜活而嘈杂的,弥漫着浓烈的原生态生活气息,处处破烂不堪却处处充满了顽强的生机。每天,天刚麻麻亮,人声就从各家各户喧嚣起来,那是打短工的,赶早市的,跑短途的,一个个步履匆匆精神头十足。到了白天,家家户户只剩下老人和孩子,整个"边区"呈现短暂的安逸和宁静。傍晚是最喧闹的,三三两两的打工者拖着疲惫不堪的身子,懒散地涌向"边区"的各个角落,烧炉子做饭的噼啪声,孩子玩耍的嬉闹声,混合着鸡鸭狗猫的叫声,杂七杂八哄哄的,充斥着边区雾腾腾的上空。

霓虹灯、写字楼、车流、白领,城市鲜亮眼花缭乱,"陕甘宁边区"的生活一成不变。揽活,挣钱,吃饭,喝酒,有力气的凭力气,有脑子的动脑子,偷鸡摸狗不是长事,胡思乱想耽误瞌睡,这就是实实在在的生活哲理。王建军从这些社会最底层的人身上,汲取着生存的原始力量。他有时候看电视里《百家讲坛》

于丹的讲座。四十不惑,就是说人到了四十岁,没有什么不明白的事情,有一种没有选择和后退的心理。于丹标准的北京话说得一板一眼。自己已经四十多了,黄土已经埋到裤腰带了,还有什么顾虑、疑惑呢?很多问题都没有想象的那么难,问题是自己的脸要放得下来,把手伸出来,把步子迈出去;要做的出,要有足够的心理承受力。一个人最大的敌人就是他自己!

当然他知道自己理解不了这些高深的理论,顶多是囫囵吞枣,一知半解。他现在相信命运,但是命运虚无缥缈谁也捉摸不透。比如他,一会儿觉得命运掌握在自己手中,一会儿又觉得像一叶浮萍随波逐流,茫茫不知去向。如果自己一直在连队务农,老婆孩子两间土坯房,鸡窝羊圈菜园子,天天围着30亩地转悠,可能也没有现在的烦恼,一直过着平静却贫寒的连队生活。还是自己不甘心就这样一辈子待在连队蹉跎岁月,像父母那样,来新疆后再没有坐过火车,去的最远的地方就是团部。人一旦有了与众不同的想法就产生了痛苦,在家里就没有这么多烦恼。这时候,他又想起了久违的连队,和连队人耕种的30亩地,不知道他们今年的年成怎么样?种地亏了还是赚了?当然,这样的心思只是蜻蜓点水一晃而过,那个遥远的连队,现在和王建军一家的生活越来越远了,远得像天边的一朵云。除了每年一次到邮局寄钱给连队,让哥哥帮助交纳他和妻子的社保基金,他和那个养育他的连队已经没有一点联系了。

不知不觉一年又过去了。城里不知季节变换,一年到头,街上永远是匆匆的车流,匆匆的人流。

春寒料峭的一个中午,王建军的手机响了,他打开看,来电显示的是哥哥的住宅电话。他的心里一紧,除了年节,哥哥极少给他打电话,莫非家里出了什么事,他慌乱地按下了手机的接听键。

哥哥在电话里的声音透着一股少有的兴奋,说你姐姐从老家回来了,马上就是清明节了,你回来咱们一块给父母扫扫墓,烧烧纸,还有一个要紧事要与你商量。

他的心中充满了意外的惊喜。姐姐自从出嫁后就没有回来,现在总算从老家回来了,这么多年自己为了生活四处打拼,很少和姐姐联系,现在终于可以见面了。至于哥哥说的要紧事,他却猜不透了,在连队种地的哥哥,会有什么要紧事呢?

他回到在"陕甘宁边区"租住的房子。他看见院墙上贴了一个盖有鲜红印章的公告,上面说市政府要对这块土地进行征迁,要求居民在"五一"之前搬迁。前几年就嚷嚷着说要拆迁盖楼房,今年看样子终于要动工了。真的要扒,他还有点舍不得,毕竟自己在这里住了许多年呀。

第二天,王建军坐上早班车,往哥哥所在的团场赶。

班车走得早,是第一趟车。天色还黑着,车厢里稀稀拉拉坐了几个人,车身摇摇晃晃走着,暖气呼呼嘶鸣着。王建军坐在靠门的一张座位上,昏昏欲睡打起盹来。

不知过了多久,一阵刺耳的刹车声,把他从迷迷糊糊的瞌睡中惊醒,他睁开眼,一看窗外天已大亮,班车已经到了团部。团部是一个站,下车一部分人,再上来一些沿途连队的人,就到终点站了。

司机大声招呼着旅客上车下车。几个人下车了,呼啦啦又上来几个人。突然,一个熟悉的上车人面孔出现在车门里,王建军心里吃了一惊,这不是从前自己连队的"陈算盘"陈建军吗？他不是从连队跑出去躲债去了吗？

还没等他理出思绪，陈建军也认出了他，两人目光一对，对上了火花，倒是陈建军先开了口："回来了，建军？"

他微笑着答："回来了，回连队看看。"他随即挪了挪身子，给陈建军让出了一个位子。陈建军不客气地坐在他身边。

他侧着身子开始打量陈建军。他已经很憔悴，是那种经历过无数风雨的憔悴，眉宇间有一丝淡淡的超然，但眼里夹杂着一股精明的光泽。他身上穿着一套簇新的军用迷彩服，脚上也是一双黄胶鞋，一副军人装束，整个人还是显得精神焕发。

看着王建军不停地打量自己，陈建军说："刚从团武装部军训回来，回连队准备组织预备役进行军训。现在连队都是从老家农村来的人，正好还没有下地干活，武装部要求组织他们军训，团里还要进行队列会操比赛呢。团领导说要培养他们的集体荣誉感和兵团意识。"他的语气中带着一股自豪。

陈建军打开了话匣子，有点眉飞色舞："你听说了吗？上面来文件了，连队以后种地不上缴土地使用费了，每人三十亩定额，取消了各种利费，除了生产成本，剩下的都是自己的。文件还规定以后再不允许团场设卡子，派出所也不能管农产品，师里统一了农资价格，再不能层层盘剥农工了。"看着王建军一下，兴奋的目光，他开始滔滔不绝："师里要在奎屯河附近修一座水库，设计院已经勘察过了，天气暖和了就开始动工，咱们连以后种地就不用交高价水费了，棉花自由交易，价格随行就市，再也不用交到连队棉场，卖一斤给一斤钱。连队现在热闹得很，大家伙说早就应该这样了，咱们隔壁河西农村前两年就不收农业税了。"

陈建军还告诉他,他从外面(他当然不好意思说躲债)做生意回连队已经快一个月了,他仔细算过,有这样的政策,用不了两年,他以前欠连队上的那些债务就可以还清。"现在外面生意也不好做,还是回来种地踏实。"陈建军有点感慨地说。

他思绪如水。表面很平静,内心却翻江倒海般激荡着。

说话间,班车不知不觉到了连队路口。他和陈建军一前一后下车走着,进到了连队里面。连队还是老样子,没有多大变化,只是越来越陈旧了。但比以往明显有了人气,高音喇叭播放着嘹亮的歌曲,连部门前停着一辆轿车,不时有人进进出出。

两人走到连部,会议室涌出来男男女女一群人,叽叽喳喳说着话,很兴奋,也很热闹。他在人群中一眼看见了"芳"。她怀里抱着她的宝贝儿子,手里拿着一个笔记本。

他正要侧身走过。没想到"芳"对着他直直走了过来,站在他面前,宽宽的身子像堵墙。

"城里人,回来了?"她直愣愣抛过来一句话,显示着连队妇女的泼辣和直率。

他嘴里"啊"了两声,窘迫得不知如何是好。她还是他上次在连部后面见到的那个模样,只是稍稍收拾了一下,脸上的皱纹更多了,不过带着一层淡淡的喜悦。

她开始絮絮叨叨跟他说话,不管他听不听,仿佛是多年不见的老朋友。连队马上要分地了,只要是正式职工每个人都有地,三十年不变哩,这下可吃了定心丸了。种地也要学习哩,连里组织农工学习植棉技术,从团部生产科请来了农业专家,她准备考中级农艺师职称,过两年,还要考高级职称呢!

她喋喋不休像祥林嫂。他不知道是怎么离开"芳"的,临走时好像还说了一声"再见"。

他觉得自己的心情从来没有这样舒畅过。时令虽已到了初春,阳光清新明媚,但微风里还夹带着丝丝寒意,但毕竟是春天来了,已经没有了冬季里刺骨的寒冷,榆树的枝丫上缀满了一个个苍灰的苞蕾,一串串圆嘟嘟的,下一阵春风,它就会绽开微绿的嫩芽,而整个连队,就会弥漫在榆钱叶的浓郁芳香里。

是啊,冬天过去了,春天来了,连队上的人们脱去了臃肿的棉衣,家家户户揭去了厚厚的棉门帘,去掉了窗户上的塑料布,打开了封闭了一个冬季的房门。他一路和熟悉的连队人打着招呼,他们一个个褪去了脸上的晦涩,仿佛身上发生着什么幸运的事情。

他没有急着回家见姐姐。他觉得自己已经知道了,哥哥在电话里说的要紧事,就是刚才一路上陈建军和"芳"说的事情。他沿着冰消雪融喧腾腾的土路,一个人向着原野走去。

冬雪消融的大地,赤裸裸袒露着辽阔的胸膛。土地油乎乎的,整整一个冬季,它们汲足了大地的汁液,显得丰腴而肥沃。微风吹拂着他的脸颊,像母亲温暖的手。他慢慢走着,一路浮想联翩,百感交集。这一块块浸透着父辈血汗的土地,记载了整个连队厚重的历史。他是喝着这块土地的盐碱水、啃着土地上生长的苞谷馍长大的,土地滋养了他的性格。这里有他曾经耕种过的责任田,他的同学和伙伴还在这块土地上生活(可能永远也离不开这块土地了),土地里埋葬着他亲爱的父母,父亲严厉的面容、母亲慈爱温暖的笑容交替浮现在他眼前,他的眼睛潮湿了。他从骨子里是热爱这块土地的,虽然在城市厮混了几年,但他始终觉得童年时沾在裤衩子上的土还没有抖干净!

他的根在这里,故乡的土地,让他漂泊的灵魂得到安宁和恬适。过去的一切,仿佛一个美丽辛酸的童话。城市没有接纳他,城里发生的一切与他毫不相干,他骨子里还是一个连队人,他现在人模狗样,在连队人面前他是一个光鲜的城市人,在城里人眼里他又是一个乡下人,在他表面风光的后面,在他不为人知的内心深处,只有他知道自己在城里过的什么日子。

　　人在异乡,他的心灵永远漂泊,没有停靠的驿站。有时候晚上躺在床上,四周静悄悄,当自己面对自己的灵魂,他自己也说不清到底自己是城市人还是团场人。现在,连队发生了这么大的变化,他决定和妻子回来,和哥哥一家一起干。凭着自己的一身力气和这几年的见识,他一定会发家的!

　　他久久地站着,思绪像野马一样奔驰。望着熟悉的、春风吹拂的无垠田野,呼吸着泥土散发的清新芬芳,他心情激荡思绪万千。他感觉浸染着父辈血液和汗水的军垦大地在他脚下微微颤抖着,他心中充满了久违的、抑制不住的激情,他深情地看着、走着,土地湿漉漉、软乎乎的,在阳光下闪着黑油油的金子般光泽,他厚实的双脚,感受着大地蒸腾的热烘烘地气,与他沸腾的心脏一起搏动。而此刻,故乡的风,从四面八方,夹带着浓浓的、潮乎乎的熟悉气息,风暴一样掠过他滚烫的肺腑。